Hippert – Regulus und Rinda - Teil 1

Für

E., E. u. C.

Andreas Hippert wurde 1970 geboren. Nach einem Studium der Biologie und Chemie arbeitet er als Lehrer und lebt am Fuß der Rhön im Blauen Haus mitten in einem großem Stein- und Naturgarten. Bisher hat er Lyrik und Novellen in diversen Anthologien veröffentlicht. 2013 ist sein erster Gedichtband "Gedichte und Bilder" bei Parzellers Buchverlag erschienen.

Andreas Hippert

Regulus und Rinda

Teil 1: Begegnungen -

indem erzählt wird,
wie Regulus und Rinda
aufeinandertreffen.

Abenteuer - Roman

Bibliografische Information der Deutschen Nationalbibliothek:
Die Deutsche Nationalbibliothek verzeichnet diese Publikation in der Deutschen Nationalbibliografie; detaillierte bibliografische Daten sind im Internet über http://dnb.dnb.de abrufbar.

© 2018 Andreas Hippert

Titelbild: Björn Grunau

Herstellung und Verlag: BoD – Books on Demand, Norderstedt

ISBN: 978-3-7460-7443-6

Inhaltsverzeichnis

Alle im Glossar erklärten Begriffe sind im Text **fett** gedruckt.

In Büchern liegt die Seele aller gewesenen Zeit.

Thomas Carlyle

Bei allen Provinzen des römischen Volkes,
denen Völkerschaften benachbart waren,
die unserer Sprache nicht gehorchten,
habe ich die Grenzen erweitert.

Kaiser Augustus

Divide et impera - "Teile und herrsche"

Römisches Herrschaftsmotto

Es kann nämlich Ruhe unter den Völkern
nicht bestehen ohne Waffenmacht,
Waffenmacht nicht ohne Soldzahlungen,
Soldzahlungen nicht ohne Tribute.

Tacitus

Ist ein Feind reich, sind die Römer habsüchtig,
ist er arm, verlangen sie nach Ruhm.

*Der Kelte Calgacus, als Antwort auf die Frage, was die Römer im
schottischen Hochland suchten.*

Helden sind etwas, dass wir uns machen.
Es gibt keine Helden.
Sie nehmen all die Gräuel auf sich
für den Freund vor sich, für den Mann neben sich.
Wir sollten sie so in Erinnerung behalten
wie sie sich selbst gesehen haben.

Clint Eastwood,
Flags of our Fathers

Italien war damals [zur Zeit der Republik]
das Zentrum der römischen Kriegsmaschine,
einer Gesellschaft,
die in einem Maße auf Krieg ausgerichtet war,
zudem es wenige historische Parallelen gibt,
wenn überhaupt welche.

Tim J. Cornell, Historiker

Personenübersicht in der Reihenfolge ihres Auftretens:

Historische verbürgte Personen sind unterstrichen aufgeführt.

Vorgeschichte:

Augustus
Princeps und Imperator des römischen Reiches, *63 v. Chr. - †14 n. Chr.

Marcus Sulla
Reiter des Botendienstes.

Marcus Lollius
Statthalter des Augustus in Gallien, *im 1. Jahrh. v. Chr. - †2 n. Chr.

Livia Drusilla
Dritte Ehefrau des Augustus. Nach dessen Tod wurde sie Iulia Augusta genannt und trug damit als erste Römerin diesen Titel, *58 v. Chr. - †29 n. Chr.

M. V. Agrippa
Römischer Feldherr und Politiker, Freund und Schwiegersohn des Augustus, Vorfahre der Kaiser Caligula und Nero, *63/64 v. Chr. - †12 n. Chr.

G. C. Maecenas
Vertrauter und politischer Berater des Augustus, Förderer der Künste, *70 v. Chr. - †8 v. Chr.

Drusus
Römischer Politiker und Heerführer, Stiefsohn des Kaisers Augustus, *38 v. Chr. - †9 v. Chr.

Tiberius
Nach seinem Stiefvater Augustus war Tiberius der zweite Kaiser des Römischen Reiches, *42 v. Chr. - †37 n. Chr.

Kapitel 1:

Rindgard
Später Rinda, ein Mädchen vom Stamm der Cherusker.

Rindas Vater
Ein Bauer im Waldland.

Rindas Mutter
Eine Bäuerin im Waldland.

Fafner
Rindgards älterer Bruder.

Balder
Rindgards jüngerer Bruder.

Gunda
Die noch unverheiratete Schwester von Rindgards Mutter.

Kapitel 2:

Regulus
Bursche des Ceturio Primus Pilus Marcus Caelius

C. Cresimus
Vater des Regulus, Besitzer eines Landgutes in der Gallia Narbonennsis,
der heutigen Provence.

Marcus Caelius
Centurio der römischen Legio XVIII, sein Grabstein ist bisher der einzige gesicherte
Nachweis für die Varusschlacht, *vermutl. um 45 v. Chr. - †9 n. Chr.

Julius
Legionär der Legio XVIII, syrischer Bogenschützte.

Claudia
Lebensgefährtin des Marcus Caelius.

Terzia
Schwester des Regulus.

G. I. Arminius
Fürst der Cherusker, besiegte die Römer im Jahr 9 n. Chr. in der
Varusschlacht, die mit der Vernichtung von drei Legionen eine der verheerendsten
römischen Niederlagen darstellt, *17 v.Chr. - †21 n. Chr.

Scrofa
Ein Sklavenhändler.

Caius
Freund des Regulus und Lausbub aus dem alten Rom.

Kapitel 3:

Wugo
Bruder von Rindas Vater, also ihr Onkel.

Segimer
Vater des Arminius und des Flavus, zunächst Bundesgenosse Roms, war neben seinem
Sohn Arminius einer der wichtigsten Anführer des Aufstand gegen die Römer,
*im 1. Jahrh. v. Chr. - †im 1. Jahrh. n. Chr.

Kapitel 4:

G. N. Vala
Kommandeur der Reiterei des Varus, *vermutlich 69 v. Chr. - †9 n. Chr.

Segestes
Fürst der Cherusker, Vater der Tusnelda, Anführer der romtreuen Fraktion und Rivale Arminius um die Vorherrschaft im Stamm.

Inguiomer
Bruder des Segimer und damit Onkel des Arminius, mächtiger Gau-Fürst der Cherusker.

Lucius Eggius
Lagerpräfekt des Varus, der in der Schlacht heldenhaft stirbt.

Ceionius
Lagerpräfekt des Varus, bietet während der Schlacht die Kapitulation an und fällt in Ungnade bei den Chronisten.

P. Q. Varus
Römischer Senator und Politiker zur Zeit des Augustus. Sein Name ist vor allem mit der römischen Niederlage in der nach ihm benannten Varusschlacht verbunden, *47/46 v. Chr. - †9 n. Chr.

Kapitel 5:

Jörde
Gemahlin Wugos, nimmt Balder und Rinda an Kindesstatt an.

Kapitel 6:

Nana
Die Mutter von Jörde, Nossa und Idun. Gemahlin Regins. Sie ist die Ahnin der Sippe.

Nossa
Mittlere Schwester Jördes und Frau von Bonde.

Bonde
Freier Bauer, der in der Hofschaft nach mehr Einfluss strebt. Gegenspieler Wugos.

Idun
Jüngste Schwester Jördes und Gemahlin Gerons.

Geron
Freier Bauer und fähiger Jäger.

Hilda
Gemahlin Brokks. Schwiegertochter Wugos und Jördes.

Brokk

Ältester Sohn von Wugo und Jörde. Der Schmied des Dorfes.

Buri

Jüngster Sohn von Wugo und Jörde.

Bragi

Mittlerer Sohn von Wugo und Jörde. Beide hoffen darauf dass Rinda seine Frau wird.

Fulla

Die noch unverheiratete Schwester Wugos. Sie macht Bonde schöne Augen.

Jarl

Waffenbruder und Schwager Wugos aus den Tagen in der Gefolgschaft des Segimer.

Lauba

Jarls Frau und Jördes Schwester.

Drapa

Krieger aus der Gefolgschaft Jarls. Hat durch die Römer Frau, Kind, Gesinde und Lebensmut verloren.

Kapitel 7:

Agnar

Ein weiterer Krieger aus der Gefolgschaft Jarls. Er bleibt zurück um Drapas Leichnam mit Steinen zu beschweren.

Schubser

Ein Treiber der Regulus nicht leiden kann.

Esel

Der nicht sehr helle Kumpan des Schubsers.

Loki

Jüngere Tochter von Geron und Idun.

Ran

Ältere Tochter von Geron und Idun.

Worran

Sohn des Wordans und der Jödar, die zum Gefolge der Tusnelda gehört. Worran dient in der Reitereinheit des Arminius.

Kapitel 9:

Unna

Eine alte Cheruskerin, mit der Rinda die verwundeten Krieger versorgt.

Vorgeschichte

ROM, 16 v. Chr., PALATIN, Palast des Augustus:

Sie haben was?", Augustus, Imperator des römischen Reiches, sprang auf und schlug mit der Hand auf den Tisch. Der Schlag wurde von dem Wald aus Marmorsäulen im Saal zurückgeworfen. Die **Toga** glitt ihm von der Schulter und der purpurne Stoff strömte herab. Der Reiter des Botendienstes zog den Kopf ein, wodurch die beiden Leibwächter des Imperators, hinter ihm, zu Riesen wurden. Um Haupteslänge überragten ihn die Germanen vom Stamm der Bataver in ihren goldglänzenden Muskelpanzern und mit ihren Lanzen in den Fäusten.

Aus den Augenwinkeln bemerkte Augustus, dass sich viele seiner Ratgeber ebenfalls fassungslos erhoben hatten. Die Stühle mit den geschwungenen und über Kreuz geführten Beinen quietschten über den Boden. Die Togen der **Konsulen**, **Präfekten**, **Prätoren** und **Quästoren** raschelten und die Purpurstreifen darauf spiegelten sich auf den Marmorfliesen.

Das Gesicht des Imperators zuckte. Allen Ratgebern stockte der Atem. Doch es folgte kein neuerlicher Wutausbruch. Augustus stützte die Arme auf die Tischplatte und starrte den Boten an: "Rede!" Unwirsch warf er sich seine Toga über die Schulter. Der Reiter zuckte zurück. Seine Hände zitterten. Die Schatulle aus Leder entglitt seinen Fingern und fiel auf die Fliesen. Er bückte sich und hob die Rolle auf. Umständlich nestelte er die Kappe von der Schatulle und zog mit spitzen Fingern eine Papyrusrolle hervor. Augustus ließ ihn nicht aus den Augen. Schweißperlen tropften dem Mann von der Stirn und rollten ihm über die Wangen und hinterließen Spuren im Staub der Straße, der Gesicht und Kleidung Gelb gepudert hatte.

Der Mann musste viele Strapazen auf sich genommen haben, wenn er solche Tropfen schwitzte, dachte Augustus. Kaum dass er seinen

Helm still unter dem Arm halten kann.

Augustus klatschte in die Hände: "Einen Kelch mit Wasser und Wein für den Boten."

Aus einer Nische in der Wand erschien ein Sklave. Mit einem Kelch in der Hand glitt er auf den Boten zu. Die an der Wand postierten germanischen Lanzenträger überwachten ihn. Käme er dem Imperator zu nahe, würden sie ihn töten.

Dankbar ergriff der Reiter den Kelch und kippte ihn in einem Zug hinunter. Er gab den Becher zurück. Der Sklave verschwand. Die Blicke der Bataver kehrten in die Ferne, weit jenseits des Saales zurück.

"Wie heißt du?", wandte sich Augustus an den Boten.

"Marcus Sulla, Princeps."

"Nun Marcus, berichte."

Der Bote senkte kurz den Blick, dann überreichte er die Rolle und begann seinen Bericht: "Die **Sugambrer**, **Tenkterer** und **Usipeter** haben den Rhein in der Nähe von **Castra Vetera** überquert und sind plündernd durch Gallien gezogen." Er stockte.

"Weiter! Weiter!"

"Marcus Lollius, Euer Statthalter in Gallien ist ihnen mit der V. Legion hinterher gezogen."

"Und?"

"Es kam zur Schlacht. Sie ..." Der Bote stockte erneut, "... sie haben die V. Legion vernichtet."

Der Imperator zuckte zusammen. Livia Drusilla, legte ihm ihre Hand auf den Rücken. Augustus fuhr sich über die Augen.

"Und ...", die nächsten Worte stammelte Marcus Sulla, "... sie ..., sie haben den Adler geraubt."

Der Imperator presste die Lippen zusammen. Livias Hand glitt von ihm ab und mit ihr verließ ihn die letzte Ruhe. Er schlug auf den Tisch. Donner grollte durch den Saal.

"Hört das denn niemals auf!" Die Hand auf seinen schmerzenden Magen gepresst lief Augustus zwischen den Säulen auf und ab. *Schon wieder ein verlorener Adler. Ein Adler? Mein Adler!* Er blickte auf. "Wie viele Jahre musste ich mich mit den **Parthern** um die drei verlorenen Adler schlagen?"

Niemand wagte es ihn anzuschauen. Augustus schüttelte den Kopf: "Drei Jahre ist das her und nun fangen diese..." - er rang nach Worten - "... diese Germanen damit an."

Schweigen.

Durch die blauen Helmbüschel der Bataver lief ein Zittern. Augustus bemerkte es und starrte geradewegs in das Gesicht der beiden Leibwächter vor ihm. Sie hielten seinem Blick stand und in ihren Augen las er ihre unbedingte Treue. *Was auch sonst,* dachte Augustus. *Ich habe sie aus ihren Sümpfen am* **Rhenus** *nach Rom geholt, nach Rom, das sie in ihrem lausigen Leben noch nicht einmal von Ferne gesehen hätten. Ohne mich sind sie Nichts ... , Luft ... , gehasst von den* **Prätorianergarden**. *Was auch geschehen wird. Sie werden gut auf mich aufpassen.*

Der Imperator straffte sich und die gewohnte Spannkraft kehrte in ihn zurück. "Was wissen wir über die V. Legion, Marcus Vipsanius Agrippa."

Seine Miene hellte sich auf, als er das Gesicht seines Freundes und Feldherrn erblickte.

Agrippa räusperte sich: "Es ist die Legio Alaudae, die Haubenlerchen, aufgestellt von Caesar vor 35 Jahren in der Provinz **Gallia Narbonensis**, zur Zeit stationiert in Castra Vetera am Rhenus."

Der Imperator nickte bedächtig, dann sah er Gaius Cilnius Maecenas an: "Sag mir Freund, wer ist dieser Marcus Lollius?" Maecenas senkte rasch die Lider bei dem Wort Freund und dachte an Terentzia, seine Frau, und daran, wie Augustus und sie ... doch dann blickte er dem Princeps mit festem Blick in die Augen, nicht umsonst war er Diplomat: "In der Schlacht von Philippi hat er zunächst auf der Seite von Caesars Mördern gekämpft, schloss sich dann aber uns an. Er hat als Statthalter Galatien und Makedonien regiert, war Consul und hat siegreich gegen die **Thraker** gefochten."

Bedächtig schritt der Imperator auf und ab, dann glättete er sein Gewand, warf sich mit rascher Geste die Toga über die Schulter, drapierte sich deren Ende sorgfältig über den linken Arm und strich die Falten in Form.

Würdevoll, schritt er an eines der zahlreichen Fenster und blickte hinaus. Er stützte die Arme auf den Sims und sah herab auf seine Stadt.

Die Sonne hatte sich bereits geneigt. Zwischen den Hügeln sah er den Circus Maximus. Unaufhörlich rasten die Gespanne im Kreis. Sie wirbelten Staub auf, der in lodernden Wolken über der Stadt trieb. Er hörte auch den Jubel des Volkes - seines Volkes. Der Imperator verzog den Mundwinkel und seine Blicke und Gedanken strichen über die Tempel zum Aventin, der sich hinter dem Circus erhob, und weiter zu den dahin gewürfelten Insulae der Plebejer. *Sie sind unberechenbar. Ich muss die Kornrationen erhöhen lassen.* Voller Sorge ging sein Blick zu den Magazinen und Warenhäusern der Horrea Galbana und weiter zur Mauer, die Aurelianus erbaut hatte, bis hin zum Tiber, der wie geschmolzenes Blei unter der Sonne glänzte.

Es war still geworden in der Halle. Niemand regte sich. Nur ein Schmetterling, der auf einem Sonnenstrahl nieder geschwebt war, flatterte im Saal.

Plötzlich durchschnitt ein Räuspern die Stille. "Ich bin Gaius Octavius, den ihr Augustus, den Erhabenen nennt. Ich habe das Rom aus Backsteinen, das ich vorgefunden habe, in ein Rom aus Marmor verwandelt[1]." Er verstummte und bemerkte, wie ihn neuer Tatendrang erfüllte. Er wendete sich seinen Ratgebern zu. Wie er so stand, mit dem Licht der Sonne im Rücken, den Arm ausgestreckt, bemerkte er, dass dies genau die Geste Apolls war, mit der er vor einiger Zeit einem Bildhauer - an dessen Namen er sich beim besten Willen nicht mehr erinnern konnte - Modell gestanden hatte. Der Schmetterling ließ sich auf der Fensterbank nieder. Doch der Imperator bemerkte ihn nicht.

"Ich habe Brutus und Cassius bei Philippi geschlagen. Ich habe die Städte Italias geeinigt und Antonius und Kleopatra bei Actium bezwungen."

Beifälliges Gemurmel im Saal. Nur Marcus Agrippa räusperte sich. Der Schmetterling klappte die Flügel einige Male zusammen und breitete sie dann aus. Ganz ruhig saß er da, der Kaisermantel, und sonnte sich.

"Ich habe Rom und das Reich wieder aufgebaut und beiden den Frieden gebracht und ich werde mir das alles nicht durch eine Horde von Barbaren, von Germanen, zerstören lassen, die wieder und wieder aus ihren Wäldern kriechen, die Kornkammern meines Reiches plündern und die Adler meiner Legionen rauben!" Er ballte die Faust. "Das muss ein für alle Mal ein Ende haben." Der Imperator blickte in die Gesichter seiner Getreuen und ihre Mienen spiegelten, was er sehen wollte. Also erhob er seine Stimme, um den Entschluss zu verkünden. Er verlieh seinem Ausdruck et-

---

1 Ausspruch des Augustus überliefert durch Sueton in "Kaiserbiographien – Augustus", verändert.

was Kühnes, Erhabenes, und war sich seiner Wirkung bewusst, als er sprach: "Wir werden das Licht Roms bis in die finstersten Winkel ihrer Wälder tragen und die Provinz Germania Magna errichten."

Einen Augenblick war es still im Saal. Dann brandete Jubel auf und Augustus hob beschwichtigend die Hände. Livia trat mit strahlenden Augen an seine Seite. Er tastete nach ihrer Hand. "Lasst uns zur Tat schreiten Freunde, und uns gründlich beraten." Er drehte sich um und war im Begriff, den Saal zu verlassen, als er wie durch einen plötzlichen Einfall noch einmal innehielt und sich umschaute, bis er Tiberius und Drusus entdeckte, Livias Söhne, die nun auch die seinen waren, und er wusste, dass sie ihn nie enttäuschen würden, so wie seine eigene Tochter, Iulia, die ihn durch ihre bloße Existenz verhöhnte. Er winkte die beiden herbei. In voller Manneskraft schlenderten sie heran.

Dem älteren Drusus legte er die Hände auf die Schultern und sprach: "Du mein Sohn Drusus sollst diesen Feldzug führen." Er spürte wieder Livias Hand und die Ruhe kehrte in ihn zurück.

"Bote!"

"Princeps!"

"Ich werde persönlich nach Castra Vetera reisen. Bereitet alles für meine Ankunft vor!"

Der Reiter wollte etwas sagen, doch der Imperator entließ ihn mit einem Wink seiner Hand. Erschöpft verneigte sich der Bote und verließ den Saal. "Folgt mir", rief der Imperator und stürmte voran.

Erschrocken flog der Schmetterling auf und flatterte durch das nahe Fenster nach draußen. Obwohl seine Flügel nur kleine Wirbel in der Luft hinterließen, vereinigten sie sich mit vielen kleinen anderen Wirbeln und begannen höher und höher zu strömen bis sie schließlich durch die nachdrängende Luft nach Norden geschoben wurden. So traf warme Luft aus dem Süden auf kalte Luft aus dem Norden und ein Gewittersturm braute sich über einem fernen Land und seinen Wäldern zusammen, das die Römer Germanien nannten. Doch diese Wälder waren unendlich alt, so alt wie die Erde, so alt wie das Wasser, so alt wie die Luft, eine grüne weiche Decke, die das Licht und die Klänge dämpfte. Heiliges Land, Heimat unzähliger Sippen und Stämme, durchzogen von Bächen und Flüssen, die im Wald verliefen wie die Adern in den Blättern der Buchen und Eichen. Ein Land, in dem der Wind und das Wasser und die Blätter rauschten und in dem ein Regen die Bäche in reißende Ströme verwandeln konnte.

Schatten in der Nacht

STAMMESLAND DER CHERUSKER, Herbstmond,
Gehöft im Wald:

An dem Tag an dem alles begann, trat Rindgard unter den Zweigen hervor auf die Waldwiese. Noch stand die Sonne über den Wipfeln der Buchen und zwickte ihr, nach dem Dämmerlicht unter den Zweigen, in die Augen. Rindgard schirmte sie mit der Hand ab und blickte über die Gräser auf das Gehöft am Grund der Senke. An jedem Tag blieb sie hier auf dem Rückweg stehen und konnte sich doch nie sattsehen. Rindgard lachte leise, weil es den Wind, den Wald und den Hof gab.

An jedem anderen Tag wäre ihre Rotte ohne sie voraus gelaufen, doch heute wollten die Sauen den Wald nicht verlassen. Rindgard zuckte mit den Schultern. Es sollte ihr recht sein. Auf dem Hof wartete eh nur Balder, dieser Jungbock von Bruder, um sich seine nicht vorhandenen Hörner an ihr zu stoßen.

So ließ sie sich mit der Sonne auf ihrem Gesicht auf einem Graspolster am Wegrand nieder, schloss die Augen und lauschte dem feinen Klanggewebe des Spätsommers. Die Gräser knisterten. Die Grillen zirpten. Die Bienen summten. Rindgard schmunzelte und nach einer Weile war es ihr als schwebte sie umgeben vom Rauschen der Blätter.

Da schreckte Rindgard auf. Flügelschwirren. Fetzen aus Licht umflatterten sie. Sie musste eingeschlummert sein, denn sie lag im Gras und die Halme ragten über ihr auf und schwankten im Wind. Sie drehte sich auf die Seite bis ihre Wange das warme Moos berührte und sie nur noch mit einem Auge sehen konnte.

Da wurden die Gräser zum Wald und plötzlich tauchten im Wurzelwerk Heerscharen roter Waldameisen auf. Rindgard sprang auf und lief vor den Ameisen davon, als sie einen blauen Schimmer zwischen den Gräsern bemerkte. Neugierig bückte sie

sich. Es war eine Feder, nicht länger als ihr Zeigefinger, aus dem Flügel eines Eichelhähers. Sie drehte den Kiel zwischen den Fingern. *Früher hätte sie die Feder in ihr Döschen aus Grashalmen gelegt, in dem sie all ihre Schätze aufbewahrte. Früher!*
Schließlich hatte sie das Döschen noch, das sie gefertigt hatte, kaum dass ihre Finger flechten konnten. Sie hatte es schon fast vergessen. Rindgard warf die Feder hoch in die Luft und sah ihr hinterher als sie der Wind erfasste und verwehte, bis sie sie nicht mehr sehen konnte.

Versonnen drehte sie eine Flechte ihrer Haare zwischen den Fingern. Sie reichten ihr schon bis über die Schulter. Im nächsten Jahr werden sie lang genug sein, und für einen Augenblick zeigte sich eine unverhüllte Freude auf ihrem Gesicht und in ihrem Bauch war wieder das warme Flirren. Doch nun wird die Sonne erst einmal verblassen und es wird wieder Winter werden.

Mit der Sonne würden auch ihre Sommersprossen verblassen, die ihr Gesicht Jahr für Jahr mit einem zarten Muster versahen und die der Vater so liebte, dass er einst, Abend für Abend, bevor sie einschlief, jede einzeln mit den Fingern berührt hatte. Dabei hatte sie als Kind immer gekichert. Aber der Ard, mit dem der Vater pflügte, und der Hammer, mit dem er schmiedete, hatten seine Hände schwielig werden lassen, so dass die Berührungen sie kitzelten, und so hatte sie seine Finger oft beiseite geschoben.

Später, als sie größer war, hatte sie bemerkt, dass der Vater nur behutsam sein wollte und darüber hinaus entdeckte sie einen ganz bestimmten Ausdruck in seinen Augen. Froh und traurig zugleich kam er ihr vor, und es war dieser Blick des Vaters zwischen Honig und Eichenrinde, den sie so liebte.

„Zi'küht, Zi'küht", zwitscherten die Rotkehlchen. Rindgard blickte sich um.

Die Rotte fraß immer noch.

Nun war ihr dreizehnter Sommer vergangen und es geschah nicht mehr oft, dass der Vater über ihre Sommersprossen strich, obwohl sie es sich mitunter noch von Herzen wünschte.

Rindgard seufzte. Könnte es doch noch einmal wie früher sein. Die Sonne hatte nun fast die Wipfel der Bäume erreicht und ließ das Dach des Gehöfts glänzen. Der Vater und Fafner, ihr ältester Bruder hatten es in diesem Sommer mit frischem Stroh gedeckt. Sollte der Winter nur kommen. Unter diesem Polster würde er behaglich und satt sein, denn auch der Speicher war gefüllt, da die Äcker reichlich Frucht getragen hatten.

Rindgard ließ ihre Flechte fahren, strich ihre Haare in den Nacken und schaute sich um. Die Schweine wälzten sich nun auf dem Waldboden. Staub stieg auf. Die Läufe zuckten und die Tiere grunzten voller Wonne.

Rindgard stand auf. Die Schweine hielten kurz inne. Dann grunzten sie und kamen nach und nach auf die Füße. Der Keiler hielt seinen Rüssel in den Wind und schnupperte, dann stupste er die Sauen in die Seite und trieb sie zusammen. Kluger Keiler. Rindgard fuhr ihm über das borstige Fell. "Auf!", rief sie. Einige Frischlinge tobten noch immer durch den Wald oder balgten sich zwischen den Gräsern, doch nach einigem Rüffeln ihrer Mütter eilten sie quiekend zur Rotte zurück.

Gerade als sie mit ihren Sauen aufbrechen wollte, kollerte ein Rabe im Geäst. Rindgard blickte auf. Das Gefieder des Vogels glänzte blauschwarz. Er trat von einem Bein auf das andere; dabei wippte er mit dem ganzen Körper vor und zurück. Rindgard hatte schon viele Raben gesehen. Es waren heilige Vögel; Wodans Vögel hatte die Mutter sie genannt. Doch sie hatte noch keinen zu Gesicht bekommen, der sich so merkwürdig benahm. Immer wieder blickte der Rabe in den Wald. Als sie sich nicht rührte, beäugte er sie mit seinen schwarzen Augen. Dann begann er den Tanz aufs Neue. Rindgard versuchte, ihn aufzuscheuchen. Der Rabe zuckte, blieb aber auf dem Ast hocken und schnarrte. Er machte ihr Angst. *Ob ein Wolf ...!* Hastig sah sich Rindgard nach ihrer Rotte um. Die Sauen fraßen und die Frischlinge balgten sich schon wieder und kugelten über den Boden. Wieder kollerte der Rabe. Rindgard war verwirrt.

"Da ist nichts!" Selbst ihr stets wachsamer Keiler rieb sich gelassen die Schwarte an der Borke, und ihm vertraute sie. Rindgard beschloss, den Raben nicht zu beachten. Schließlich galten sie auch als eitle Gauner. Sie zupfte den Keiler am Ohr. Der trabte an und mit ihm brach die ganze Rotte durch das Unterholz und folgte ihm. Hinter ihrem Rücken hörte sie ein Krächzen, aber als sie herumfuhr, war der Rabe verschwunden.

Rindgard brauchte ihre Sauen nicht mehr anzutreiben. Der Keiler kannte den Weg und die Tiere wussten, dass am Ende ein warmer Stall mit frischem Stroh auf sie wartete.

So schlenderte Rindgard ihnen durch die Wiese hinterher. Das Gras reichte ihr bis zu den Hüften und ihre Hände glitten über die Rispen und die Wolle der Disteln, die sich unter ihren Fingern löste, und als Wölkchen mühelos aufstiegen, bis sie vom Wind erfasst unter das Waldesdunkel verweht wurden. Wohin? Wohin?

Rindgard fröstelte. Die Sonne war mittlerweile hinter den Wipfeln der Bäume verschwunden und die Schatten krochen aus dem wuseligen Wald und bedeckten schon die ganze Senke. Sie hatte sich verspätet. Das würde Ärger geben. Weniger mit dem Vater als mit der Mutter. Sie sorgte sich immer um sie, dabei war sie kein Kind mehr. Sie konnte bereits gut auf sich selbst aufpassen, und der Augenblick am Waldrand war zu schön und die Lust zum Verweilen so überwältigend gewesen. Die Farben und die Düfte in ihrem Herzen ließen sie munter an den Feldern mit der dunklen Krume vorbei, dem Haus entgegen hüpfen.

Auf dem Grund der Senke entstiegen schon die Dünste dem Boden und sammelten sich in den Mulden, bis sie überliefen und ineinander verflossen. Die Nebelfrauen erhoben sich.

"Rindgard!" Die harte Stimme der Mutter drang plötzlich vom Haus zu ihr herauf und schnitt ihre Träume ab. Sie schaute auf und sah die Mutter in ihrem blauen Kleid mit dem Ledergürtel und den Schlüsseln daran. Sie winkte sie herbei. Mit ihren beiden zu Schnecken gedrehten Zöpfen, hatte die Mutter den Kopf eines Widders. Rindgard kicherte.

"Ich komme gleich."

"Rindgard! Dich werden noch die Römer holen!" Die Stimme der Mutter zeigte nun jenes Maß an Ärger, das zu überhören unangenehm werden konnte. Jetzt galt es, sich zu sputen. Sie raffte ihr rotes Kleid bis zu den Knien empor und rannte los. Sie mochte es nicht, wenn die Mutter sie bei ihrem vollen Namen rief. Er klang so hart und kantig. Überhaupt mochte sie ihren Namen nicht. Gewöhnlich nannte die Mutter sie immer 'Kind' oder 'Kindchen'. Aber dafür war sie mittlerweile zu alt. Sie wollte viel lieber Rinda genannt werden, doch es gab niemanden, der sie so nennen wollte.

Schon hatte sie den Zaun aus Weidengeflecht erreicht, der das Gehöft umgab, und hastete durch den Einlass zum Haus hinauf. Letzte Wicken schaukelten im Wind. Vor dem Speicher, der auf Pfosten neben dem Eingang stand, sah sie die Mutter. Rindgard wich ihr aus.

"Wo rennst du denn nun wieder hin, Kind?", schimpfte die Mutter. Rindgard näherte sich dem Haus von der Seite, die dem

Wind zugewandt war. Von ihrer Herde war nichts mehr zu sehen. Schon tauchte sie in das Dunkel unter der fast bis zur Erde reichenden Traufe und lief an der Längswand entlang. Vor der Tür presste sie sich an die Wand und späht vorsichtig um den Pfosten. Der Lehm der Wände krümelte ab und blieb an ihrem Kleid hängen. Auf der gegenüberliegenden Seite des Hauses hantierte die Mutter. Sie wand ihr den Rücken zu. Rindgard zögerte nicht, huschte vorbei und atmete auf.

Da hörte sie plötzlich ein Fiepen. Sie blieb stehen und sah sich um. Unter dem Dach war es bereits dämmrig und sie konnte nicht mehr viel sehen. Aber dieses Fiepen war einmalig. Es gehörte zu Streuner, einem Frischling, der sie mindestens so gut beschäftigte, wie sie ihre Mutter. Selten betrat er den Stall mit der Herde, meistens ließ er sich von ihr auf dem Arm hereintragen. Dann schmiegte er sich an ihren Arm und sie spürte seine kleinen Schnaufer im Gesicht und konnte ihm nicht mehr böse sein.

Rindgard blieb ohne Regung stehen und wartete. Irgendwann wird er sich verraten. Da! Zwischen den aufgesetzten Ästen regte sich etwas. Sie stürzte sich auf ihn und erwischte ihn auf Anhieb, so wie meistens eben. Quiekend wand und zappelte der Frischling zunächst und versuchte, sich loszureißen, blieb aber nach einer Weile heftig schnaufend auf der Seite liegen.

"So ist's gut." Rindgard lockerte ihren Griff ein wenig, um Streuner zu streicheln. Blitzschnell, noch ehe sie wieder zupacken konnte, sprang das Schweinchen auf und sauste, dass die Erde nur so gegen die Wand klatschte, am Haus entlang. Das war neu. Müde stand Rindgard auf. Verfolgungsjagd also. Sie seufzte. Jetzt musste sie ihn auch noch fangen. Wenigstens hatte sie so einen guten Grund für ihre Verspätung. Streuner verschwand gerade mit ausbrechendem Hinterteil um die Ecke, als Rindgard plötzlich ein Knurren hörte. Sie eilte hinzu.

Fang und Greif, die beiden Wolfshunde, verfolgten den Ausreißer. Mit ihren Nasen dicht über dem Boden sprangen sie hinter ihm her und kniffen ihn in die Hinterläufe bis er den Weg zum Stall einschlug. Ein scharfes Bellen, ein schrilles Quieken, dann rumpelte es im Stall.

"Hast du nun davon", murmelte Rindgard. Sie schmunzelte und schlüpfte an der Giebelseite ins Haus. Warme, feuchte Luft schlug ihr entgegen. Sie roch den Dung der Ställe. Sofort scharwenzelten Fang und Greif mit wedelnden Schwänzen um ihre

Füße. "Gut gemacht ihr beiden!" Sie kraulte ihnen ausgiebig den Rücken. Sorgfältig verriegelte sie dann die Tür gegen die Nacht und lief in der Dunkelheit an den Abstellkammern rechts und links des Ganges vorbei. Dabei streckte sie ihre Arme zur Seite aus, damit ihre Finger die Stämme ertasten konnten, die in regelmäßigen Abständen zu beiden Seiten standen und das Dach stützten. So hielt sie sich in der Mitte des Ganges und vermied es zugleich in die Rinnen mit Reisig zu treten, in denen die Jauche aus den Ställen abfloss.

Im Stall stand ihr Vieh, ihr ganzer Reichtum wie der Vater und die Mutter sagten. Die Schweine grunzten schon im Schlaf, das Stroh raschelte, die Schafe käuten wieder und die sieben Rinder standen als riesige Schatten in ihren Pferchen aus Weidengeflecht. Rindgard hörte ihre Schwänze klatschen, wenn sie nach den Fliegen schlugen.

Leise betrat sie die dämmrige Eingangshalle, die nur schwach vom Feuer aus der Wohnstube beleuchtet wurde. Beinahe stolperte sie über die Bohlen, die dort den gestampften Lehm bedeckten. Ein Blick zu jeder Tür - beide waren verriegelt. Beruhigt tastete sie sich an der Esse vorbei und stieß gegen den Rahmen des Webstuhls, den ihre Mutter an die Wand gelehnt hatte. Die Steine, mit denen sie die Fäden beschwerte, stießen klackernd gegeneinander. Einen Augenblick lauschte Rindgard auf die Klänge und sah den zuckenden Schatten der Flachsbündel zu, die von den Balken an der Decke baumelten, bis es mit einem Mal so aussah, als hingen dort abgeschlagene Köpfe. Rasch trat sie in die Wohnstube in das Licht und die Wärme.

Sogleich bemerkte Rindgard den Duft nach frischem Brot. Noch lagen die Fladen auf ihren Tontellern in der Glut des Herdplatzes. Es roch so köstlich. Rindgard lief das Wasser im Mund zusammen. Sie setzte sich auf ihren Platz zwischen dem Vater und der Mutter auf der runden Bank, die um das Feuer herum verlief. Sie stellte ihre Füße auf den Ring aus Steinen und Lehm und ließ sich von der Glut die Sohlen wärmen. Balder, ihr jüngerer Bruder, sah sie merkwürdig erwartungsfroh an. Rindgard tastete unter der Bank nach ihrem Napf.

"Da bist du ja Kind. Ich hab mir schon Sorgen gemacht."

Rindgard spürte die Hand der Mutter auf ihrem Haarschopf.

Der Napf stand nicht da, wo er hingehörte. Sie bückte sich und suchte danach.

"Sie ist doch alt genug, Weib", fiel der Vater ein.

"Trotzdem mache ich mir Sorgen. Es sind so viele Rotkittel in dem Lager hinter dem Wald."

"Es ist Herbst und bald ziehen die Legionen ab. Für dieses Jahr sind wir sie los."

"Nun, noch sind sie nicht verschwunden", merkte Gunda, die Schwester der Mutter an. Sie war noch nicht verheiratet und lebte als Magd auf dem Hof.

Rindgard entdeckte die Suppe im Kessel. Das Schlachtfest, das sie alljährlich im Herbst feierten, lag noch nicht lange zurück, und sie spürte schon die Fasern des köstlichen Fleischs zwischen den Zähnen. Über ihr war das Gebälk mit einem Wald von Fleischstücken behangen, die dort im Rauch des Herdfeuers räucherten. Mit einem Mal wütete der Hunger in ihr. Und ausgerechnet jetzt war ihr Napf verschwunden.

"Krieg ich auch noch was zu essen?" fragte Rindgard schnippisch. Balder kicherte: "Hast du denn keinen Napf?"

Offensichtlich wieder einer seiner kindischen Streiche. Rindgard verdrehte die Augen. "Gib ihn sofort her."

"Ha, ha, ha, den findest du nie."

"Vater, Balder gibt mir meinen Napf nicht zurück."

Die Mutter wurde aufmerksam. "Hast du den Napf versteckt?" Balder schüttelte mit unschuldiger Miene den Kopf.

"Du lügst!" Rindgard war aufgebracht und ihre Wangen waren nicht nur von der Wärme des Feuers gerötet. Da stand Fafner ihr älterer Bruder auf.

"Das sollst du nicht!" quäkte Balder.

Fafner lief zu den Schlafbänken, die an den Wänden der Wohnstube umliefen und zog ihren Napf unter den Pelzen auf Balders Schlafplatz hervor. Er ging unter dem anerkennenden Blick des Vaters zum Kessel, füllte ihr den Napf mit Suppe und reichte ihn Rindgard schweigend mit einem kleinen Nicken seines Kopfes. Rindgard wurde so warm ums Herz, dass ihr die Augen feucht wurden. Fafner war drei Jahre älter als sie und ging dem Vater schon bei der Esse zur Hand. Er durfte sogar schon allein zu Wugos Hof gehen, wo der Bruder des Vaters lebte, und manchmal hatte er sie sogar mitgenommen.

Als Fafner sich setzte, gab er Balder einen Klaps mit der flachen Hand auf den Hinterkopf und brummte. Balder schmollte: "Du solltest nichts verraten." Mehr sagte er nicht, denn mit Fafner wollte auch er es sich nicht verderben. Stattdessen sah er zu Rindgard und murmelte: "Weiber sind blöd."

Rindgard streckte ihm dafür die Zunge heraus. "Jetzt reicht's aber", bemerkte die Mutter und der Vater fasste Balders Arm und zog ihn nach oben, gerade bevor die Suppe aus dem Napf laufen konnte.

So kehrte Ruhe auf der Bank ein. Sie saßen gemeinsam um das Feuer, brachen das Brot und schlürften die heiße Suppe aus den hölzernen Näpfen und schwatzen und lachten. Fang und Greif lagen auf der Seite, die Läufe von sich gestreckt, und hoben ab und an den Kopf, oder schnappten nach einem Stück Fleisch, das Balder aus seiner Suppe fischte und ihnen verstohlen zuwarf.

Nach dem Essen erzählte die Mutter zur guten Nacht die Geschichte von 'Bruder und Schwester'. Rindgard lehnte ihren Kopf an die Schulter des Vaters. Er tippte ihr mit dem Finger auf die Nase, die sie daraufhin in krause Falten legte. Die Mutter war gerade an der Stelle angelangt, an der das Brüderchen in ein Rehlein verwandelt wurde, als Fang plötzlich den Kopf hob und die Ohren spitzte. Er sprang zur Tür, kratzte daran und winselte.

Schließlich stellte er sich davor und knurrte tief und kehlig. Die Mutter blickte den Vater an. Der Vater erhob sich und griff nach seiner **Frame**, der mächtigen Lanze mit der wuchtigen Spitze aus Eisen. Er ging zur Tür und horchte. Doch er hörte keinen Laut. Geräuschlos schob er die Riegel zurück, öffnete die Tür einen Spalt und spähte nach draußen. Balder flüchtete sich in den Schoß der Mutter und schaute mit vor Angst geweiteten Augen zur Tür. Gunda hielt plötzlich ihr Messer in der Hand. Fafner zog das Beil aus dem Pfosten und trat neben den Vater. Der bedeutete ihm, die Tür zu öffnen. Rasch riss Fafner die Tür auf. Der Vater stand da, breitbeinig, die Frame mit beiden Händen zum Stoß erhoben. Nichts. Nur Fang spurtete los, blieb aber am Rand der Wurte, der Erdaufschüttung auf der das Haus errichtet worden war, winselnd und schwanzwedelnd stehen. Der Vater ging nach draußen. Eisige Nachtluft strömte herein. Greif reckte sich. Rindgard stand auf und eilte zum Vater. In der Tür blieb sie stehen und flüsterte: "Was ist? Was ist denn?"

"Nichts", sagte der Vater. "Nichts ist. Vielleicht ein Hase oder ein Fuchs!" Er streckte ihr den Arm entgegen und Rindgard trat in die Nacht.

"Aber das macht er doch sonst nicht." Der Rabe fiel ihr wieder ein.

"Vielleicht war es auch ein Dachs. Sieh nur, er ist schon wieder ruhig geworden." Tatsächlich trottete Fang bereits zurück ins Haus.

Der Himmel war sehr klar. Die Augen des Vaters glänzten. Es waren die Sterne, bemerkte Rindgard, die sich darin spiegelten. Sie funkelten hell, so hell, dass es ihr war, als könne sie sie hören. Ein feines Tönen in der Schwärze.

"Schau, die Nebelfrauen im Tal", sagte der Vater. Rindgard umfasste seinen Arm, schmiegte sich an ihn und wurde von seinem Duft nach Bienenwachs eingehüllt. Ruhig standen sie eine ganze Weile aneinander gelehnt vor der Tür. Was für ein schöner Abend. Sie nahm sich vor, ihn nie zu vergessen.

"Kommt rein", rief die Mutter, es wird kalt.

"Geh nur voran. Ich sehe noch einmal nach dem Rechten", sagte der Vater.

Rindgard lief zur Mutter. Kurz vor der Tür blieb sie stehen und drehte sich noch einmal um. Der Vater war schon verschwunden. Die Nebelfrauen aber streckten ihre Arme aus und wallten, als wollten sie sich die Wurte und das Gehöft einverleiben.

Rindgard wendete sich ab und betrat das Haus. Balder lag schon unter seinen Pelzen und schlief. Fafner hatte sich auf seine Schlafbank gesetzt und kaute auf einem Weidenzweig herum, die Axt neben sich auf das Fell gelegt. Gunda hatte ihre Haare geöffnet und kämmte sie mit einem beinernen Kamm.

Die Mutter trat zu Rindgard, fuhr ihr über das Haar und drehte eine Flechte zwischen ihren Fingern. "Du hast so schönes Haar, so schön wie das Haar der Wannen. Blond. Glänzend. Das ist ein Zeichen. Freyja hat dich gesegnet mein Kind. Und es duftet so gut nach Kamille." Sie löste ihren Kamm vom Gürtel und begann zu kämmen.

Rindgard spürte die Zinken auf dem Kopf. "Bald sind sie so lang wie die Haare einer Frau." Rindgard errötete und sie neigte den Kopf ein wenig, damit die Finger der Mutter beim Kämmen an ihrer Wange entlang streiften.

"Dann bekommst du deinen eigenen Kamm."

Rindgard blickte mit strahlenden Augen zur Mutter auf. "So

wie deiner?"

"Ich schnitze schon daran." Die Mutter legte ihre Hände auf Rindgards Wangen und drückte ihr einen Kuss auf den Haarschopf.

"Gute Nacht, Mutter", sagte Rindgard und ihre Finger streiften am Arm der Mutter entlang, verweilten für einen Augenblick in ihrer Hand und glitten dann ab. Rindgard spürte, wie sich die Wärme der Mutter verflüchtigte. Verträumt fuhr sie sich mit ihren Fingern durch die Haare. Sie fühlten sich kühl und geschmeidig an. Sie passten zu ihr, zu Rinda. So schlenderte sie zu ihrem Lager und kuschelte sich dann unter ihre Pelze.

Die Mutter kam noch einmal zu ihr ans Bett. Strich ihr über die Stirn. "Mein kleines Mädchen", flüsterte sie.

"Ich bin nicht klein!" murmelte Rindgard.

"Wie wahr. Du bist schon so groß, fast eine Frau."

"Hast du mich lieb, Mutter?"

"Ich hab dich lieb." Die Mutter küsste sie auf die Stirn, "schlaf gut mein Liebes", und stand auf.

Sie sah der Mutter noch zu, wie sie die glühenden Kohlen zusammenharkte und über Nacht mit einer Stülpe aus Ton bedeckte. Mit den beiden Luftlöchern und den aufgebogenen Griffen sah sie wie der Kopf einer Kuh aus. Langsam fielen Rindgard die Augen zu. Sie bemerkte noch, wie der Vater wieder hereinkam und die Riegel vorlegte. Sie sah auch noch, wie er die Mutter anblickte und sie ihn mit stummem Blick fragte. Doch er schüttelte nur den Kopf. Sie sank schon in den ersten Schlummer, als sie noch hörte, wie der Vater "Nichts!", brummte. Dann war sie eingeschlafen.

Rindgard fuhr empor. Im ersten Augenblick war alles still. Dann bellten Fang und Greif. Schlaftrunken schlug sie die Pelze zurück. Das Bellen kam von der Tür. Die Hunde bellten die Tür an. Plötzlich war Rindgard hellwach. Sie hörte, wie es vom Lager des Vaters und der Mutter raschelte. Die Hunde kläfften und scharrten. Wie gelähmt saß Rindgard auf ihrem Lager.

Plötzlich donnerte etwas gegen die Tür. Zwischen den Ritzen des Speicherbodens über ihr rieselte Spreu hervor. Die Hunde gebärdeten sich wie rasend. Neben ihr fing der kleine Balder zu jammern an. Da konnte Rindgard wieder einen klaren Gedanken fassen. Rasch war sie bei ihm, nahm ihn in den Arm und barg seinen Kopf an ihrer Brust. Sie strich ihm über den Rücken.

Wieder donnerte es gegen die Tür. Wieder rieselte die Spreu vom Boden. Die Hunde winselten. Die Mutter machte sich am Herd zu schaffen. Schon war der Raum in den dunkelroten Schein der Glut getaucht. Der Vater hielt den Schild in der einen, und die Frame in der anderen Hand. Fafner stand hinter ihm, in der Deckung seines Rückens, die eine Hand am Gürtel des Vater, die andere umklammerte die zum Schlag erhobene Axt. Rindgard wunderte sich, wie ruhig und gelassen die beiden wirkten. "Mutter, Mutter", gellten Balders Schreie. Verzweifelt versuchte Rindgard, ihn zu beruhigen. Doch ihr Hals war wie zugeschnürt. Die Hunde knurrten, tief und kehlig, die Lefzen gefletscht, mit blanken Reißzähnen.

Stimmen. Schreie. Befehle von draußen.

"Rotkittel!", zischte der Vater. "Wir müssen die Türen stützen!" Die Mutter schleifte bereits die Bänke zur Tür.

Plötzlich tauchte Gunda vor ihnen auf. "Rasch, auf den Speicher und zieht die Kerbe hinter euch hoch."

Mittlerweile zuckten die ersten Flammen auf. Schatten flatterten über die Wände. Rindgards Herz raste. Gunda rannte durch den Stall zur hinteren Tür. Balder schaute ihr mit zusammengepressten Lippen und angstweiten Augen nach.

Rindgard stand auf, zerrte Balder samt Pelzen vom Lager und hastete, ihn an der Hand hinter sich herziehend, zum Speicherboden. Fast wäre er über die Pelze gestolpert, die am Boden liegenblieben. Mehr als dass er kletterte, schob Rindgard ihn über die Kerbe und beförderte den Jungen mit einem Schubs auf die Garben.

Abermals erzitterte das Haus unter den wütenden Schlägen, Das Holz krachte. Flink wie eine Katze setzte Rindgard ihre Füße und schnellte an der Kerbe in die Höhe. Dann zog sie den schmalen Stamm herauf und warf ihn auf die Garben. Balder umklammerte sie. Er zitterte am ganzen Leib. Sie hielt ihn eng umschlungen.

Ebenso plötzlich wie der Lärm begonnen hatte, endete er auch. Für einen Augenblick war es ruhig. Balder hörte auf zu schreien und von draußen kam nicht ein Laut. Wie eine tödliche Drohung kroch dieses Schweigen heran. Das Feuer flackerte schreckhaft. Der Vater klopfte Fafner auf die Schulter, dann sahen sich der Vater und die Mutter an.

Noch nie hatte Rindgard bei ihrem Vater einen solchen Blick gesehen und im selben Augenblick wusste sie, dass das Klopfen an der Tür nur der Anfang war, der Anfang von Etwas, dessen Ende sie nicht einmal erahnen wollte.

Plötzlich mehrere dumpfe kurze Schläge vom Dach. "Rindgard", rief der Vater. "Sieh nach, was da oben los ist." Rindgard stand auf und tappte über den Speicher. Zuerst konnte sie nichts entdecken dann aber hörte sie ein leises Knistern, das rasch lauter wurde. Rauch kroch aus dem Stroh. "Feuer", rief sie.

"Brandpfeile", schrie der Vater. "Sie räuchern uns aus!"

Balder schrie auf. *Ausräuchern, wie die Bienen*, dachte Rindgard.

"Fang!" Rindgard hörte Fafners Ruf. Er stand in der Wohnstube und blickte zu ihr auf den Speicher herauf. Er schaute sie lange an, so lange hatten sie sich noch nie in die Augen gesehen und da wusste Rindgard, dass sie sich das letzte Mal ansahen. Tränen verschleierten ihr die Augen. Balder riss und zerrte mit einer Kraft an ihr, wie sie nur die Angst verlieh. Sie taumelte.

"Rindgard! Fang!" Es war die Stimme des älteren Bruders, die ihr Halt gab und damit rettete er ihr das Leben. Rindgard fuhr sich mit dem Ärmel über die Augen. Dicker Qualm drang mittlerweile über das Stroh ins Haus.

Rindgard konnte kaum noch sehen, was sich um sie herum ereignete. Doch manchmal konnte sie durch eine Lücke in den Schwaden einen Blick auf die Geschehnisse unten im Haus erhaschen. In einem solchen Augenblick sah sie, dass Fafner die Axt in der Hand hielt.

"Fang!" schrie er wieder mit einem gehetzten Blick zur Tür. Dann warf er die Axt. Rindgard fing sie am Schaft auf.

"Hack ein Loch in das Stroh. Flüchtet über das Dach. Ich komme nach!"

In diesem Augenblick zerbarst das Holz der Tür. Männer drängten herein. Die Hunde bissen zu. Das Vieh hatte den Brand gewittert und quiekte, blökte und schrie. Die Rinder keilten mit den Hufen gegen die Wände. Die Frauen schrien auf. Das letzte, was Rindgard sah, war der Vater. Einen Kopf hoch ragte er über die Angreifer auf. Er stieß und wirbelte den Speer. Er hieb und kantete mit dem Schild. Er schlug um sich und allein seine Wutschreie brachten das Haus zum Zittern. Viele der Rotkittel wälzten sich bereits am Boden oder lagen reglos da.

Die Flammen hatten sich durchs Dach gefressen und schlugen nach innen. Der Qualm biss und kratzte in der Kehle. Die Luft wurde heiß und stickig. Balder kauerte am Boden. Er hustete und würgte.

Zögerlich begann Rindgard auf das Stroh einzuschlagen, viel zu schwach. Am Stroh war nicht ein Halm gebrochen. Sie schluchzte auf und schrie: "Vater. Mutter. Helft mir."

Doch der Vater sank gerade in die Knie. Sein Schild war mit verbogenen und geborstenen Speeren bespickt und ließ sich nicht mehr halten. Er konnte ihn nicht mehr hochreißen, als ein Speer auf ihn zuschoss, ihn traf und sich in seine Brust bohrte. Er taumelte, dann kippte er zur Seite und fiel auf den Rücken. Ein dumpfes Dröhnen. Sein Mund klappte auf, als wollte er noch etwas sagen, doch kein Laut drang mehr aus seiner Kehle. Aus der Brust ragte ein römisches Pilum. Die Frame entglitt seiner Hand. Kraftlos sank sein Arm nieder. Dann rührte sich der Vater nicht mehr.

Die Mutter schrie auf und sackte zusammen. Sie wurde von vielen Händen ergriffen. Rindgard sah, wie ihre Mutter nach draußen gezerrte wurde. "Mutter!, Mutter", wollte sie schreien, stattdessen presste sie die Hände auf den Mund, um sich nicht zu verraten. Sie raufte sich verzweifelt die Haare. Ihr Herz zitterte. Balder lag am Boden, er streckte seine Hand nach ihr aus. Brütende Hitze senkte sich herab. Vom Dach tropfte brennendes Stroh in die Wohnstube. Das Feuer fauchte und brüllte; vom trockenen Stroh gemästet, war es zur rasenden Bestie angewachsen. Funken stieben auf.

Da erwachte Rinda. Sie schlug die Funken fort. Sie raffte die Axt auf und lief zu Balder, der wimmernd am Boden lag, die Hände auf die Ohren gepresst. Ihre Augen brannten, doch sie achtete nicht darauf. Sie fasste die Axt mit beiden Händen. Sie war nun sehr ruhig. Mit mächtigen Hieben drosch sie auf das Stroh ein. Nach dem ersten Schlag riss ein Bündel, nach dem zweiten klaffte schon eine Lücke im Dach. Kalte, frische Luft strömte ein. Balder kroch näher und atmete tief. Die Flammen in ihrem Rücken leckten nun bereits mit langen Zungen nach ihnen.

Die nächsten Hiebe vergrößerten das Loch. Rinda warf die Axt zur Seite und rupfte mit beiden Händen das Stroh in dicken Büscheln aus. Balder war wieder auf die Füße gekommen. Er hatte neuen Mut gefasst und half ihr. Bald war das Loch groß genug.

Rinda schob Balder raus auf das Dach und kletterte dann hinterher.

In der Wohnstube regte sich nichts mehr; die Römer hatten das Haus verlassen. Die Säue quiekten und die Schafe blökten.

Rinda krallte sich mit beiden Händen in das Stroh und klemmte ihre Zehen zwischen die Bündel. Sie zitterte vor Anstrengung. Immer wieder rutschten ihre Füße vom glatten Stroh ab. Die vom Schweiß feuchten Kleider klebten an ihr und die plötzliche Kälte des Nachtwinds ließ sie zittern. Wieder und wieder drehte sie sich zu Balder um. Gemeinsam krabbelten sie über das Dach, bis sie vom Schein der Flammen nicht mehr erreicht wurden. Rinda und Balder keuchten. Sie verschnauften.

Rinda blickte zum Boden. Im Licht der Sterne glänzte das Stroh hell, so als habe sich nichts ereignet, so als brannte ihr nicht gerade das Heim unter den Füssen weg. Das Stroh reichte fast bis zum Boden. "Komm, wir rutschen nach unten." Schon schlingerten die beiden über die glatten Halme. Der Boden sauste näher. Sie schlugen mit den Füßen auf, knickten ein und kullerten übereinander. Geistesgegenwärtig legte Rinda Balder die Hand über den Mund. "Ganz ruhig", flüsterte sie ihm ins Ohr. Dann schaute sie sich verstohlen um.

Die Flammen erhellten diese Seite des Hauses noch nicht und Rinda konnte vor dem finsteren Waldrand nichts sehen. Das Quieken der Schweine wurde unerträglich. Da fasste sie einen verhängnisvollen Entschluss.

"Komm!" flüsterte sie Balder zu. "Wir spielen Ringelnatter." Sie legte sich auf den Bauch und schlängelte sich durch das Gras. Balder folgte ihr auf gleicher Weise. So erreichten sie die Stalltür an der Giebelseite. Rinda zögerte und schaute, aber sie konnte niemanden sehen. Die Tür hing zerbrochen in den Angeln. Sie lugte in den Stall. Niemand war da. "Bleib hier! Ich hole die Tiere raus."

"Nein, ich will nicht allein bleiben", jaunerte Balder.

"Schscht!", zischte Rinda und hielt ihm den Mund zu. "Dann komm halt mit, aber sei still." Zusammen betraten die Kinder den Stall. Rinda hastete schnell zum Pferch der Sauen. Sie legte ihre Arme um den Keiler und beruhigte ihn. Wenn es ihr gelang, ihn aus dem Stall zu treiben, würde ihm der Rest der Rotte folgen. Noch drängten sich die Tiere ängstlich aneinander und suchten Schutz im vertrauten Stall. Sie packte den Keiler an den Ohren und zog. Der stemmte seine Füße in die Streu und war nicht zu bewegen. Mit weiten Augen starrte er sie an. Rasch sah Rinda sich um. *Wenn ich entdeckt werde …* Da hatte sie einen Einfall. Sie hielt dem Keiler die Augen zu und schob ihn mit den Beinen voran. Balder schob am Hinterteil. Widerwillig machte der Keiler ein paar Schritte und lief schließlich mit. Rinda trat hinter die Bachen und Frischlinge und scheuchte sie mit wedelnden Armen hinter dem Keiler her. Die Rotte flüchtet ins Freie.

Rasch lief sie zu den Schafen und scheuchte sie hinter den Schweinen her. Jetzt noch die Rinder. Sie hastete wieder nach vorne zu den Pferchen. Doch was sie auch versuchte, die Rinder traten nach ihr aus, glotzten sie mit blutunterlaufenen Augen an und bewegten sich nicht von der Stelle. Die Tränen stiegen ihr in die Augen. Das Dach über der Wohnstube brannte nun lichterloh. Brennend brauste es herab. Funken stieben den Gang entlang, Qualm wirbelte und die Hitze fiel mit ihrem heißen Atem alles an, was sich ihr in den Weg stellte. Schon begannen die Pfosten des Stalls zu rauchen. Rinda blieb die Luft weg, der Mund war ausgedörrt, das Gesicht brannte. Balder zerrte an ihr. Wortlos wandte sich Rinda ab, nahm Balder an der Hand und stürzte zur Stalltür. Mittlerweile brannte mehr als die Hälfte des Daches. Selbst ihr Kleid war unerträglich heiß, so heiß, dass sie es sich am liebsten vom Leib gerissen hätte.

Draußen spürten sie die kalte Luft und ließen sich sofort ins Gras fallen. Als das Brennen auf ihrer Haut nachließ, spähte Rinda vorsichtig zwischen den Spitzen der Gräser hindurch. Auf dem Dach waren die empor schlagenden Flammen längst zu einer Hecke aus Feuer verwachsen und das, was sie im brausenden Schein der sehr bleichen und sehr hellen Strohflammen sah, ließ ihr den Atem stocken.

Der Vorplatz war voller Rotkittel. Sie trugen Panzer und Helme, auf denen der Schein der Flammen flackerte und ein Klirren von metallenen Platten lag in der Luft. Etwas entfernt vom Haus lagen in einer Reihe Legionäre auf dem Boden. *Tot*, durchfuhr es Rinda. Ein Mann mit halbkreisförmigem Busch auf dem Helm schritt die Reihe ab. Bei jedem Toten bückte er sich und riss etwas vom Hals. Daneben lagen die Hunde und zwei Körper. Ein großer, der im Arm den kleineren hielt. Das mussten der Vater und Fafner sein. Sie schluchzte erstickt und die Tränen strömten ihr über das Gesicht. Sie kniff die Lippen zusammen, um nicht laut aufzuschreien.

Wo war bloß die Mutter? Da sah sie einige Rotkittel auf dem Boden, die halb knieten halb lagen, als versuchten sie, bockige Kälber zu bändigen. Plötzliche Schreie. Rinda stockte der Atem. Es waren die Schreie der Mutter und es waren die Schreie von Gunda.

Was geschah dort?

Balders Gesicht schob sich nahe an das ihre heran, rasch drückte sie ihn zurück ins Gras. "Bleib unten", zischte sie mit zitternder Stimme. Immer wieder flog etwas aus diesen wabernden Knäulen aus Leibern heraus.

Was ging da vor sich? Doch Rinda sah nichts, die Legionäre verstellten ihr den Blick.

Plötzlich wurden Befehle geschrien. Rinda versuchte herauszubekommen, wer da gerufen hatte. Zunächst konnte sie in der Finsternis, aus der der Schrei gekommen war, nichts erkennen. Doch ihre Augen erholten sich rasch von der Helligkeit des Feuers. Sie erblickte die Schatten in der Nacht. Wie ein Zaun standen Gestalten vor dem blauen Nachthimmel. Sie flackerten rot und hielten Schilde und Lanzen aus Feuer in der Hand. Rinda zog es das Herz zusammen. Kälte breitete sich in ihr aus. Es dauerte einen Augenblick bis sie begriff. Die Römer hatten einen Ring um die Wurte gebildet. Sie waren eingeschlossen.

Wieder wurden Befehle gebrüllt. In die Soldaten auf dem Vorplatz kam Bewegung, sie rannten in die Dunkelheit. Plötzlich hörte sie die Stimme der Mutter: "Kinder flieht zum Vaterbruder!" Es waren die letzten Worte, die Rinda von ihrer Mutter hören sollte.

Rinda ließ den Kopf auf die Arme sinken. *Wie sollten sie aus dem Ring herauskommen?* Doch diese Frage brauchte sie sich nicht mehr zu beantworten. Plötzlich fühlte sie eine starke Hand, die sie am Arm packte und hochriss. Rinda und Balder schrien auf. Rinda sah aus dem Augenwinkel, dass auch Balder von einem Rotkittel gehalten wurde. Rinda wand und trat und schlug auf den Soldaten ein, der Balder hielt. Der war durch den Angriff von der Seite überrumpelt und Balder konnte sich ihm entwinden. Sofort verschwand er im Gras.

"Lauf in den Wald! Versteck dich!", schrie Rinda. Sie keuchte. Die Rotkittel riefen sich kurz etwas zu. Rinda konnte sie nicht verstehen. Aber niemand verfolgte Balder. *Wenn er es nur bis zum*

Wald schaffen könnte? Nun drangen die Legionäre zu zweit auf sie ein und überwältigten Rinda mühelos. Sie warfen sie auf den Boden wie einen Sack und sprachen und lachten miteinander. Es klang hässlich und Rinda schlug die Hände vor die Augen, um ihre Gesichter nicht sehen zu müssen. Sie rollte sich zusammen wie ein Igel und wünschte sie besäße seine Stacheln. Nichts geschah. Rinda blinzelte zwischen ihren Fingern hindurch. Die beiden standen da und aßen. Einer bückte sich zu ihr herunter. Sie konnte seinen süßlichen Atem riechen.

Wie konnte man Menschen im Schlaf überfallen und ans Essen denken? Rinda wurde übel. Sie spürte, wie die Finger des Mannes durch ihre Haare strichen und sie abschätzig zwischen den Fingern rieben. Sie befreite ihre Haare aus dem Griff des Mannes. Der sagte etwas. Es klang zornig. In diesem Augenblick stürzte das restliche Dach in sich zusammen. Balken wurden zu Beilen. Es krachte und polterte und Funken schossen hoch in den Himmel auf. Dann wurde es dunkler.

Die Rotkittel waren offensichtlich fertig. Sie riefen etwas und winkten. Rinda nahm die Hände von den Augen. Weitere Rotkittel liefen herbei. Nun ging alles ganz schnell. Bevor Rinda richtig klar wurde, was mit ihr geschah, war auch schon alles vorüber. Unbarmherzige Händen packten sie an Armen und Beinen. Noch bevor sie schreien konnte, presste ihr eine stinkende Hand den Mund zu und die Kiefer zusammen. Nicht einmal beißen konnte sie. Jemand fasste in ihre Haare. Sie spürte ein kaltes Messer an ihrem Kopf. Der Schmerz war kurz und scharf. Rinda erstickte fast an Wut und Scham. Immer wieder grapschten Hände nach ihren Haaren. Immer wieder säbelte das Messer über ihren Kopf immer wieder spürte sie den Schmerz. Da endlich verstand sie, was sie gesehen hatte. Der Mutter und Gunda war es gleich ergangen. Etwas Warmes floss ihr in die Augen und verschleierte ihren Blick. Tränen strömten. Ihr Körper schluchzte auf. Die Griffe wurden härter. Plötzlich fühlte sich ihr Kopf sehr kalt an. Der Schmerz blieb aus. Ihre Hände waren plötzlich frei. Sie rollte sich zusammen und umfasste ihren Kopf. Von ihren Haaren war nur noch ein struppiger, blutverschmierter Rest geblieben. Borsten.

Rinda schämte sich und ihre Tränen strömten ins Gras. Die Männer um sie herum schnallten die Helme auf und nahmen sie ab. Viele Füße streiften durchs Gras. Sie sammeln sich, durchfuhr es Rinda. An ihren Beinen wurde sie noch immer gehalten, aber der Griff war schwächer geworden. Ihr fiel Streuner ein und plötzlich wusste sie, was sie zu tun hatte. Blitzschnell winkelte sie ihre Beine an und stieß mit aller Kraft, die sie in sich hatte, zu. Sie hörte ein Geräusch, wie wenn eine Rübe bricht. Ein Schrei. Schon stand sie auf den Füssen und rannte. Einen Rotkittel stieß sie beiseite. Die Anderen blieben rasch zurück. Die Rüstungen waren zu schwer zum langen Rennen. Schon schoss sie die Wurte hinunter und sprang über den Weidenzaun.

Sie hatte recht vermutet. Der Ring um das Gehöft war aufgelöst worden. Das Lärmen der Rotkittel hinter ihr wurde schwächer, die Finsternis vor ihr dichter. Sie sauste weiter. Noch wenige Schritte und sie hatte den Grund der Senke erreicht. Sie blickte zurück. Niemand folgte ihr.

Von ihrem Heim stiegen noch immer die Flammen auf. Selbst von hier aus konnte sie noch die Hitze der Verwüstung spüren. Doch Rinda blieb nicht stehen. Sie hetzte vorbei an den Äckern, die nun nie wieder Frucht tragen würden. Sie keuchte. Der Boden stieg langsam an. Sie rannte auf den Wald zu, der oberhalb der Senke wuchs. Ihre Beine stachen und zogen aber sie blieb nicht stehen. Immer wieder strauchelte sie über die Graspolster, dann lag die Senke hinter ihr. Voraus ragte der Wald auf. Seine Zweige streckten sich ihr entgegen und sein kühler Atem linderte ihre Schmerzen. Sie lief noch, bis sie keine Luft mehr bekam, dann nahm sie der Wald auf. Sie sank auf das Moos und kroch auf allen Vieren zwischen den Farnen hindurch bis eine gütige Eiche mit einem tiefen Spalt im Stamm ihren Weg kreuzte. In ihrem Jammer zwängte sie sich in die Höhlung. Sie sank auf ein Polster aus Laub und ein alles auslöschender Schlaf zog sie ins Nichts. Die uralte Eiche aber senkte ihre Zweige und wachte.

Herbstdämmerung

GERMANIA MAGNA, **Kalenden** des September 9 n. Chr.,
Sommerlager des Varus an der VISURGISSCHARTE:

Regulus beschirmte seine Augen mit der Hand und sah die ersten gelben Blätter über den blauen Himmel stieben. *Sonnenflocken*, dachte er und stützte den Arm in die Hüfte. Er sah den über die Lagerpalisade wirbelnden Blätter nach, bis sie gegen die **Papiliones**, die Legionszelte, geweht wurden und schabend über die Planen aus Ziegenleder zu Boden rutschten. Sie sammelten sich im Windschatten der Schilde, die zusammen mit den anderen Waffen vor den Eingängen der Zelte standen. *Jederzeit bereit zum Kampf, das war der Wahlspruch der Adler.* Bald würde auch er dazugehören. Regulus schwoll die Brust vor Stolz.

Die Waffen kannte er schon alle genau und wusste, wie sie abgestellt wurden: Der mit einer Lederhülle vor der Witterung geschützte Schild, das **Scutum**, lehnte am **Pilum**, der Wurflanze, dort, wo das Holz in die eiserne Spitze überging. Der **Helm** lag mit dem Ohrenschutz auf dem oberen Schildrand, sodass der Wangenschutz vor dem Schild, und der Nackenschild auf dem Schaft des Pilums lag. Das Schwert, der **Gladius**, hing am Gürtel, dem **Cingulum**, und baumelte zusammen mit dem Dolch, **Pugio**, vom Rand des Schildes herab.

Gladius, welch ein aufregendes Wort. Regulus ließ es sich über die Zunge gleiten. Er kannte sich aus. Unzählige Male hatte er den Legionären, seinen Adlern, schon beim Üben mit dem Schwert zugesehen und daher wusste er genau, wie es zu handhaben war. Im Geist sah er sich das Schwert zücken und wie einen Stachel über den Rand des Schildes stechen. Tausend Mal schon hatte er, der glorreiche Römer, seinen Freund Caius, den feigen Barbaren, besiegt mit nichts anderem als einem Stock in seiner Hand …

"Wird das heut noch was, Bursche?" Die raue Stimme von Marcus Caelius, **Zenturio** primus pilus der XVIII. Legion riss Regulus aus seinen Träumen. Er saß auf einem Schemel vor seinem Papilio, das größer war, als die übrigen Giebelzelte der Cohors I. Zudem bestand nur das Dach aus Leder, während die Wände aus Leinen waren und daher Licht einließen.

"Verzeihung", beeilte sich Regulus zu sagen und schwang den Mantel des Zenturios - das **Paludamentum** - und legte ihn als Umhang über Brust und Schultern seines Herren und heftete ihn mit einer Fibel am Hals zusammen.

"Schneid' mir ja nicht das Ohr ab!"

Regulus, der hinter dem Zenturio stand, grinste und begann die Schneiden der Schere an einem speckigen Lederriemen zu wetzen.

"Wo denkt ihr hin, Zenturio", antwortete er keck, "Ich geb' mich schon mit einem Stück davon zufrieden."

Regulus wusste, dass er sich als gewöhnlicher Bursche solche Reden nicht erlauben durfte. Aber schließlich war er kein gewöhnlicher Bursche, er war römischer Bürger. Sein Vater war der Gutsbesitzer Caecilius Cresimus aus der Provinz Gallia Narbonensis und ließ dort Gerste anbauen. Außerdem kannte er Marcus und das war mitunter sehr hilfreich.

Regulus seufzte. Vier Jahre nun stand er schon in Marcus Diensten. Vier Jahre, in denen er weder seine Eltern, noch seine Schwester gesehen hatte. Er schielte zu Marcus. Kein Wunder das Marcus in der Zeit wie ein Vater geworden war.

Über das zerfurchte Gesicht des alten Mannes legte sich ein Lächeln. Er nickte leicht mit dem Kopf und hob spielerisch drohend die **Vitis**, seinen Zenturionenstab aus Rebholz, den er, das wusste Regulus, trefflich zu nutzten verstand, wenn es sein musste. Zwar hatte er selbst noch keine Prügel bekommen, doch hatte er so manchen Legionär erlebt, der sich erst nach einigen schlagkräftigen Argumenten zur gebotenen Disziplin überreden ließ.

Doch Marcus Caelius war ein gerechter Zenturio, und darauf war Regulus stolz. Er war nicht bestechlich. Kein Legionär konnte sich bei ihm vom Latrinenreinigen oder Wachestehen freikaufen. Er strafte auch nicht willkürlich, sondern nur dort, wo die Kampfkraft der Legion und das Leben aller gefährdet waren. So hatte er einem Legionär, den er während seiner Wache im Vorfeld schlafend angetroffen hatte, mit einem Steinwurf gegen den

Helm geweckt. Wie sich später zeigte, hatte nicht nur der Helm eine Delle, denn der Mann musste, weil ihm übel war und ihm alles vor den Augen verschwamm, im Valetudinarium, dem Lagerhospital, behandelt werden. Seitdem war nie wieder ein Legionär während der Wache eingeschlafen.

So unbedingt wie er strafte, so unbedingt und aus ganzem Herzen war er auch großzügig. Dem Legionär Julius hatte er einmal gestattet, sich des Nachts aus dem Lager zu entfernen, da ihm seine Gefährtin ein Kind gebar. Seitdem hatte er einen treu Ergebenen mehr in der Legion.

Regulus fuhr mit dem Holzkamm durch das graue Haar des Zenturios. Voller Vorfreude auf die baldige Rückkehr in das **Winterlager** nach Castra Vetera am Rhenus, gebärdete er sich wie ein junger Hund. "Wie soll die Haartracht werden, werter Herr?" Die nun folgende Pointe im Sinn konnte Regulus vor Kichern nicht mehr weitersprechen.

Marcus Caelius bemerkte, das sein junger Bursche übermütig wurde und grummelte. Doch das Lachbeben begann.

"Ausreichend für den **Legaten** Asprenas oder ergötzlich für Claudia?" Regulus ließ sein Lachen vom Zügel. Es endete jäh, als er von den Füssen gerissen wurde und auf die Erde prallte. Regulus schnappte nach Luft. Als er wieder klar denken konnte, bemerkte er einen Druck an seinem Knöchel. Der stammte von der Hand des Zenturios, wie er wenig später feststellte.

"Was lernst du daraus?", fragte Marcus Caelius.

Regulus grollte: "Das ich nicht respektlos über euch reden darf?"

"Das man immer auf alles vorbereitet sein sollte." Marcus lächelte gutmütig zu Regulus hinunter und reichte ihm die Hand. Regulus schlug ein und Marcus zog ihn hoch und klopfte ihm die ausgebleichte rostrote Tunika am Rücken ab.

"Au!", rief Regulus.

"Nun etwas Strafe muss sein für den, der solche Reden führt. So, und nun mach weiter." Marcus deutet auf die Schere im Gras. Regulus bückte sich und nahm sie an sich. Als er sich aufrichtete, ließ er die Schneiden aneinander vorbei schaben. Plötzlich waren auf den Holzbohlen Schritte zu hören.

Regulus sah sich um und erkannte den Legionär Julius. Über seiner Schulter trug er ein Reh, dessen Kopf bei jedem Schritt hin und her baumelte und gegen den Köcher stieß. Den Bogen trug er in der Hand.

"Jagdglück gehabt, Julius?" Da war sie wieder die raue Stimme des Zenturio, die Regulus so gut kannte, und die Marcus immer benutzte, wenn er mit den Männern sprach. Julius hielt an und salutierte: "Sehr wohl, mein Zenturio", sprach er in der harten kehligen Redeweise, die ihn als Syrer auswies.

Marcus Caelius machte ein Zeichen mit der Hand und Julius rührte sich. Er hob das Reh an den Läufen kurz an. "Viele hungrige Mäuler." Julius zuckte mit den Achseln und zwinkerte Regulus zu.

"Wohl bekomms!", sprach Marcus Caelius und entließ den Bogenschützen mit einem Nicken seines Kopfes. Er setzte sich auf dem Schemel zurecht und sah zu Regulus auf. "Rasch jetzt, bis zur **Cena** sollten wir fertig sein, ich hab Hunger."

Regulus begann mit dem Schneiden. "Wann brechen wir auf?"

Marcus lächelte: "Du kannst es kaum erwarten, stimmt's?"

Regulus hielt inne. "Ich freue mich auf ein richtiges Dach über dem Kopf, auf ein sauberes Bett, gut geheizte Böden und warmes **Badewasser**."

Marcus stieß sein hartes Lachen hervor, das Regulus mochte und das er nachzuahmen versuchte, so gut das im Stimmbruch eben ging: "Es wird kalt, das stimmt. In wenigen Tagen, an den **Iden** des Septembers, werden wir abrücken. **Ritter** Arminius hat die **cheruskische Auxilia** schon in die Quartiere für den Winter entlassen. Sie haben zu Beginn des Monats das Lager verlassen."

"Ritter Arminius?"

Marcus drehte sich zu ihm um und sah ihm belustigt in die Augen. "Sag' bloß, du kennst Arminius nicht!"

Regulus hob halb fragend, halb entschuldigend die Achseln und ließ sie dann schlaff herunterhängen. Marcus musterte ihn mit gerunzelter Stirn: "Du bist zwar rasch gewachsen in diesem Jahr, aber das ist noch kein Grund sich hängen zu lassen. Du bist ein Römer. In deinem Alter ..."

Regulus war nicht in der Stimmung für diesen Vortrag, den er nur zu gut kannte, und so fiel er Marcus dummdreist ins Wort:

"Wer ist denn nun Arminius?"

Marcus seufzte.

Regulus in seinem Rücken aber schmunzelte und die Schere wischelte munter in seiner Hand. Er hatte es geschafft. Sein neuerlich respektloses Betragen war ohne Folgen geblieben. Bühnenreif. Ach was! Theater des Marcellus, mindestens! Regulus wechselte auf die Seite, drückte den Kopf seines Herrn leicht nach rechts und begann, das Haar über dem Ohr glatt zu kämmen.

"Arminius ist doch kaum zu übersehen. Um Haupteslänge überragt er uns Römer. Er ist dir bestimmt schon aufgefallen, mit seinem Kettenhemd, das bei seinem weiten Schritte klirrt und dem akkurat sitzenden Helm, den er römischer noch als jeder Römer trägt."

Regulus stutzte: "Er ist gar kein Römer? Aber er ist doch ein Ritter, und ich dachte ..."

Diesmal war es Marcus, der ihm ins Wort fiel: " ... nur Römer könnten Ritter sein? Ach, wie oft hab ich's dir schon erklärt? Augustus kann die Freunde Roms in den Ritterstand erheben, wenn sie entsprechend vermögend sind."

"Ist Arminius ein Freund Roms?"

"Durch und durch. Ursprünglich war er ein Germane. Vom Stamm der Cherusker. Doch schon als Kind ist er zusammen mit seinem Bruder Flavius nach Rom gekommen, als Faustpfand, damit sein sturer Vater Segimer unsere Herrschaft anerkannte." Marcus schüttelte verständnislos den Kopf. "Nur über ihr eigen Fleisch und Blut lernen diese Barbaren den Wert von Verträgen kennen."

"Haltet still Herr, sonst wird nicht nur das Haar kürzer."

Marcus antwortete nicht. Dann sprach er leiser weiter, als rede er eher zu sich selbst. "Diese Barbaren sind wie die Wälder in denen sie hausen, widerspenstig und zerzaust."

Stille. Nur die Schere klapperte, die Marcus wieder zu einem Zenturio mit römischer Haartracht werden ließ. Marcus strich sich über sein glattrasiertes Kinn und Regulus wusste nur zu gut, was er dabei dachte. Marcus ließ nämlich keine Gelegenheit aus sich über die langhaarigen, unrasierten Barbaren aufzuregen, die er verabscheute und die er am liebsten alle scheren würde. Schafe, die sie nun einmal waren und die eines Hirten bedurften.

"Was muss man denn machen, um zum Freund Roms zu werden?" fragte Regulus rasch bevor Marcus weiter reden konnte.

Marcus Stimme klang durchaus erfreut darüber, dass sein Bursche eine solche Wissbegier an den Tag legte, und nur zu gern fuhr er fort: "Arminius hat mit den Männern seiner cheruskischen Auxilia gegen die aufständischen Pannonier und Dalmatier gekämpft. Er war sehr erfolgreich." Marcus machte eine wegwerfende Handbewegung. "Was sag' ich! Er war der Beste. Sieh dir mal seine Ehrenabzeichen an." Eine Weile blickte Marcus nachdenklich vor sich hin, dann sagte er: "Vielleicht zu erfolgreich."

Regulus durch den Tonfall aufmerksam geworden fragte: "Wie meinst du das?"

"Ich weiß es selbst nicht recht", winkte Marcus ab.

Regulus dachte über das Gesagte nach. Nur die Schere war zu hören. Nach einiger Zeit richtete er sich auf, strich mit der Hand lose Haare fort und ging dann auf die andere Seite, wo er mit dem Schneiden fortfuhr.

"Und wie ist er hierher gekommen?"

"Varus, also der Statthalter persönlich, hat ihn für seine fünf Legionen ausgewählt. Arminius spricht die Sprache der Barbaren, er ist Präfekt und er beherrscht ein blendendes Latein. Kurz er ist ein Mann, wie wir ihn brauchen."

Regulus pustete in die Stille hinein. Haare stoben von den Schläfen des Zenturios. Er musterte sein Werk und strich, offensichtlich unzufrieden, nochmals die Haare glatt. Er entfernte überstehende Spitzen, besah sich das Ganze erneut und nickte zufrieden. "Schließt bitte die Augen, ich werde nun euer Stirnhaar kürzen."

Marcus kniff die Augen zusammen und Regulus kappte mit trippelnden Schnitten das Haar, bis eine schöne gerade Linie das Gesicht des Zenturios rahmte. Die olivbraune Haut und die vielen freundlichen und traurigen, harten und bitteren Fältchen vereinigten sich nun zu einem männlichen Gesicht voller Charakter.

Regulus bemerkte das und strich das Haar vorteilhaft zu kleinen Strähnen aus, trat zurück und betrachtete prüfend sein Werk. Sehr mit sich zufrieden befreite er seinen Herrn aus dem Umhang. Doch stach ihn noch ein letzter Satz: "Claudia wird begeistert sein." Diesmal sprang er so rasch zurück, dass die Hand des Zenturios ins Leere schoss. "Lektion gelernt", trompetete Regulus und schüttelte den Umhang aus.

Marcus erhob sich und klopfte sich die Haare von seiner roten Tunica. "Danke sehr! Und du hast recht, Claudia wird sich freuen, sehr sogar!"

Regulus errötete, das passierte ihm oft in letzter Zeit, wenn die Rede auf Frauen kam, und trotzdem zog ihn alles, was mit ihnen zu tun hatte an wie der Honigtopf des Lagermeisters. Er dachte an seine Schwester Terzia und an deren Freundin Lavinia.

Sie waren nun schon 13 Jahre alt, zwei Jahre jünger als er selbst. "Lavinia", murmelte er und ließ sich den Namen auf der Zunge zergehen.

"Du kannst jetzt gehen", sagte Marcus. "Heute koche ich. Sei pünktlich zur Cena zurück."

Regulus blieb der Mund offen stehen. Ausgang am Nachmittag und nicht kochen müssen? Soviel Glück an einem Tag hatte es schon lang nicht mehr gegeben. *Nichts wie weg bevor er es sich anders überlegt!* Er hastete ins Zelt, warf den Umhang auf Marcus' Schlafbank, schlüpfte wieder daraus hervor, sprang an den Weiden der Maultiere vorbei und war, ehe Marcus dreimal blinzeln konnte, zwischen den abgestellten Wagen verschwunden. Doch Marcus dachte gar nicht daran, es sich anders zu überlegen. Er stand da und blickte Regulus schmunzelnd und ein wenig wehmütig nach.

Regulus betrat den Weg zwischen den Zeltplätzen der Zenturien. Diese Wege waren aus Holzbohlen gezimmert und durchzogen gitterartig das Lager, damit es sich nach den Regenfällen nicht jedes Mal in Morast verwandelte. Rechts und links, mit dem Rücken zum Weg, lagen die Zelte der **Contubernia**, jener Einheiten aus acht Legionären, aus derer zehn eine Zenturie bestand. Soldaten, die gemeinsam für Rom kämpften, lebten und starben.

Regulus trabte an und schlängelte sich rasch und mit großem Geschick zwischen den vielen Menschen hindurch, die der sich ankündigende Abbruch des Lagers und der bevorstehende Marsch auf die Beine gebracht hatte, bis er einen gleitenden Rhythmus fand. Manchmal gab es keinen größeren Rausch für Regulus, als beweglichen Hindernissen auszuweichen, die in jedem Augenblick einen unerwarteten Schritt zur Seite machen konnten. Rasches Fortkommen ohne anzurempeln; er hatte es darin zu einer gewissen Meisterschaft gebracht und die Legionäre in ihren Rüstungen und die Frauen und Kinder spürten nicht mehr von ihm als einen Luftzug, wenn er zwischen ihnen hindurchhuschte, rauschte, flitzte. Er hielt sich an den Abspannleinen der Zelte fest und ließ sich vom eigenen Schwung um die Kurve schleudern wie ein Wurfblei. Am Scheitelpunkt ließ er die Leine los und schnellte in die nächste Gasse hinein, die erschrockenen Schreie der Legionäre im bedrohlich schwankenden Zelt hinter sich lassend. Derart beschwingt schoss Regulus durchs Lager. Manchmal riefen ihm die Händler unfreundliche Wörter hinterher, wenn er sie an ihren Bauchläden um die eigene Achse drehte.

Eine Frau mit verrutschter Tunika und einem Weidenkorb voller Wäsche lenkte Regulus ab. Für einen Atemzug gönnte er sich ihren Anblick, bis er im Augenwinkel plötzlich ein silbernes Aufblitzen bemerkte, dass ihn jäh aus seinem Rausch riss. Regulus bremste. Doch die Bohlen waren sandig. Er schlitterte über das Holz. Seine Sandalen knirschten. Er versuchte noch, das Gleichgewicht zu wahren und ruderte mit den Armen durch die Luft. Doch die waren ihm in diesem Jahr merkwürdig lang und fremd geworden, so traf er erst den Wäschekorb und in Folge dessen allerlei Anderes. Er versuchte noch, zwischen den zu Boden flatternden Tuniken eine rettende Abspannleine zu erhaschen, doch er verfehlte sie. So trug ihn der Schwung auf seinen schlaksigen Beinen aus der Kurve. Statt nach rechts aus dem Lagerbereich der Legion XVIII auf die Via decumana abzubiegen, flog er über den Rand des Bohlenwegs schnurgerade in das nächste Zelt. Er klatschte gegen das Leder wie eine Hand auf den Backen eines Lausbuben.

Benommen rappelte sich Regulus auf. Er klopfte sich den Staub aus seiner Tunika. Quer über sein Schienbein zog sich ein roter Striemen. Die dafür verantwortliche Leine des Zeltes vibrierte wie die Saite einer **Lyra**. Regulus betastete noch die Quetschung an seinem Bein, als er plötzlich einen weiteren ziehenden Schmerz spürte. Diesmal an seinem Ohr. Dem Zug unfreiwillig nach oben folgend kam Regulus stöhnend und unter dem begeisterten Gejohle der umstehenden Lagerbewohner, auf die Beine.

Regulus blickte etwas verwirrt aufwärts an zwei tadellos gehaltenen Sandalen und leinenen Beinkleidern entlang, auf eine blütenweiße Tunika mit purpurnem Rand und einen im Licht glänzenden Kettenpanzer, der **Lorica hamata**, der mit vielen silbernen Spangen und Ehrenabzeichen behängt war. Er sah die **Focale**, einen Schal aus Wolle, der die Ränder des Kettenpanzers daran hinderte, auf der Haut zu scheuern. Um weiter sehen zu können, musste Regulus seinen Kopf in den Nacken legen. Doch das, was er sah, ließ ihn für einen Lidschlag sogar den Schmerz in seinem Ohr vergessen. Er blickte auf ein markantes Kinn mit Bartstoppeln, die sich weit das Gesicht hinaufzogen. Er sah zwei

50

stechend blaue Augen, flachsblonde Haare im römischen Schnitt und auf dem Kopf den Helm der Auxiliae, der römischen Hilfstruppen. Regulus hatte diesen Menschen noch nie gesehen, doch er ahnte sofort, wer vor ihm stand: Gaius Iulius Arminus, römischer Ritter im Präfektenrang, Befehlshaber der cheruskischen Reiterverbände. Schlagartig setzte bei dieser Einsicht der Schmerz in seinem Ohr wieder ein und Regulus wimmerte leise vor sich hin. "Ich dachte, ihr seid schon im Winterlager."

Das Zischeln und Züngeln der Menge erstarb. Innerlich biss sich Regulus für so viel Dummheit auf die Zunge. Doch zu spät, die Worte waren heraus geschlüpft und über die Ohren wohl tief in die Erinnerung Arminius geeilt, denn um die Winkel der sehr blauen Augen des Cheruskers bildeten sich belustigte Fältchen, als erwachten Taten längst vergangener Tage in ihm, die aber rasch verschwanden und glatter, wettergegerbter Haut wichen: "So, sollte ich das!"

Regulus blickte rasch zu Boden und wurde dadurch an sein Ohr erinnert, dass sich immer noch in ungewöhnlicher Lage befand. Er stöhnte auf.

Die Menge raunte und plötzlich rief einer aus dem Schutz ihrer Mitte: "Richte ihn!" Rasch flog der Ruf, einmal in der Welt, von Mund zu Mund und schwoll zu einem Chor erwartungslüsterner Stimmen an. Regulus erstarrte. *Das geht nicht gut!* Doch da lockerte Arminius seinen Griff. Regulus sah mit verminderter Pein auf und blies das Fünkchen Hoffnung in seinem Inneren an. Arminius streckte seinen Arm aus, der goldene Ring des Ritters blitzte an seinem Finger. Die Geste ließ die Menge verstummen.

"Hat er Schaden angerichtet?"

Die Menge schwieg.

"Nein!" beantwortet Arminius seine Frage selbst.

Wieder drang eine Stimme aus der Menge hervor, eine andere diesmal wie Regulus bemerkte. "Er hat keine Disziplin!"

"Jawohl", fiel der Chor der übrigen ein, "ihm fehlt die Disziplin."

"Disziplin. Disziplin", zischelte es von Mund zu Mund. "Deshalb sind wir hier", schallte es da laut und vernehmlich aus dem Chor.

Arminius erstarrte, doch innerlich bebte er. Regulus entging das nicht, da er ja noch immer auf höchst schmerzhafte Weise mit dem Cherusker verbunden war. Selbst wenn er auch nicht ganz verstand was er da gerade sah, spürte er doch, dass er Zeuge einer unerhörten Begebenheit war. Für Regulus völlig unerwartet ließ Arminius ihn los. Er sah, wie sich der Cherusker das Halstuch lockerte.

"Wer von euch war in seinem Alter anders?"

Schweigen.

Arminius legte seine Hand auf Regulus' Schulter. Sie fühlte sich erstaunlich warm an. Dann raunte ihm Arminius zu: "Geh!", und laut, gerichtet an die Umstehenden sprach er: "Er hat genug Strafe erhalten." Die Menge wurde unruhig und summte wie ein Schwarm aufgestöberter Wespen. Regulus hörte sie stechen und ihr Gift verspritzen: "Germane" und "Herkunft" und "nicht verleugnen." Aber er hörte mit seinen so von manchem Einbruch geübten Ohren auch noch etwas anderes. Sehr leise, fast gehaucht, vernahm er das Wort "Superbia[2]." Regulus ließ sich nicht anmerken, dass er etwas vernommen hatte. Er stahl sich einfach davon und war alsbald im Treiben des Lagers untergetaucht. Als er genug Abstand zwischen sich und den Ort des Geschehens gebracht hatte, blieb er stehen und drehte sich um. Doch die Menge hatte sich bereits aufgelöst und Arminius war nicht mehr zu sehen.

Für seine Verhältnisse geradezu schneckenhaft folgte Regulus der Via decumana. "Superbia", murmelte er vor sich hin und verstand nicht so recht. Er beschloss, Marcus von dem Vorfall zu erzählen und ihn nach der Bedeutung des Ganzen zu fragen. Regulus rieb über sein Ohr. Es pochte noch, auch schmerzte sein Bein, doch er musste unbedingt Caius finden und ihm alles Erzählen. *Das wird mir keiner glauben. Zusammenstoß mit Arminius!* Regulus begann schon wieder die Brust zu schwellen.

Caius war der Bursche des Lagerpräfekten Lucius Eggius. Sie waren sich eines Nachts in der Speisekammer das erste Mal begegnet, als sie in der Dunkelheit zusammengestoßen waren. Auf der anschließenden Flucht vor dem Quartiermeister, zudem noch mit leerem Magen, hatten sie einander schätzen gelernt. Ihre schlau-dummen Eseleien blieben nur deshalb weitgehend ohne Folgen, da zumindest die Umstehenden das Schmunzeln schwer verbergen konnten. Doch Regulus hatte heute die Feindseligkeit der Menge gespürt. Es waren viele die seiner Bestrafung nur zu

---

2 Der römische Hochmut.

gerne beigewohnt hätten. *Arminius hat mich davor bewahrt*, durchfuhr es Regulus. *Aber warum?*

Regulus beschloss, sich später darüber Gedanken zu machen, schließlich war dieser Sommer einzigartig, befanden sich doch alle in Hochstimmung. Die letzten Tage wollten gut genutzt werden in diesem Lager gleich dreier Legionen, das sich im Frühjahr in wenigen Tagen über die Rodung mitten in der Finsternis der Wälder erhoben hatte wie eine jener seltsamen Spiegelungen der Luft. Ein Sommer, der in diesem Lager mit leichter Hand vergangen war, nicht zu vergleichen mit dem Alltag in den Garnisonen am Rhenus. Zwar gab es auch hier viel zu tun und auch hier wurde die Kampfkraft der Legionäre durch Übungen hochgehalten, doch umsorgt von den Cheruskern und bei der Beute der Jagdausflüge, ließ es sich trefflich tafeln und gleichzeitig die römische Macht demonstrieren.

Regulus' Füße fanden ihren Weg von alleine. Das war eines der Dinge, die er am Soldatenleben liebte. Die Lager sahen immer gleich aus, jeder kannte seinen Platz und seine Aufgabe, man fand sich immer zurecht. So hatte er das **Praetorium** bald erreicht. Er folgte der Via decumana nach rechts und lief seitlich an der **Principia** vorbei, bis der Weg im rechten Winkel auf die breite Via prinzipalis mündete. Dort wendete er sich nach links und gelangte wenig später in die Via prätoria, die in gerader Linie zum wichtigsten Tor des Lagers, der Porta praetoria, verlief. Die Principia war das Herz des Lagers und dort war für gewöhnlich auch sein Freund Caius anzutreffen. Doch noch bevor er das Zelt betreten konnte, zog über die Via prätoria eine **Kohorte** ins Lager.

Regulus liebte marschierende Legionäre und lief ihnen ein Stück entgegen: Der Zenturio, mit dem querstehenden Helmbusch, der **Crista** transversale, ritt vorneweg. Die genagelten Sandalen, die **Caligae**, prasselten auf den Bohlen. Die Pili und Helme waren rechts geschultert, die Gepäckbündel links und die Schilde waren zackig am Lederriemen über die Schulter geworfen. Der Zug näherte sich. Cohrs I, XVII. Legion, las Regulus auf dem Feldzeichen. Bewundernd betrachtete er die Lamellenpanzer, die **Loricae segmentata**. Mit diesen neuartigen Panzern waren jeweils die ersten Kohorten der fünf germanischen Legionen ausgestattet worden, um sie zu prüfen. *Geschmeidig wie ein Tausendfüßler*, dachte Regulus. Erst allmählich bemerkte er, dass viele Legionäre Verbände trugen und nun sah er auch die blaugeschwol-

lenen Gesichter. Hinter den Legionären ritt Servilus, der Steuereintreiber, der mit seinem Pferd den Zug der Trossknechte und
Maultiere anführte. Die haben Tribute erhoben. Regulus pfiff
zwischen den Zähnen hindurch.

Mittlerweile waren viele Menschen zusammengeströmt und
schauten dem Spektakel zu. Regulus lief hinter der Menge in
Richtung Principia und drängelt sich dort in die erste Reihe. Der
Zenturio befand sich nun mit ihm auf einer Höhe. Erst jetzt bemerkte Regulus die beiden Germaninnen. Bei ihrem Anblick erschrak er. Ihre Köpfe waren blutverschmiert und es fehlte ihnen
die sonst übliche Haarpracht. Die Hände der beiden waren auf
den Rücken gefesselt, um ihre Hälse lag ein Strick, dessen Ende
am Sattel des Zenturios festgebunden war. Da sein Pferd weiter
ausgriff als die beiden Frauen schreiten konnten, straffte sich der
Strick regelmäßig und jedes Mal stolperten die beiden. Bei den
männlichen Lagerbewohnern erregte dieser Anblick ein deutli-
ches Interesse. Regulus schoss das Blut in die Wangen und er
blickte zu Boden. Als er wieder aufschaute, sah er direkt in die
grünen Augen der jüngeren Frau. Mit der Würde einer wilden
Katze schritt sie durch das Spalier der Männer.

Plötzlich kam in der Menge am Wegesrand Unruhe auf. Regulus, froh etwas zu haben, wohin er seinen Blick lenken konnte,
sah wie ein Mann durch die Menschenmassen pflügte. Er schob
sich bis ans Pferd des Zenturios heran, das nervös zu tänzeln begann und den Kopf warf. Der Mann war so dick, dass man nicht
sehen konnte, ob er lief oder rollte. Seine Tunika spannte über
dem Bauch und schwabbelte mit jedem Schritt von der einen auf
die andere Seite. Unter den Armen wies sie dicke gelbe Ränder
auf. Das Gesicht des Mannes war unrasiert, und Schweiß und
Fett glänzten darauf. Regulus rümpfte die Nase. Scrofa, der
Sklavenhändler. *Was geht da vor sich?*

Scrofa kniff die Augen zusammen: "Hab ich dir nicht gesagt,
ihr sollt die nicht scheren?", fuhr er den Zenturio an. "Wer will
sich denn zu einer ohne Haare legen."

Die Menge wurde still.

Der Zenturio zog die Zügel stramm, das Pferd schnaubte.
"Sieh mal, Scrofa." Der Zenturio kratzte sich das glattrasierte
Kinn. "Die Sache ist ganz einfach. Du bekommst von uns neue
Ware", er wandte sich grinsend seinen Männern zu. "Du selbst
kannst sie dir ja nicht besorgen." Aus dem Zug johlte eine Stim-

me: "Bleibst zwischen den Bäumen stecken!" Die Legionäre feixten. Der Zenturio drehte sich nun wieder zu Scrofa um, "Also nimmst du, was du bekommst. Klar, oder?"

Scrofa kniff die Augen noch enger zusammen sie waren nun Schlitze in seinem gut gemästete Gesicht. Er trat sehr nahe an das nervöse Pferd heran und umklammerte die Zügel. Seine Faust, groß wie eine Truhe, stand wie ein gefährliches Versprechen auf dem Leder.

"Wie viel willst du?"

"250 **Denarii**. Für jede."

"Das ist zu viel!"

"Saisonende, die Preise steigen gerade", der Zenturio zuckte die Schultern und sein gespieltes Bedauern verhöhnte Scrofa ein weiteres Mal vom Sattel herab.

Scrofas Faust zuckte kurz. Genug, um das Pferd unruhig werden zu lassen, zu wenig, um es zum Aufbäumen zu bringen.

Wenn der vom Pferd fällt, ist er blamiert, dachte Regulus. Was wird die Menge johlen.

Der Zenturio zischte etwas, das Regulus nicht hören konnte und Scrofa antwortete offensichtlich darauf, denn er sagte: "Nur wenn ich einen angemessenen Preis bekomme!" Versöhnlicher fuhr er fort: "250 Denarii sind zuviel! Die fallen viele Wochen fürs Geschäft aus!"

"Ach, bis du in Rom bist", der Zenturio grinste, "sind die wieder ansehlich."

Die Faust zog, das Pferd bäumte sich auf. Der Zenturio musste sich am Sattel festhalten. "150 für jede!", zischte Scrofa.

Dem Zenturio fiel das Grinsen aus dem Gesicht. Als er wieder ruhig im Sattel saß, bewegte er seine Hand sachlich als führe sie über die Körper der Frauen.

"230!"

Scrofa beäugte die beiden Frauen. "160!"

"200", setzte der Zenturio nach und hielt sich am Sattel fest.

"165! Das ist mein letztes Wort." Scrofas Stimme klang gereizt. "Oder ich krieg' die Haare mit dazu."

Der Zentruio drehte sich zu seinen Männern um als hole er sich ihre Zustimmung ab und nickte dann." *Die machen gemeinsame Sache!*

Scrofa zog seinen Beutel hervor und zählte dem Zenturio die Münzen in die Hand. Der steckte das Geld in die Satteltasche, löste den Strick und drückte ihn Scrofa in die Hand. Ohne eine weiteres Wort verschwand der Sklavenhändler, seine beiden Neuerwerbungen hinter sich herziehend, zwischen den Zelten.

"Es gibt nichts mehr zu sehen", herrschte der Zenturio die Menge an, die sich daraufhin zu zerstreuen begann. Er wendete das Pferd bis er seinen Männern gegenüberstand, straffte sich und befahl: "Milites abite!" Augenblicklich begann die Zenturie, sich aufzulösen. Er selbst stieg vom Pferd schlang die Zügel locker um eine Holzstange vor dem Zelt und lief geschmeidig wie ein junger Panther in die Principia um Meldung zu erstatten.

Regulus schlenderte ihm hinterher. Das lederne Zeltdach der Principia glänzte in der Sonne. Die Vorhänge vor dem Eingang waren zurückgeschlagen.

Langsam lief er an den Wachen der Leibgarde des Puplius Quinctilius Varus, vorbei. Sie kannten ihn von früheren Botengängen und da Regulus dank seines guten Elternhauses und dank der Ausbildung Marcus Caelius' hier nie aufgefallen war, nickten sie ihm nur kurz zu und ließen ihn passieren.

Das Innere des Zeltes lag in einem milden Licht, das von den weißen Leinenbahnen ausging und keine Schatten warf. In der Luft bemerkte Regulus einen Geruch nach Harz und Ruß, der von der Tinte der Schreiber stammte. An den seitlichen Wänden waren Faltregale aufgestellt, auf denen die Bücherkapseln lagen, jede mit Papyrusrollen gefüllt. Vor den Regalen saßen mit rundem Rücken die Schreiber an ihren Pulten und studierten Listen. Sie flüsterten miteinander, während die Binsenröhrchen über die Papyri kratzten. Zielstrebig lief Regulus weiter durch die große Zelthalle, die als Empfang und Gerichtsraum diente. Doch heute war die Tribüne leer, und der Statthalter selbst war nicht zu sehen, genauso wenig wie Caius.

In der Zeltkammer, in der die Signa, die Feldzeichen, der drei hier lagernden Legionen XVII, XVIII und XIX, aufbewahrt wurden, fand er Caius schließlich. Er saß zwischen den Büsten der kaiserlichen Familie, umrahmt von den Fahnen der einzelnen Abteilungen und polierte die drei goldenen Legionsadler.

"Salve, Caius."

Caius blickte nur kurz von seiner Arbeit auf, aber das reichte Regulus um dessen gereizte Verfassung zu bemerken.

Regulus setzte sich und kicherte. "Du musst ja das Federvieh rupfen." Er streckte die Hand nach dem Adler aus.

"Finger weg von dem Adler, du dummer Junge, du", raunzte Caius. Ich hocke hier schon seit der siebten Stunde."

Regulus überhörte den dummen Jungen und stieß stattdessen die Luft pfeifend zwischen den Zähnen hervor. "Und der hat immer noch Federn?"

"Dummer Junge treibt seinen Spott mit mir. Aber kann ich vielleicht etwas dafür, das mein Tagesbefehl lautet Büsten, Fahnen und Feldzeichen abzustauben und zu polieren?" Caius hielt mit seiner Arbeit inne und blickte Regulus an.

Nein, dafür konnte Caius nichts, aber deshalb war er, Regulus, noch lange kein dummer Junge.

"Weißt du dummer Junge eigentlich, wie viele Feldzeichen es allein gibt?"

Langsam ärgerte sich Regulus. Wenn Caius wütend war, fing er immer mit der Dummer-Junge-Nummer an. *Wie kindisch!* Missmutig zuckte er mit den Achseln.

"Drei Legionen, pro Legion 30 Feldzeichen, macht 90 Feldzeichen. Die Fahnen noch gar nicht mitgerechnet doch - Augustus sei dank - die lassen sich ausklopfen, das geht bedeutend schneller. Außerdem", Caius machte eine kunstvolle Pause und Regulus verdrehte die Augen, denn er wusste was jetzt kommt, "bin ich der beste Abstauber der Legion."

"Und warum bist du dann noch nicht fertig?"

"Wenn du so gemein zu mir bist, dann mach ich nicht mehr mit!" Caius verschränkte die Arme vor der Brust und schmollte.

Regulus stieß sein hartes Zenturiolachen hervor: "Schade. Dann kann ich dir gar nicht sagen, was ich eben erlebt habe."

Caius Hände, die die ganze Zeit mit einem Lederlappen unablässig über das Gold der Adler gekreist waren, verharrten. Er sah Regulus mit glänzenden Augen an: "Hast du deshalb so ein rotes Ohr?" Caius grinste. Dann hauchte er auf das Gold des Adlers und seine Hände regten sich wieder.

Regulus stand betont langsam auf: "Sehen wir uns nach der cena?"

Caius warf ihm einen raschen Blick zu: "Sag du's mir."

"Nö", Regulus schüttelte den Kopf, "bis nachher." Damit stand er auf und verließ das Zelt.

Caius blieb schweigend zurück, was Regulus im Augenblick durchaus zufriedenstellte.

Sollte er ruhig eine Weile schmoren.

Das Signal einer **Buccina** erschallte. Im Vorübergehen warf er noch einen Blick auf die Sonnenuhr vor der Principia. Sie zeigte die 10. Stunde. Nun musste er sich sputen, wenn er noch rechtzeitig zur Mahlzeit erscheinen wollte. In diesem Punkt kannte Marcus keinen Spaß. Außerdem verspürte Regulus großen Hunger, denn das **Prandium** vor dem Morgenappell, war bei Marcus karg und bestand nur aus einem Kanten Brot in dünnen Wein getunkt.

Als Regulus den Bohlenweg verließ und auf die Grasfläche zwischen den Zeltreihen trat, herrschte überall geschäftiges Treiben. Vor allen Zelten rauchten die Kochfeuer und vielerlei Düfte wehten ihm entgegen: Schwaden aus Knoblauch, Speck und Gerste.

Marcus hockte vor der **Situla**, einem Kessel aus Bronze, und schlürfte von dem Holzlöffel mit dem er soeben noch im Topf gerührt hatte den Brei. Offensichtlich war er zufrieden.

"Salve, Zenturio. Was gibt's?", fragte Regulus unumwunden.

Marcus sah ihn lange an: "Danke, dass Ihr heute einen Brei mit Bohnen, Lauch und Reh gezaubert habt. Der freie Nachmittag hat mir sehr gut getan!"

Regulus senkte beschämt den Blick und murmelte: "Entschuldigt bitte."

Marcus nickte.

Eine Weile stand Regulus unschlüssig herum. "Woher habt ihr das Reh?"

"Nun", Marcus sah Regulus an, "sagen wir mal, es wurde mir angeboten."

Da verstand Regulus mit einem Mal und er pfiff durch die Zähne. Er schaute hier und nahm da etwas in die Hand und legte es wenig später wieder ab und näherte sich dabei zielstrebig dem Kessel. Marcus ließ ihn wohlweislich nicht aus den Augen, was wiederum Regulus nicht entging und ihm wurde bewusst, dass er heute keinen fetten Happen aus dem Topf stibitzen konnte. Da wurde er hungermürrisch und schließlich platzte es aus ihm heraus: "Ist das Essen bald fertig?"

Marcus sah ihn lange an. Regulus Magen rumorte. Marcus deutete auf den Lederbeutel mit dem Feuerzeug. Pyrit, Chalybs - das Feuereisen – und Nesselfasern lagen noch neben der Kochstelle. Regulus hatte verstanden. *Keine Diskussion. Wenn ich was essen will, muss ich mit anfassen.* Er bückte sich und packte alles Zusammen. Als er sich wieder aufrichtete hielt Marcus ihm noch eingeschlagen in das Leder zum Auffangen des Mehls, die **Mola** entgegen.

Regulus seufzte. Wortlos legte er den Beutel mit dem Feuerzeug darauf und nahm die schweren Mahlsteine. Marcus selbst hob den Kessel vom Rost. So bepackt gingen sie die wenigen Schritte bis zum Zelt.

Regulus holte die Näpfe. Die waren rasch gefüllt. Sie ließen sich vor dem Zelt nieder. Hastig schlang Regulus die ersten Löffel Brei in sich hinein. Im Handumdrehen ging es ihm besser und die letzten Bissen konnte er schon genießen, zu mal ihm das zarte Fleisch auf der Zunge zerging.

"Nur noch wenige Wochen, Regulus", sprach Marcus, der taktvollerweise gewartet hatte, bis sein junger Bursche wieder ansprechbar war. "Dann liegen 25 Jahre Militärdienst hinter mir."

Regulus nickte nur, denn er war noch damit beschäftigt mit den Fingern den Napf auszuwischen.

"Nimm dir halt noch mal", sagte Marcus belustigt und schöpfte Regulus noch einen Schlag Brei in den Napf. Regulus strahlte.

"Dann nehm' ich meine Claudia und wir kaufen uns von dem, was ich zur Seite gelegt habe, eine **Villa rustica**, irgendwo in der Narbonensis."

"Einen kompletten Gutshof, so wie mein Vater einen hat?"

Marcus nickte und nun war es sein Gesicht, das von innen heraus zu leuchten schien.

"Werdet ihr die Adler nicht vermissen?"

Marcus schaute Regulus an, als habe er mit so einer Frage aus seinem Mund überhaupt nicht gerechnet. "Vermutlich schon. Ein Tag gleicht hier dem anderen. Was zu tun ist, bestimmt die Lage. Zeit für Muße gibt es nicht." Marcus zuckte mit den Achseln. "Ich werde auf dem Hof mit anpacken."

"Aber ihr werdet euch um vieles kümmern müssen, was euch heute noch die Legion abnimmt."

Marcus schwieg. Dann sagte er: "Wir werden sehen. Zunächst kommt der Marsch."

"Was soll da schon geschehen", sagte Regulus. "Die **Visurgis** stromaufwärts und dann auf der Trasse bis zur Lupia und von dort mit den **Prahmen** bis Vetera."

Marcus wiegte bedächtig den Kopf hin und her. "So sollte es sein. Doch mit einem Tross gibt es immer unerwartetes. Ein gebrochenes Rad. Ein lahmendes Maultier. Und, und, und."

"Nun", sprach Regulus, "wir werden schon ankommen."

Marcus grinste: "Das will ich doch hoffen."

Beide schwiegen kurze Zeit. Regulus senkte den Blick, und er spürte, dass nun der Augenblick gekommen war, um Marcus von seinem Erlebnis mit Arminius zu berichten. "Marcus", sagte er und biss sich sofort auf die Zunge. Aber in der letzten Zeit passierte es ihm häufiger, dass er Marcus so vertraut ansprach und nicht mit dem offiziellen 'Herr'. Er blickte zu ihm und für einen Augenblick war es Regulus, als blitze ein kaum verhülltes Strahlen auf Marcus Gesicht auf, doch dann faltete die Sorge des Zenturios Stirn: "Was hast du wieder angestellt?"

"Ich bin mit Arminius zusammengestoßen." Regulus senkte beschämt den Blick.

Marcus schüttelte stumm den Kopf und atmete hörbar aus. Dann stutzte er: "Wieso? War Arminius denn im Lager?"

Regulus zuckte mit den Schultern. „Er stand einfach da, und ich konnte nicht mehr bremsen."

"So so, er stand da einfach und da ist er dann ja selber Schuld, das mein Bursche in ihn hineingerannt ist. Was muss er da auch rumstehen!" Marcus redete sich in Zorn. "Vielleicht sollte der Herr Regulus sein Tempo mal seinen Denkfähigkeiten anpassen. O simplicitas iuventutis!"[3]

Schweigen.

"Wie ging es weiter?"

"Arminius hat mich vor der wütenden Menge beschützt."

Marcus blickte seinen Burschen verwundert an, der Ärger war mit einem Mal aus seinem Gesicht verschwunden: "Sieh mal einer an. Und?"

"Nichts und", entgegnete Regulus. "Er hat mich ohne ein weiteres Wort ziehen lassen. Das heißt..." Regulus stockte ... Er hat was von 'superbia' gefaselt. Ich bin mir sicher, dass nur ich ihn verstanden habe, aber er hat mich nicht gemeint, sondern die Menge. Ich hab mir natürlich nicht anmerken lassen, dass ich überhaupt etwas gehört habe." Regulus war darüber sehr stolz auf sich.

---

3   Oh Einfalt der Jugend!

"Aber verstehst du, was er damit meint?" Es tat gut, so vertraut mit Marcus zu reden. Doch Marcus wurde nachdenklich und schwieg. Regulus blickte ihn eine Weile an, aber rasch wurde ihm langweilig, zumal das Problem nicht zu seinen dringlichsten gehörte. Mit einem Mal fiel ihm Caius wieder ein.

Vorsichtig fragte er: "Den Kessel können wir über Nacht ja im Zelt lassen, dann haben wir in der Frühe einen kräftigen Happen."

Marcus stieß wieder sein hartes Lachen hervor. "Wo willst du noch hin? Sag schon."

Regulus blickte zu Boden, dann sprach er: "Mit Caius, auf den Wall."

"Kriegsrat halten, was!"

"So ungefähr", antwortete Regulus ausweichend.

Mittlerweile war die Sonne unter die Wipfel der Bäume gesunken und das Lager lag im Waldesschatten. Der Himmel war noch hell. Doch die Luft wurde bereits feucht und kühlte ab. Regulus stand auf, griff nach der vorderen Holzstange, die das Dach aus Leder stützte, und trat in das dämmrige Zelt. Das Innere des Zeltes war vertieft worden, weshalb es im Zusammenspiel mit den entlang der Außenseiten aufgestapelten Rasensoden im Zelt noch warm war. Regulus setzte sich auf seine Schlafbank, die aus dem Erdaushub und aus Grassoden angelegt worden war. Er zog seine **Paenula**, seinen Umhang aus Wolle, von der Auflage aus Ziegenfell und stieg rasch wieder nach draußen. Er sah Marcus an und warf sich den Umhang als Rolle über die Schultern.

"Nun geh schon", sagte Marcus. "Aber geht nicht in den Wald! Es wird bald dunkel! Hörst du! Und komm nicht zu spät wieder. Geweckt wird bei Sonnenaufgang."

"Danke", rief Regulus und war schon unterwegs.

Immer wieder streifte ihn ein kalter Luftzug, und Regulus war froh über seine beiden Tuniken, die eine aus Leinen, die er auf der Haut trug und die andere aus Wolle darüber. Außerdem hatte er ja noch seinen Umhang dabei, so brauchte er später nicht zu frieren.

Auf seinem Weg durch das Lager hörte er Kinder lachen und weinen und wie sie gegen das zu Bett gehen wetterten. Er sah Frauen und Kinder auf dem Weg zum **Canabae**, dem Lagerdorf. Nachts gehörte das Lager ausschließlich dem Militär. Als er um eine Ecke bog, sah er vor dem Eingang eines Zeltes eine junge

Frau sitzen, die noch ihr Kind stillte. Ihre Brust war halb entblößt, das sah Regulus sofort und obwohl der Teil, dessen Anblick seinen Bauch immer flirren ließ, im Mund des Kindes war, konnte er seinen Blick nicht abwenden. Regulus wurde es heiß. Der Schweiß brach ihm aus. Der Säugling schmatzte zufrieden. Da konnte Regulus seinen Blick lösen. Er schämte sich mit einem Mal mächtig und blickte auf. Die Frau lächelte ihn an. Er sah wie ihr Tuch von den bloßen Schultern glitt. Ehe er recht verstand, was er da eigentlich tat, ging er hin hob das Tuch auf und legte es der Frau, die ihn dankbar anschaute, um die Schultern. Dabei streiften ihre schwarzen Locken über die Haut an seinen Händen. Regulus erschauerte. Er war der Frau so nahe, das er ihren Duft nach Mandeln und Milch bemerkte. Er errötete und blickte in ihre dunkelbraunen Augen und bemühte sich seinen Blick nicht tiefer sinken zu lassen. Regulus brachte ein schüchternes Lächeln zustande. Er wollte etwas sagen, doch ihm, der sonst nie um ein Wort verlegen war, fiel nichts ein. Schließlich wandte er sich ab und ging seines Wegs. Mit einem Mal ging ihm im Bauch eine kleine Sonne auf. *Das muss das Leben sein*, dachte Regulus. Die Wärme breitete sich in ihm aus und blieb auch bei ihm während er auf dem zugigen Wall stand und wartete. Vergeblich, denn Caius kam nicht, wieder einmal nicht. Lucius Eggius musste sich wieder eine Aufgabe für ihn ausgedacht haben.

Regulus hüllte sich in seinen Umhang und blickte von dem Wall aus gestampfter Erde und Grassoden auf das Vorfeld. Seine Arme lagen zwischen den Zinnen auf den Palisaden. Er schaute herab, sah die Soldaten ihre Wachfeuer entzünden und am Himmel die ersten Sterne. Er blickte über das canabae, hörte das Gelächter verspäteter Zecher, die Stimmen von Frauen und ein im Schlaf aufschreiendes Kind.

In den meisten Leinenzelten brannten noch die Öllampen und ließen die Zelte zu Laternen werden, die ihren Schein in die finstere germanische Nacht sandten. Er drang über das Vorfeld und wurde dort von den Feuern der Wachen noch verstärkt. Doch der warme rötliche Schimmer verebbte, noch bevor er den Wald erreicht hatte und so war es als ob der Waldrand mit schwarzen Tüchern verhängt worden sei. Wieder und wieder versuchte Regulus die Schwärze mit seinen Blicken zu durchdringen, doch immer wieder scheiterte er. Plötzlich schwankten die Wipfel der Bäume. Ein jäher Wind trug die nächtlichen Geräusche des

Waldes heran. Am Fuß des Walls raschelte es. Regulus schauderte und mit einem Mal verspürte er ein bisschen Furcht. Er wandte sich ab. Im Lager war es still geworden. Die erste **Vigilie** musste zudem fast verstrichen sein. Etwas zu rasch, um noch heldenhaft zu wirken, verließ Regulus den Wall. Als er mitten auf dem **Intervallum** ging, ertönte das **Buccinasignal**. Regulus blickte zurück. Er sah die schwarzen Umrisse der Posten auf den Wällen, den Nackenschild der Helme und die in die Nacht aufragenden Pili. *Gleich werden sie abgelöst*, dachte Regulus.

Eine Weile später, Regulus hatte die erste Zelte schon erreicht, hörte er noch mit halbem Ohr das Rasseln der Kettenpanzer und die dumpfen Schläge, als die Pili zum Gruß auf den Boden gestoßen wurden. Mit ruhigem Herzen bog er in die Lagergassen ein. Wie gut, dass die Rückkehr unmittelbar bevorstand. Einen Winter in diesem Land? Regulus schüttelte sich und kehrt zurück in sein Zelt.

Eine Wolfshatz

STAMMESLAND DER CHERUSKER, Herbstmond,
im Wald:

Etwas brannte auf ihrem kahlen Kopf. Sie schlug die Augen
auf. Der Schweiß strömte ihr über das Gesicht. Sie strampelte mit Armen und Beinen, wand sich hin und her, doch wohin
sie sich auch drehte, überall stieß sie gegen Wände. Plötzlich ein
kalter Lufthauch auf ihrem Gesicht. Sie drängte sich in einen engen Spalt. Für einen Augenblick strampelten ihre Füße ins Leere,
dann stieß sie auf Widerstand. Ein letzter Tritt und sie purzelte
ins Laub.

Schlagartig spürte sie die Kälte auf ihrer nassen Haut. Ein
Schrei entrang sich ihrer Kehle. Ihre Zunge war geschwollen. Ihr
ganzer Körper brannte.

Wasser!

Als kleines Knäuel lag sie im Laub, zwischen Spinnweben und
Farnspitzen bis sie getrocknet und warm war. Dann erhob sie
sich wankend auf ihre steifen Glieder. Sie stützte sich am Stamm
ab. Ihre Beine zitterten und konnten sie kaum tragen. Doch sie
wusste, dass sie laufen musste.

Wasser!

Langsam wurden ihre Beine kräftiger und geschmeidiger. Torkelte sie anfangs noch, so huschte sie schon bald von Stamm zu
Stamm. Ab und an blieb sie stehen und sicherte mit ihren großen
Augen in den Wald. Doch er war so trocken wie die endlose,
brennende Ebene in ihr. Die Schatten um sie herum wuchsen wie
die Schmerzen in ihrem Kopf.

Wasser!

Da erinnerte sie sich.

Sie hatte Durst und sie musste Wasser finden, wenn sie leben
wollte. Doch so sehr sie auch suchte, sie fand keine Quelle, an

der sie ihren Durst hätte stillen können.

○

Der Wolf schnupperte. Er roch den Wald: Würziges Baumblut, gerbige Borke, modrige Walderde. Er bemerkte aber, wenn auch nur sehr schwach, noch einen weiteren Duft, einen, den er nicht so oft roch. Er musste auf der Hut sein.

Er setzte seine Pfoten auf das Moos. Nach einigen Schritten blieb er stehen, senkte den Kopf und spähte zwischen den Wedeln der Farnblätter hindurch. Nichts. Seine Ohren schwenkten kurz zur Seite. Eine Waldmaus raschelte unter dem Laub. Er hörte deutlich ihr Herz klopfen. Sie hatte ihn noch nicht bemerkt. Für die Dauer eines Blinzelns überlegte er, ob er sie schnappen sollte. Eigentlich war er satt. Aber für so einen kleinen Happen war immer Platz. Er winkelte die Vorderpfote an, wendete die Ohren der Maus zu, zielte und sprang dann im spitzen Bogen. Ein Schnappen, ein Schmatzen, dann trottete er weiter.

Nun wurde er träge und müde. Das Lamm in der Frühe war zart und saftig gewesen. Er hatte sich nicht einmal anstrengen brauchen. Gegen den Wind anschleichen, ein Biss und weg von der Waldwiese. Das Blöcken der Herde störte ihn nicht. Nur das Kläffen der Hunde hatte ihn aufmerksam werden lassen. Sein Ohr zuckte verächtlich. *Die kriegten ihn nicht. Und wenn schon!* Er zog die Lefzen zurück und legte seine Reißzähne bloß.

Gerne hätte er nun geruht, denn sein Magen war so prall. Doch das Brennen in der Kehle ließ ihm keine Ruhe. Er winselte vor Durst.

Plötzlich verharrte er regungslos. Eine Witterung aus Blut, Schweiß und Verzweiflung lag in der Luft. Hinter einem Baum stolperte ein merkwürdiges Tier hervor. Es hatte keinen Schwanz und ein Gesicht ohne Fell.

Der Wolf legte den Kopf schief und beäugte was er da vor sich sah. *Ein Welpe?* Er schüttelte seine Mähne und kläffte kurz. Da hielt das seltsame Tier an und kauerte vor ihm im Laub. *Beute?*

Der Wolf schnappte einige Male in die Luft. Zögerlich näherte er sich dem Tier. Da blitzten ihn plötzlich zwei Augen, mit viel Weiß darin, an. Der Wolf machte einen Satz zurück und klemmte den Schwanz zwischen die Beine. Schon streckte das Tier die Pfote nach ihm aus. Da richtet sich der Wolf zu seiner vollen Größe auf. Er sträubte das Nackenhaar, knurrte und spannte die Krallen an.

Das seltsame Tier blieb stehen, die weißen Augen verschwanden und der Wolf hörte das Herz des Tierchens rasen. Durch dieses Wesen drohte ihm keine Gefahr. Der Wolf nahm seinen Weg wieder auf. Seine Ohren drehten sich, bis er den Bach murmeln hörte. Er lief darauf zu und stieg in das Tal hinab.

o

Es war nur eine Ahnung, die sie anhalten ließ. Sie kauerte sich an den Stamm und spähte dahinter hervor. Vor ihr regte sich das Unterholz. Etwas trat daraus hervor und legte den Kopf schief und winselte.

Da spürte sie eine kleine Wärme in sich und streckte die Hand aus. Dann kroch sie darauf zu. Ein Knurren ließ sie erstarren. Drohend ragte das Etwas vor ihr auf. Ihr Herz klopfte. Ganz still blieb sie sitzen, bis es von ihr fort lief.

Mit einem Mal spürte sie, dass sie dem Etwas folgen musste und so schlich sie bedächtig hinterher. Plötzlich hörte sie ein Murmeln und Glucksen.

Wasser!

Ein Bach!

Wenig später bückte sie sich und trank in tiefen Zügen. Zwischendurch hob sie immer wieder den Kopf und sicherte in alle Richtungen.

Als sie fertig getrunken hatte, war sie alleine am Bach. Nicht lange und die Schmerzen in ihrem Kopf legten sich. Sie lief weiter und entdeckte rote Knubbel zwischen dem Grün am Waldboden. Die streifte sie mit den Händen ab und steckte sie in den Mund. *Walderdbeeren!* Sie aß so viele davon, wie sie finden konnte. Sie las Pilze auf, die sie sich in den Mund stopfte und grub Wurzeln aus der schwarzen Walderde. Als es finster wurde, kroch sie in ein Dickicht aus Dornen, häufte Laub über sich an und schlief augenblicklich ein.

So wurde es noch zweimal Finster, bevor schließlich, als das

Halbdunkel das dritte Mal wiederkehrte, der ganze Wald dröhnte.

○

Die Sonne war noch nicht aufgegangen als sich Arminius in den Sattel seines Pferdes schwang. Durch die Windaugen im First der Dächer zog der Rauch aus den Häusern von Wugos Hofschaft. Der Himmel hatte die Farbe von Salbeiblüten und die Sterne waren goldenen Tropfen darauf. Arminius' Blick kehrte wieder zur Erde zurück. Er sah sich um. Mittlerweile waren die Bauern und Handwerker mit ihren Söhnen aus den Häusern gekommen und zu den übrigen Männern aus dem Gefolge seines Vaters getreten. Sie hatten sich zur Jagd versammelt. Wugo saß bereits auf seinem Pferd, genau wie die anderen Edlen der Cherusker. Arminius genoss, dass er wie sie gekleidet war. Seine Füße steckten in weichen, hohen Lederschuhen, die mit Riemen geschnürt wurden, seine Beine in einer Hose aus Leinen von der Farbe des Buchenblattes. Darüber hatte er gegen die Kälte des Morgens und gegen die Dornen des Waldes wollene Bänder bis über die Knie gewickelt. Über seinem birkengrünen Kittel mit dem breiten Ledergürtel und dem wollenen Untergewand trug er einen graublau gestreiften Mantel mit Fransen an den Kanten, den er auf der rechten Schulter mit einer goldenen Fibel in hirschgestalt befestigt hatte. In der Hand hielt er wie alle Anderen seine Frame. Auf der eisernen, mit Nesselfasern polierten Spitze schimmerte das Sternenlicht.

"Lasst uns aufbrechen", rief Arminius. "Die vierte Vigilie neigt sich dem Ende zu. Wir sollten den Wolf aufstöbern und einkreisen, bevor er sich verkriecht. Sonst wird er weitere Lämmer reißen."

"Vierte Vigilie!" Segimer, sein Vater, spuckte die Worte mehr als das er sie sprach. "Du bist römischer als dir klar ist, Sohn!" Er stieß seinem Pferd die Hacken in die Seiten und das Tier galoppierte an, dass der Holzbohlenweg dröhnte.

Arminius sah seinem Vater hinterher. Dann murmelte er vor sich hin: "Er ist wie ein alter Schuh, außen rau aber innen weich." Kaum merkbar schüttelte er den Kopf. Dann hob er die Hand und ließ sein Pferd ebenfalls antraben. Die übrigen Reiter folgten ihm. Hinter ihnen zogen die Männer aus Segimers Gefolgschaft mit Knüppeln in den Händen.

○

Der Wolf leckte sich die Schnauze. Es war eine gute Nacht. Er schmeckte noch das junge Blut und das süße Fleisch auf der Zunge, als er plötzlich innehielt. Seine Ohren drehten sich hin und her. Ein Klopfen hallte durch den Wald. Sein Fell sträubte sich. Er wendete sich dahin wo der Lärm schwächer war und glitt als schwarzer Schatten in die Nacht. Unablässig drehte er die Ohren und lauschte. Nach einer Weile hielt er an. Er hechelte. Das viele Fleisch lag ihm wie Wackersteine im Magen. Das Klopfen war schwächer geworden, hatte aber nicht nachgelassen. Der Wolf fiel in den Schritt. Bald würde das große Hell aufgehen. Sein Schlafplatz aus weichem Farn wartete schon auf ihn. Aber er lag dort, woher der Lärm kam. Wie sollte er dahin gelangen? Die klugen bernsteingelben Augen des Wolfes blitzten. Er wandte sich zur Seite und trabte los. Plötzlich stutzte der Wolf. Das Klopfen kam wieder von vorne. Er zögerte nicht, sondern wirbelte herum und sprang in weiten Sätzen die ganze Strecke zurück. Die Zweige griffen nach ihm und versuchten, ihn festzuhalten. Der Wolf keuchte. Die Zunge hing ihm aus dem Maul. In der Seite bemerkte er ein Stechen. Er spürte, dass er nicht mehr lange springen konnte.

Der Lärm wurde lauter. Der Wolf wurde schneller. Etwas Kaltes lief ihm fröstelnd den Rücken herunter, etwas das sich das letzte Mal in ihm geregt hatte als er noch ein Welpe gewesen war: *Angst!* Er fiepte.

Doch dann blieb der Lärm hinter ihm zurückblieb. Da zwängte er sich in ein Dickicht und hielt an. Sein Atem und das Klopfen in seiner Brust hatten sich gerade beruhigt, als er ganz in der Nähe brechende Äste hörte. Er richtete sich kurz auf den Hinterbeinen auf und blickte sich um. Da sah er das große Hell. Mit einem Mal hatte er ein Knäuel aus Gerüchen in der Nase. Dann sah er was er so fürchtete. *Die Schwanzlosen.* Tiere auf zwei Beinen. Sie kamen auf ihn zu. Der Lärm setzte wieder ein. Mit Stöcken schlugen sie gegen die Bäume. Erschrocken ließ sich der Wolf auf die Pfoten fallen. Mit einem Satz brach er zwischen den Büschen hervor und sprang den Hang hinunter in das schmale Tal. Lärm und Licht waren nun überall. Kopflos stürzte er davon, immer bergab, dem Ausgang des Tals entgegen.

o

Noch presste die große Schwärze ihre Haut an alles, als sie aus dem Schlaf schreckte. Der Wald war in Aufruhr. Vögel zwitscherten. Amseln! Häher! ... *Warnrufe!* Sie schlang die Arme um ihren Körper und blickte sich um. Finsternis. Da kroch aus der Schwärze des Waldes die Furcht auf sie zu. Sie hörte ein Klopfen und taumelte auf die Beine. Sie wusste nicht, was sie tun sollte. Das Klopfen wurde lauter. Sie zögerte kurz, dann sprang sie mit weiten Sätzen in den Wald hinein.

"Klopf, klopf", hörte sie hinter sich und rannte schneller.

"Klopf, klopf", ertönte es da zu ihrer Rechten. Sie brach seitlich aus und flüchtete vor dem neuerlichen Lärm.

"Klopf, Klopf", trug ihr der Wind leise, aber deutlich entgegen. *Umzingelt!* Sie richtete sich neuerlich aus und schoss voran. Schon spürte sie wie die Erde abschüssig wurde. Sie zögerte, dann rannte sie weiter. Sie gelangte in ein Tal. Das Klopfen dröhnte nun von allen Seiten auf sie ein. Sie presste die Hände auf die Ohren. Da bemerkte sie am Waldrand einen roten Schein. Sie rannte darauf zu. Vor ihr Schatten. Von der Seite stürzte etwas schwarzes, mächtiges auf sie zu. Der Zusammenprall riss sie von den Füssen. Sie schlug auf den Boden. Da kam sie wieder zu sich.

o

Der Wolf sprang, wie er noch nie in seinem Leben gesprungen war. Es sah weder nach rechts noch nach links. Plötzlich nahm er aus dem Augenwinkel einen Schemen war. Der Zusammenstoß war heftig, er strauchelte, stürzte aber nicht. Rasch fand er wieder in den Rhythmus des Laufs zurück. Er hatte den

Ausgang des Tals beinahe erreicht, als vor ihm Schatten auftauchten. Er bemerkte ein silbriges Glitzern auf den Stöcken, die sie weit von sich gestreckt hielten. Er bemerkte auch, dass die Spitzen auf ihn gerichtet waren. Rasend vom Lärm hinter ihm, von dem Durst in ihm und vom langen Rennen, senkte er seinen Kopf. Diese Zweige würde er einfach überspringen. Die hatten ihm noch nie etwas ausgemacht. Er spürte wie die Kraft in seine Pfoten und Flanken schoss. Der Wolf sprang und schnellte sich in die Luft. Doch etwas war nicht wie immer. Die Zweige richteten sich auf und versuchten, nach ihm zu greifen. Ein Zweig mit silberner Spitze flog auf ihn zu. Er ruderte noch mit den Pfoten. Das letzte, was er spürte, war ein eisiger Blitz, der ihm vom Bauch in die Brust fuhr, dort wo das Pochen wohnte. Er jaulte auf und spürte, wie er aufschlug. Er merkte noch, wie er über das Laub rutschte. Er spürte keinen Schmerz, dann kam das große Dunkel.

o

Als Rinda die Augen aufschlug glaubte sie für einen Lidschlag zu Hause auf ihrem Lager zu liegen, doch dann sah sie ein Gesicht, das dazu nicht passte. Es dauerte eine Weile bis sie Wugo, ihren Vaterbruder, erkannte. Er hatte ihren Kopf in seinen Schoß gebettet und beugte sich über sie. Seine vielen Falten schwankten zwischen Schmerz und Freude. Dann zog er sie mit seinen bärigen Armen an sich. Sofort bemerkte Rinda den vertrauten Duft nach Bienenwachs. Vater!

Da sprangen die eisernen Reifen, die um ihr Herz gelegen hatten. Sie klammerte sich an ihn und in langen Wogen rollte der Schmerz heran. Sie spürte die Knoten in ihrem Bauch. Die Tränen strömten ihr über das Gesicht und ihre Beine zuckten.

Rinda bemerkte die anderen Männer, die sie im Kreis umstanden. Ihre Hände fuhren von den Armen des Vaterbruders zu ihrem Kopf, den sie vergeblich vor den Blicken der Männer zu verbergen suchte. Nackt und bloß fühlte sie sich wieder und die Scham brannte in ihr.

"Was haben sie dir angetan, Kind", flüsterte Wugo. Seine Hände zögerten. Hilfesuchend blickte er sich um, doch die anderen wichen seinem Blick aus.

Rinda spürte Wugos Hand an ihrer Schulter, so sanft wie die Hand des Vaters. Sie schrie auf und ihre Brust hob und senkte sich, als lägen Steinbrocken darauf. Sie weinte, wie sie noch nie in ihrem Leben geweint hatte. Ihr Gesicht war sehr bleich, mit Flecken darauf. Wieder und wieder deutete sie stumm auf ihre Brust. Plötzlich wechselte ihr Gesicht von Schmerz zu Todesfurcht.

"Ich ... Ich ...", stieß sie hervor, "ich krieg keine Luft mehr ..."

Stumm standen die Männer um sie herum. Einige rauften sich die Bärte, andere schniefen hoch oder wischten sich über die Augen.

Arminius aber war aus dem Kreis getreten. Er ballte die Fäuste. Sein Gesicht drohte, vor Wut und Trauer zu zerreißen. Mit einem Ruck riss er die Frame aus dem toten Wolf zu seinen Füssen und schleuderte sie mit solcher Wucht gegen einen Baum, dass der Stamm zerbarst und Späne durch die Luft flogen.

Wugo aber umfing Rinda und er raunte ihr Worte zu, die aus den Wäldern und dem Wasser und der Luft kamen. Worte von Sonne und Licht und Frühjahrsgrün. Und nach und nach ging Rindas Atem wieder gleichmäßig.

Segimer rief: "Wir brauchen Wasser", und gab einigen Treibern einen Wink. Einer nestelte seinen Lederschlauch vom Gürtel und reichte ihn Wugo. Der befeuchtete einen Zipfel seines Mantels mit dem Wasser und tupfte Rinda das Gesicht ab. Dann wiegte er sie wie ein kleines Kind. "**Wodan** sei Dank! Du lebst noch." Rinda schluchzte. Mit einem Mal umklammerte sie Wugos Hand: "Balder", flüsterte sie. Wugo nickte beruhigend. "Als Balder vor vier Tagen im Morgengrauen an die Tür klopfte, dachten wir, er sei der einzige ..." Wugo brach die Stimme und er verstummte. Als er wieder weitersprechen konnte, brachte er nicht mehr als ein Stammeln zustande. "Was mit dir, mit deiner Mutter und mit Gunda geschehen war, konnte er uns nicht sagen. Wir sind dann hingeritten, Brokk und ich, da haben wir deinen Vater und Fafner gefunden."

Rinda krümmte sich wieder zusammen und viele Herzschläge lang war nichts außer ihrem Schluchzen zu hören. Wugo öffnete mehrere Male den Mund, um etwas zu sagen und blieb dann doch stumm. Schließlich entspannten sich seine Züge etwas und er sagte: "Deine Sauen sind bei uns." Rinda blickte ihn an.

"Balder ist im Wald in den Keiler gerannt. Irgendwie ist es

ihm gelungen, auf seinen Rücken zu klettern und der Keiler ist, die ganze Herde hinterdrein, gelaufen, bis er auf dem Hof stand und nicht mehr weiter konnte." Trotz allem musste Rinda schmunzeln. Doch dann dachte sie an die Mutter.

"Mutter und Gunda?"

Wugo zuckte mit den Achseln. "Wir haben nach ihnen gesucht, doch wir konnten sie nicht finden."

"Die Römer werden sie haben", knurrte Segimer, "Wäre nicht das erste Mal."

"Dann leben sie also noch?" Rindas Stimme war voller Hoffnung.

Segimer setzte schon zu einer Antwort an, als Wugo ihn flehend anblickte.

Segimer schwieg.

"Ich denke schon", sagte Wugo und stand auf.

In Rindas Herz aber flatterte der kleine Falter Hoffnung auf.

Wugo hob sie auf sein Pferd. Mit einem Mal war ihr schrecklich kalt. Ihre Arme und Beine schlotterten und ihr war schlecht vor Kälte und Hunger. Wugo wickelte sie in seinen Mantel und zog ihr einen Zipfel davon als Kapuze über den Kopf. Sie spürte noch, wie er sich hinter ihr in den Sattel schwang, wie sein starker Arm sie umfing und wie das Pferd in einen wiegenden Schritt fiel. Alsbald war sie eingeschlummert.

Es waren die Stimmen von Arminius und seinem Vater, die sie aus dem Schlaf schrecken und hellhörig werden ließen.

"Nun?", hörte sie Segimer sagen. "Wie lange willst du noch warten? Die Krieger murren schon und es gibt Gerüchte. Greif' die Rotkittel in ihrem Lager an!"

"Wir können sie nicht in ihrem Lager angreifen, Vater. Niemand von uns würde einen solchen Angriff überleben." Arminius senkte die Stimme. "Sie haben Waffen die **Scorpio** heißen. Mit denen kann man ähnlich wie mit einem Bogen Pfeile verschießen. Nur schneller und mit größerer Wucht. Die Bolzen fliegt so rasch, dass du sie nicht sehen kannst und wenn du sie hörst ...", dumpf klatschte eine Faust gegen eine Hand, "... ist es zu spät. Von den Palisaden herab kann ein Legionär damit zehn unserer Krieger töten, noch bevor die das Vorfeld des Lagers überwunden haben. Und alle 75 Zenturien einer Legion haben ein Scorpio. Außerdem: Sollte unser erster Angriff misslingen, formieren sich die Römer zum Gefecht und rücken aus. Nein, so geht das nicht!"

"Aber wie soll es dann gehen?"

"Zweifle nicht an mir, Vater! Es ist alles eine Frage des rechten Zeitpunkts. Glaube mir, tief in meinem Herzen sehe ich unsere Wälder, so wie wir sie damals von den Felsnadeln im Wald aus gesehen haben. Erinnerst du dich noch?"

Mit einem Mal klang Segimers Stimme ganz weich. "Und ob ich mich erinnere. Es war das letzte Mal, dass wir zusammen waren. Ich wusste es, aber du und dein Bruder, ihr ahntet nichts von dem Gewitter, das sich in der Ferne zusammenbraute. Jedes Lachen, jeder glückselige Blick, den ich von euch zu sehen bekam, würden der letzte sein. Ich wusste es."

Stille.

"Am nächsten Tag kamen die Legionäre des Drusus und nahmen euch mit …"

Arminius fuhr fort: "Ich schlief noch auf dem Lager aus Moos, als ich das Stampfen der Sandalen und das Klirren der Kettenpanzer vernahm. Es ging so rasch. Unsere Bündel waren schon geschnürt, ich hab mich als Kind nie gefragt weshalb. Dein stummer Blick, die Tränen der Mutter." Arminus stockte. "Für Flavus war es einfach ein Abenteuer, der Tross, die Legionäre, die Schwerter, er war bereits Römer, als wir den Rhein überquert hatten und auf der Via agrippa nach Süden zogen."

Für einige Herzschläge war es still.

Dann erklang Segimers Stimme, dunkel und voller Trauer: "Du nennst ihn Flavus?"

Schweigen.

"Er leistet als Späher treue Sklavendienste für eine Handvoll Sesterzen[4]", entgegnete Arminius verächtlich.

"Sieh!", sagte Arminius.

"Was ist das?"

"Moos von meinem Lager. Ich hatte es in die Tasche meiner Hose gesteckt. Ich trug es den ganzen Weg nach Rom und des Nachts hielt ich es an meine Nase, damit ich schlafen konnte. Damit ich die fremden Gerüche, die mir Angst machten, nicht riechen musste. Ich trug es in Rom und ich trage es immer noch,

---

4   Ausspruch des Arminius überliefert durch Tacitus in Tacitus "Annalen II."

obwohl nur wenige Krümmel übriggeblieben sind."

Segimer seufzte: "Ich habe die Rotkittel kommen sehen. Von Gallien her fraßen sie sich wie eine Glutfront in die Wälder. Doch je mehr wir nach ihnen traten, desto stärker fachten wir das Feuer an. Ohnmächtig standen wir und warteten, bis die Glut uns verbrannte." Schweigen. "Doch sie sind nicht unbesiegbar. Ich war dabei als die Sugambrer das Lager des Marcus Lollius stürmten."

"Vater, das ist viele Jahre her! Du hast auch gesehen, was mit den Sugambrern geschehen ist. Sie wurden vernichtet; der ganze Stamm! Weil sie nicht warten konnten, und weil sie die Römer unterschätzten. Das ist es, was mir Sorge bereitet."

Inwiefern?"

"Es gärt in den Stämmen, jetzt wo der Zensus begonnen hat und die Tribute erhoben werden. Auch unser Stamm ist erstmals betroffen. Und da wir kein Gold haben, müssen wir die Steuern in Lebensmitteln und in Tieren entrichten. Die Römer haben Weizenäcker so groß wie bei uns die Wälder. Wir nicht. Die Erträge unserer Äcker reichen gerade zum Überleben. Müssen wir Korn und Vieh abgeben, werden wir verhungern."

"Der Hass auf die Rotkittel ist nicht nur deswegen groß", fuhr Segimer fort. "Varus maßt sich an, Recht zu sprechen, doch das ist von Alters her das Vorrecht des Adels. Unser Vorrecht. Und nie haben wir uns zum Herren über Leben und Tod erhoben. Varus aber lässt Cherusker töten, weil sie ihre Abgaben nicht entrichten." Segimer spuckte aus. "Ich ertrage den Anblick ihrer Ruten und Beile nicht mehr[5]."

"Das ist genau das, was ich meine. Ich kenne die Geschichte der Römer. Bisher ist es noch in jeder Provinz, die sie gegründet haben, spätestens dann zum Aufstand gekommen, wenn sie mit der Erhebung von Steuern und ihrer Rechtsprechung begannen. Sie unterschieden dabei zwischen den Bürgern Roms und den Nichtbürgern – so wie wir und wir haben kaum Rechte."

"Was willst du mir damit sagen?"

"Das liegt doch auf der Hand! Ich muss losschlagen, bevor es jemand mit Wut im Bauch tut, blind in sein Verderben rennt und alle anderen mit in den Abgrund reißt."

"Ach, und du hältst dich für den richtigen Mann dafür, ob-

---

5   Ausspruch des Arminius überliefert durch Tacitus in "Germania" verändert.

wohl du zauderst?"

"Ich zaudere nicht, Vater. Aber wenn ich die Rotkittel nicht angreife, wer soll es dann tun? Keiner von euch kennt sie so gut wie ich. Ich denke wie sie, ich fühle wie sie, ich kämpfe wie sie und wie kein zweiter sehe ich ihre Schwächen, weil ich außerdem Cherusker bin."

Stille.

"Ich habe im **Illyricum** gekämpft. Ich habe erlebt, wie ganze Stämme vernichtet wurden; die Männer versklavt und in die Minen getrieben, die Frauen und Mädchen ins Lupanarium[6]. Fortschritt nennen sie das, weil sie die Unterlegenen nicht töten." Arminius Stimme zitterte vor Zorn. "Du hast nie die Sklaven in den Bleiminen gesehen, die, ohne das Licht der Sonne noch einmal zu erblicken, nach sechs Jahren sterben. Du hast die feisten Minenbesitzer nie erlebt, die das wissen und ihre Profite danach berechnen und die Preise für Sklaven drücken, um noch mehr Geld zu horten. Und du kennst die Insel im Tiber mit dem Aesculapiustempel nicht, wo einige ihre Sklaven aussetzen, wenn sie sie nicht mehr brauchen und verhungern lassen."

Arminius schluckte. "Als ich vor einigen Tagen Varus aufgesucht habe, ritt ich an einer Zenturie vorbei. Sie führten zwei Frauen in ihrem Zug. Täglich werden es mehr. Neue Sklavinnen für die ..." Arminius verstummte mitten im Satz.

Rinda aber merkte auf. Das könnte die Mutter und Gunda gewesen sein und sie spürte wie ihr Herz zitterte. Was hatten die Rotkittel mit ihnen vor?

"Ich werde Segestes davon berichten, soll er doch sehen, was er mit seiner Haltung bewirkt."

Segimer lachte rau auf.

"Ich werde sie angreifen, Vater. Bald. Sehr bald. Noch haben die Römer kaum Straßen und Städte gebaut[7]. Wenn sie die erst einmal haben, kann ich die Legionen nicht mehr auf dem Marsch angreifen. Sie werden befestigte Städte gründen, darin ihre Veteranen ansiedeln, sie mit unserem Land beschenken und es von uns, als Sklaven, bearbeiten lassen. Die jungen Männer werden sie in die Auxiliareinheiten pressen und irgendwo an den Grenzen

---

6 Bordell

7 Eine römische Zivilsiedlung gegründet 3 v. Chr. ist bei Waldgirmes in Hessen ausgegraben worden.

des Reiches kämpfen lassen. Ist es erst einmal so weit, werden wir keine Kraft mehr zur Gegenwehr haben."

"Da stimme ich dir zu", sagte Segimer.

"Der Hunger der Römer nach neuem Land ist nicht zu stillen. Sie halten den Frieden im Inneren ihres Reiches für ihre höchste Errungenschaft und bemerken nicht, dass sie ihn sich durch die Kriege an seinen Rändern erkaufen."

"Wie sollen wir denn deiner Meinung nach vorgehen?"

"In ein paar Tagen werden die Römer zu ihren Winterlagern am Rhein aufbrechen. Auf dem Marsch dorthin werden wir sie in einen wohlvorbereiteten Hinterhalt locken und so schlagen, dass sie nie wieder Anspruch auf unser Land erheben werden."

Rinda wurde es ganz schummerig.

"Aber haben sich die Rotkittel bisher nicht für jede Schmach grausam gerächt?"

"Sie werden sich rächen. Auch deshalb habe ich so lange gewartet. Wir müssen Stärke und Einigkeit zeigen, und darauf habe ich die Krieger vorbereitet. Wenn wir zusammenhalten, werden wir Rom abwehren und treiben ihre Kosten in die Höhe. Sie sind Krämer, Vater. Sie wiegen den Nutzen gegen die Kosten ab. Der Feldzug in der Provinz Illyricum hat sowohl die Feldlager als auch die Kassen Roms geleert." Arminius lachte auf. "Erstmals müssen sogar die Bürger Roms Steuern zahlen. Wenn sie hier nicht mehr holen können, als die Eroberung sie kostet, werden sie die Provinz aufgeben. Nach so kurzer Zeit lassen sich die Römer nicht noch einmal in einen solchen Krieg zwingen. Illyricum und Germania Magna sind sich recht ähnlich, unübersichtlich, ursprünglich, Stammesland - das mögen die Römer nicht. Sie brauchen Straßen und Städte, die sie benutzen und angreifen können - wie in Gallien."

"Was schlägst du also vor?"

"Seit einem Jahr schon bereite ich den Angriff vor. Varus vertraut mir." Arminius zögerte kurz und fuhr dann mit Genugtuung in der Stimme fort, "Er hält mich für einen Römer. Ich habe die römischen Hilfstruppen aller Stämme hinter mich gebracht, lediglich die sechs in den Lagern am Rhein stationierten Kohorten und drei Alen Reiterei sind nicht in die Pläne eingeweiht. Insgesamt sind es halb so viele Krieger, wie die Legionen des Varus Soldaten zählen."

"Das ist doch viel zu wenig! In Illyrien, hast du gesagt, waren die Aufständischen in der Überzahl."

"Das ist richtig! Doch noch niemals haben sich die Hilfstruppen direkt gegen die Römer gewendet. Sie haben sich erhoben, wenn Rom im Winter fern war, und sind dann im Frühling ebenso rasch niedergeworfen worden. Aber dass sie an den Flanken der Legionen eben noch als treue Verbündete reiten, und dann wie ein Sturzbach mit angelegter Lanze in die Kolonne rauschen und sie hinweg spülen, das hat es noch nie gegeben. Daher wird niemand damit rechnen."

"Du willst sie also überrumpeln. Das ist eine gute Eröffnung, aber nicht die ganze Schlacht."

"Wenn es sich herumspricht, dass die Römer angeschlagen sind - und es wird sich herumsprechen, dafür hab ich gesorgt -, dann werden alle benachbarten Stämme, die **Marser**, die **Brukterer** und die **Chatten**, ihren Teil von der Beute haben wollen und Krieger senden. Was da in wenigen Tagen durch unsere Wälder zieht, ist mehr wert als alles Land der Stämme. Verlass dich darauf Vater. Sie werden kommen und dann werden wir in der Überzahl sein", sagte Arminius und seine Stimme war Eis und seine Worte waren Dolche. "Meine Auxilia ist lediglich die Speerspitze, die ich in den Heerwurm treibe, um ihn zu lähmen. Töten werden ihn andere."

Rinda zuckte zusammen.

"Das ist nicht ehrenhaft, Sohn!" Segimer schüttelte den Kopf.

Arminius brauste auf: "Ehrenhaft!" Er schnaubte. "Wir haben doch nur die Wahl zwischen unserem Untergang oder ehrlos wie der Dieb in der Nacht zu kommen. In einem Kampf auf Leben und Tod kann sich der Schwächere keine Skrupel leisten und die Rotkittel wollen den Kampf auf offenem Feld, weil sie wissen, dass sie den undisziplinierten Kriegern der Stämme überlegen sind. Ich aber will leben, Vater! Leben - auf meine Weise und nach meinem Gutdünken!"

Rinda fröstelte und zog die Decke enger um ihre Schulter und ihren Kopf.

"Wenn ich dich so reden höre, frage ich mich, wen ich da großgezogen habe."

"Wen du großgezogen hast?", Arminius lachte höhnisch auf.

"Wo warst Du? Wo war mein Stamm? Beide habt ihr mich doch den Römern preisgegeben."

Rinda fuhr zusammen.

Als Segimer antwortete, klang seine Stimme mit einem Mal dünn und ausgemergelt. "Was hatte ich denn für eine Wahl? Sollte ich mich alleine widersetzen, euer Leben, das eurer Mutter, mein eigenes und das des ganzen Stammes gefährden? Meinst Du, ich habe auch nur eine ruhige Nacht gehabt, nachdem sie mir euch genommen haben? Schau mich an! Ich bin ein alter Mann und es hat keinen Tag gegeben, während du fort warst, an dem ich nicht mein Schicksal verflucht und mit den Nornen gehadert habe. Wie habe ich Wodan darum angefleht, dich mit meinen Augen noch einmal sehen zu dürfen, bevor ich sterbe. Wirf mir das nicht vor! Wirf mir das nie wieder vor!"

Stille.

"Verzeih mir Vater", hörte Rinda Arminius sagen. Seine Stimme war nun voller Reue. "Es gibt Tage, da weiß ich nicht, wo ich hingehöre. Die Römer verachten mich, weil ich in ihren Augen noch immer ein Barbar bin. Und einige Cherusker sehen in mir einen Römer; arrogant, habgierig und machtbesessen. Anderen Cheruskern, vor allem für Segestes, bin ich nicht römisch genug und er verweigert mir die Hand seiner Tochter. An solchen Tagen spritzt das Gift aus mir heraus und zu oft treffe ich damit die, die mir am liebsten sind."

"Es sollte zwischen uns keinen Zwist geben. Aber es ist gut, dass gesagt wurde, was gesagt werden musste." Segimer klopfte Arminius auf die Schulter. "Ein Sieg würde dir großes Ansehen unter den Sippen bringen und dir auch nach meinem Tod die Gefolgschaft aller Cherusker sichern. Selbst mein älterer Bruder Inguiomerus stellte dann keine Gefahr mehr für deinen Anspruch dar. Du wärst der oberste Stammesfürst und die benachbarten Stämme würden dich achten und du könntest mit ihnen Bündnisse eingehen ..."

"... und ich würde mir ein Reich errichten, wie Marbod sich eines errichtet hat und ...", Arminius machte eine kurze Pause und fuhr dann mit weicher Stimme fort, "... ich nehme mir die Frau, die ich liebe."

Rinda horchte auf.

"Es muss andere Wege zum Wohlstand und zum guten Leben geben, außer dem ins römische Reich und dem der Römer", Arminius Stimme verhärtete sich wieder.

Segimer seufzte. "Was wird geschehen wenn du scheiterst?"

"Dann werden wir assimiliert."

"Was heißt das?"

"Dass es uns Cherusker, unsere Art zu leben und unser Land nicht mehr geben wird."

"Dann darfst du nicht scheitern! - Mein Sohn."

Rinda sah die Sonne über den Wipfeln der Bäume stehen und sie hörte, wie Hände auf Schultern klopften. Sie umarmen sich, dachte Rinda. Ihre Augen füllten sich mit Tränen. Nur noch einmal wollte sie die Arme des Vaters und der Mutter spüren, Gundas Stimme hören und mit Fafner durch die Wälder streifen. Doch das war vorbei, alles vorbei und es würde nie wieder kommen.

Das Festbankett

GERMANIA MAGNA, **Nonen** des September 9 n. Chr.,
Sommerlager des Varus an der VISURGISSCHARTE:

Als Regulus das Praetorium betrat, blieb er staunend stehen.
Er hatte kein einfaches Zelt erwartet, doch der Prunk, den
er erblickte, ließ ihn verstummen.

Den ganzen Sommer über waren er und Caius um das Zelt
des Statthalters gestrichen. Nur zu gern hätten sie die Zeltplane
gelupft und in seine Privatgemächer gelugt, doch sie hatten sich
nicht getraut.

Publius Quinctilius Varus war nicht irgendwer. Bevor er vom
Princeps persönlich zum Statthalter der Provinz Germaniae Magna ernannt wurde, hatte er mit seiner XIX. Legion neben Tiberius gegen die Bergvölker der Alpen gekämpft und war erster Statthalter der neuen Provinz **Rätien** geworden. Seinen Ruf als erst-
klassiger Verwalter aber hatte Varus aus der Provinz **Syrien** mit-
gebracht.

So kam es, dass sich Regulus und Caius nicht einmal auf Ar-
meslänge dem Zelt des Varus genähert hatten. Schon beim bloßen Gedanken daran, die Zeltplane anzufassen, erlahmten Regulus' Finger. Denn Varus war auch noch mit einer Großnichte des
Princeps, Claudia Pulchra, verheiratet. Seine Schwester, Quincti-
lia, war zudem die Frau des Legaten Lucius Nonius Asprenas, der
die beiden in Mogontiacum stationierten germanischen Legionen
befehligte.

Und nun sollte sein Wunsch, die Privatgemächer des Varus zu
sehen, am letzten Abend in diesem Lager, doch noch wahr werden und das auf eine Weise, wie er es noch nicht einmal zu träumen gewagt hatte. Er, Regulus, war bei Varus zum Festmahl gela-
den. In seinem Bauch fühlte es sich an wie in einem Tauben-
schlag, wenn der Fuchs einbrach.

Da durchfuhr Regulus plötzlich eine Eingebung. Wenn Varus mit einer Großnichte des Augustus verheiratet war, dann gehörte er ja praktisch zur Verwandtschaft des Princeps und kannte ihn von Angesicht zu Angesicht.

Regulus stellte sich vor, wie Varus und Augustus sich begrüßten und gegenseitig auf die Schulter klopften. Oder tat ein Princeps so etwas womöglich gar nicht?

Wenn Marcus das tat, schwoll Regulus jedes Mal stolz die Brust. Ob es Varus ähnlich erging? Doch mit einem Mal merkte er, dass sich die Vorstellung einer Hand auf seiner Schulter sehr echt anfühlte. Er drehte sich herum. Marcus stand tatsächlich hinter ihm und seine Hand lag auch auf seiner Schulter, und er spürte, wie sie ihn sanft aber bestimmt in das Innere des Zeltes schob.

Er wollte schon protestieren doch Marcus raunte ihm zu: "Ist dir eigentlich bewusst, junger Mann, dass du gerade das ganze römische Reich und alle die es an diesem Flecken Erde vertreten, aufhältst? Und dazu den Adel der Cherusker."

Regulus drehte sich um und spähte an Marcus vorbei auf die Schlange an Menschen, die hinter ihm böse zischelte. Rasch drehte sich Regulus um und betrat peinlich berührt das Zelt. Hastig trat er einen Schritt zur Seite. Wahrscheinlich hätte es ihm das ganze römische Reich und der Adel der Cherusker mit einer Tracht Prügel vergolten, wenn Marcus nicht neben ihm gestanden hätte. So begnügten sich alle mit unfreundlichen Blicken und strömten aus der Kälte in das warme Zelt.

Regulus konnte sich an der Pracht nicht satt sehen. Auf dem Boden vor ihm lagen Teppiche mit fremdartigen Linien, fein und verschnörkelt wie ineinander verschlungene Pflanzen.

"Die kommen aus Syrien", flüsterte Marcus, legte ihm die Hand auf den Rücken. Regulus wurde es ganz warm im Bauch. Als sie weitergingen versanken seine Füße bis über die Zehen in der roten, blauen und schwarzen Wolle, aus der der Teppich gewebt worden war. Weich und warm umgab sie seine Füße. Vor lauter Glück hätte er wieder stehen bleiben können. Aber Marcus schob ihn weiter, bis sie aus dem Vorraum in den Empfangsbereich traten, der so groß war wie ein Saal in einem Palast. Unwillkürlich blickte Regulus nach oben. Das Zeltdach wurde durch drei Reihen von Holzsäulen gestützt, an denen vierarmige Kandelaber aus Bronze befestigt waren. Das Licht der daran hängenden

Öllämpchen strahlte vom Dach des Zeltes wie die Abendsonne herab. Regulus lief ein Schauer über den Rücken und in diesem Augenblick zog die Leibwache des Varus ein und nahm mit gedämpftem Klirren an den Wänden des Zeltes zwischen den Becken mit den glühenden Holzkohlen Aufstellung: Weiße Tuniken mit blauem Streifen, blaugoldene Schilde und die Helme geziert mit blauen Büscheln.

Es wurde still im Saal. Füße streiften über die Teppiche. Vereinzelte Nachzügler hasteten herein. Gaius Numonius Vala, der Befehlshaber der Legionsreiterei, nickte Marcus kurz zu und Regulus musste wie immer beim Anblick dieses Schädels grinsen: Hohe Wangenknochen bebende Nasenflügel, dunkle Augen und eine dicke Mähne ließen Vala wie einen Kentauren[8] wirken, dem irgendwie die hintere Hälfte abhanden gekommen war.

Regulus sah auch Cherusker und Abgesandte anderer Stämme, die zumeist hinter den Römern in der zweiten oder dritten Reihe standen. Nur Arminius konnte er nicht entdecken, so sehr er auch nach ihm Ausschau hielt: "Ist Arminius heute Abend nicht hier?"

Marcus schüttelte den Kopf. "Er war das letzte Mal an dem Tag im Lager als du ihn gesehen hast. Davon wird heute Abend aber noch die Rede sein. Es gibt Neuigkeiten."

"Aha", sagte Regulus. "Und welche?"

"Varus wird sie heute Abend öffentlich verkünden. Du wirst dich gedulden müssen."

Ein roter Mantel bauschte sich und Regulus war einen Atemzug lang abgelenkt. Ein stattlicher Fürst der Cherusker, recht römisch gewandet wie ihm schien, schritt vorüber und ging strahlend auf den Steuereintreiber Servilus zu, der ihm huldvoll lächelnd die Hand reichte.

"Das ist Segestes, ein Stammesfürst der Cherusker. Man munkelt, seine Tochter Tusnelda sei mit Arminius verlobt. Aber soweit man hört, ist er nicht sehr glücklich darüber. Könnte sein, dass die Sache irgendwann als Schlichtungsfall vor Varus landet."

Regulus stieß seinen leisen Pfiff hervor.

"Dahinten ...", Marcus zeigte auf einen grauhaarigen aber noch sehr rüstig wirkenden Germanen, "... steht Inguiomerus, der

---

8   Fabelwesen der griechischen Sagenwelt halb Mensch (Oberkörper) halb Pferd (Leib), Nachkommen des Ixion und der Nephele.

Onkel des Arminius."

Regulus streckte sich, um zwischen den Schultern der Männer vor ihm blicken zu können. Doch bevor er etwas erwidern konnte, klatschte jemand in die Hände. Als Regulus wieder eine Lücke zwischen den sich drängelnden Menschen entdeckte, sah er, begleitet von den Lagerpräfekten Lucius Eggius und Ceionius, den Statthalter Germania Magnas, Publius Qunictilius Varus.

Varus war selbst für einen Römer nicht von großer Statur, vor allem die Germanen überragten ihn um Haupteslänge, dennoch hatte er etwas Würdevolles an sich. Seine lange weiße Tunika mit dem purpurnen Streifen, der Angustus clavus, fiel in kunstvollen Falten, die Toga war sorgfältig über die Schulter drapiert.

"Salvete, meine lieben Gäste, seid mir alle willkommen." Varus machte eine kurze Pause und blickte die Versammelten an.

"Jetzt geht's gleich los", flüsterte Marcus, "oder bist du schon vom Schauen satt geworden?" Wie zur Antwort grummelte Regulus Magen.

"Ich freue mich", fuhr Varus fort, "dass ihr alle meiner Einladung gefolgt seid. Es ist Herbst. Morgen werden wir für dieses Jahr das Lager abbrechen und an den Rhenus marschieren. Der Zweck unserer Anwesenheit ist erfüllt ..."

Regulus drehte sich zu Marcus um und flüsterte: "Was meint er denn damit?"

"Hör erst mal hin."

"... die gewöhnliche Inspektionsreise wird uns im kommenden Jahr in andere Gegenden führen ..."

Nicht noch einmal in diese Wälder, dachte Regulus. Doch dann viel ihm ein, dass Marcus nächstes Jahr gar nicht mehr Zenturio sein würde. Regulus stutzte. Wieder drehte er sich zu Marcus um und flüsterte: "Was wird eigentlich aus mir, wenn Ihr nicht mehr Zenturio seid?"

"Später!" Marcus zeigte auf Varus und Regulus wendete sich ihm wieder zu.

"Ihr seid die Stützen Roms in diesem Teil der Welt und es soll nicht Euer Schaden sein. Wir haben in diesem Jahr erfolgreich unsere Grenzen hier an der Visurgis verteidigt. **Marbod**, seine **Markomannen** und die mit ihnen verbündeten Stämme, haben sich den ganzen Sommer hindurch nicht blicken lassen. Oder hat einer von euch auch nur den Haarknoten eines Sueben erblickt?"

Vor allem die Cherusker feixten. "Weshalb freuen die sich

so?", flüsterte Regulus Marcus zu.

"Weil die Sueben ihre Feinde sind und mit Marbod verbündet."

"Das heißt wir helfen den Cheruskern?"

"So könnte man das sagen."

"Wegen Arminius?"

"Auch wegen Arminius in erster Linie geht es aber um die Verteidigung Roms. Ganz so wie Varus es gesagt hat!"

Regulus war der leichte Tadel in Marcus' letzten Worten nicht entgangen und so richtete er seine Aufmerksamkeit wieder auf den Statthalter.

Dessen Rede wurde langsam lauter. "... und sind wir doch mal ehrlich. Wäre der Aufstand in der Provinz Illyricum vor drei Jahren nicht ausgebrochen, der nun dank der glorreichen Legionen beendet worden ist und in dem mein treuer Freund und Weggefährte Arminius - der heute leider nicht bei uns sein kann, da er die Männern seiner Auxilia in dieser kalten Nacht sammeln muss - für Rom gekämpft hat", Beifall brandete im Saal auf, "dann wäre Marbod von unseren Legionen hinweggefegt worden, so tief in das Barbaricum hinein, dass sich heute niemand mehr an ihn erinnern würde." Erneuter Beifall.

"Einen Wermutstropfen gibt es allerdings. Arminius war vor einigen Tagen bei mir und hat mir einen – wie soll ich sagen - Unruheherd – gemeldet, nördlich von hier, im Gebiet der **Angrivarier.**"

Ein Wispern und Raunen setzte im Zelt ein.

"Wir können diesen Aufstand nicht einfach ignorieren, zumal die Angrivarier die Feinde unserer treuen Verbündeten sind. Außerdem sind wir die größte römische Truppenansammlung in dieser Provinz seit 20 Jahren. Wir müssen eingreifen, wenn wir nicht als Löwen dastehen wollen, die nur brüllen aber nicht beißen können." Varus blickte nach Zustimmung suchend mit ernstem Blick die Versammelten an um dann fortzufahren: "Wir werden daher die Marschroute ändern und auf dem Hellen Weg, der das Visurgistal mit dem Rhenus verbindet, zunächst nach Norden marschieren, dort mit den drei Legionen den Aufstand Niederschlagen, dann schwenken und ohne weitere Verzögerungen an den Rhenus ziehen, den wir nahe Vetera erreichen werden, und zwar nur etwa eine Woche später als geplant."

Varus hob die Hand, um den vielen Fragen Einhalt zu gebieten. "Ich habe bereits Boten nach Mogontiacum und in die anderen Lager gesendet. Der Legat Asprenas ist informiert, von dort werden Nachrichten nach Rom weitergeleitet. Die Lastkähne bleiben in ihren Häfen. Arminius selbst ruft unsere Auxilia aus den Winterquartieren zurück und wird auf dem Marsch zu uns stoßen und uns verstärken."

Varus holte tief Luft. Seine Gesichtszüge entspannten sich. "Aber genug der Politik Freunde. Lasst uns das Mahl und den heutigen Abend genießen." Er breitete die Arme aus. "Last euch nieder und seid Gast an der Tafel Roms."

Nun traten Sklaven auf die Gäste zu und wiesen ihnen die ihrem Rang angemessenen Liegen zu. Diese **Clinen**, waren immer zu dritt um einen rechteckigen Tisch aus Ebenholz, Mensa genannt, gruppiert. Viele solcher **Triclinen** waren hufeisenförmig im Raum angeordnet, wobei die Tische für die Sklavinnen leicht erreichbar zum Gang hin zeigten. Kelche aus alexandrinischem Glas standen auf den Tischen und funkelten im Schein der Kerzen und auf den Clinen lagen weiche Kissen. Verlockende Düfte zogen durch das Zelt und die Aussicht, auf ein erlesenes Mahl zauberte bei den Gästen eine Tavernenlaune hervor.

Marcus und Regulus erhielten eine Liege am selben Tisch. Kaum hatten sie sich gelegt und auf den linken Ellbogen gestützt, stand plötzlich Caius bei ihnen. Regulus wurde richtig froh bei seinem Anblick.

"Salve, Caius", sprach Marcus. "Wird uns dein Herr während des Mals auch noch beehren?" Caius nickte.

"Salve, Marcus!" Artig verbeugte sich Caius vor dem Zenturio. Als Marcus sich aber der benachbarten Tricline zuwendete, ließ sich Caius grinsend auf die Liege plumpsen. Eine Staubwolke stieg auf. Regulus duckte sich, doch das Donnerwetter blieb aus. Offensichtlich hatte Marcus nichts bemerkt. Glück gehabt, dachte Regulus. Sonst wäre Caius wieder einmal von einem Mahl ausgeschlossen worden.

"Salve, Regulus!", äffte Caius Marcus nach. Das Mahl versprach ja lustig zu werden. Regulus grinste. Noch bevor er antworten konnte, klatschte Varus in die Hände. Sofort ertönten, gedämpft von einem Vorhang, die Lyra, die Flöten und die Zimbeln. Varus klatschte wieder und eine Reihe von Sklavinnen trug silberne Platten mit funkelnden Weinkelchen auf. Regulus hatte keinen Blick für den Mulsum darin, denn er achtete nur auf das

Gesicht der Sklavin und die lockige schwarze Strähne, die bei jeder ihrer Regungen hin und her Schwang.

Caius stupste Regulus an und grinste: "Nettes Schnuckelchen, was!" Dann wechselte er gnädig das Thema. "Übrigens wart' ich immer noch auf die Geschichte."

"Das ...", die Sklavin entfernte sich und Regulus war nicht mehr in der Lage, seinen Satz zu beenden, "... das erzähl ich dir später."

"Wie wärs mit gleich ... ?"

Regulus schüttelte den Kopf.

" ... oder mit sofort?"

Bevor Regulus etwas entgegen konnte, erschien die Sklavin wieder, diesmal mit einer Karaffe in den Händen. Regulus stürzte seinen Mulsum die Kehle hinunter. Er liebte diesen schweren, süßen, mit Honig und Gewürzen vermischten Wein. Kühn streckte er ihr seinen Kelch entgegen und ließ sich keine ihrer Bewegungen entgehen.

"Schön der Reihe nach", hörte Regulus da die Stimme von Marcus. "Den ersten Becher für den ersten Zenturio." Marcus zwinkerte der Frau zu. Die senkte ihren Blick und füllte die Becher, ohne noch einmal aufzusehen. Unauffällig eilte sie zum nächsten Tisch. Sie hatte ihn noch nicht richtig erreicht, da waren die Becher der beiden Jungen schon wieder leer.

"So, her mit der gustatio?[9]", knurrte Caius. "Ich hab schon seit heut' Morgen Hunger!"

"Jawohl, heut' gilt´s", pflichtete Regulus ihm bei.

Caius beugte sich zu Regulus und flüsterte ihm ins Ohr, "Varus hat viele Leckereien aus Castra Vetera kommen lassen."

"Sag nur du weißt schon, was es zu futtern gibt?"

Caius grinste geheimnisvoll.

"Los sag schon!"

"Nö", sagte Caius den Tonfall von Regulus in der Principia nachahmend.

Der Vorhang des Küchenzeltes öffnete sich. Auf silbernen Platten wurden allerlei Oliven mit und ohne Füllung sowie in Öl und Kräuter eingelegte Knoblauchzehen aufgetragen. Regulus' feine Nase bemerkte aber noch einen anderen, für die hiesige Gegend nicht sehr alltäglichen Duft, der äußerst anregend auf seine

---

9 Die Vorspeisen

Verdauungssäfte wirkte: Gebratene, mit Nüssen gefüllte Haselmäuse.

Regulus und Caius warteten nicht, bis die Platte vor ihnen stand, sondern griffen mit beiden Händen zu, während die Platte abgestellt wurde. Auch ihre Becher waren inzwischen wieder gefüllt worden und auch hier griffen sie zu. Eine Weile kauten und tranken sie bis der erste Hunger gestillt war. Dann kreisten Regulus' Gedanken wieder um Varus und Augustus. "Was meinst du", er wandte sich an Caius und die Zunge lag ihm bereits etwas schwer im Mund, "wie das wohl iss, wenn man den Princepss höchstpersönlich kennt?"

"Wie soll das schon sein?", bemerkte Caius vergnügt. "Vor allem praktisch. Wenn man was will, braucht man's nur zu sagen und schon kommt's", er wedelte dazu mit seiner dicken Hand und die fettigen Finger glänzten. Es hätte nicht viel gefehlt, und er hätte seinen vollen Becher von der Tischplatte gefegt. "Beim Bacchus[10], den guten Tropfen wollen wir nicht den **Laren** opfern, oder?", krähte er leicht angesäuselt und handelte sich missbilligende Blicke von den umliegenden Römern ein. Betreten schaute Regulus zu Boden als er Caius so sah und wurde sehr schweigsam. Irgendwann grübelte er dann wieder über Varus und Augustus nach.

Manchmal treibt uns das Schicksal auf Ereignisse zu, ohne dass wir es bemerken. Varus und Ceionius beendeten ihr Gespräch gerade in dem Augenblick als Segestes, der die beiden die ganze Zeit beobachtete hatte, seinen Kelch hob und ihnen ein fröhliches "Bene vobis" entgegen rief. Varus hob seinerseits den Kelch und trank dem Germanen zu, wodurch sich alle im Saal genötigt fühlten ebenfalls ihre Kelche zu heben. Im Saal wurde es still, und das war genau der Augenblick indem Regulus, der durch seine Grübelei von alldem nichts mitbekommen hatte, seinen Kelch mit Schwung auf der Tischplatte abstellte. Alle Augen richteten sich auf ihn. Marcus wollte sich schon erheben und eingreifen, als Regulus, vom Wein kühn geworden, sich erhob, neben seine Cline trat und Varus ansprach. "Darf ich eine Frage an Euch richten, Konsul?"

Varus sah ihn forschend an, dann antwortete er: "Du darfst, doch sage mir erst, wer da spricht."

---

10 Gott der Fruchtbarkeit und vor allem des Weins.

"Ich bin Regulus, Bursche im Dienst des Zenturio primus pilus Marcus Caelius." Regulus sprach mit feierlichem Ernst und er verneigte sich so tief, dass Varus schmunzeln musste.

"Nun Regulus, Bursche des Marcus Caelius, was willst du von mir wissen?"

"Ihr kennt den Princeps gut, Herr, und ich wollte wissen ob ihr mir sagen könnt was für ein Mensch er ist?"

Schweigen im Saal. Marcus blickte zu Boden, Caius war hinter der Armlehne seiner Liege in Deckung gegangen. Regulus aber hatte seinen Blick fest auf Varus gerichtete und sah ihm ohne zu zwinkern in die Augen.

Varus sah Regulus bedeutungsschwer an, dann begann er zu sprechen: "Er ist ein brillanter Stratege und Taktiker." Beifälliges Gemurmel erfüllte das Zelt, Köpfe nickten und wurden dann im Gespräch zusammengesteckt. Doch auf Varus' disziplinierendes Schweigen hin, kehrte wieder Ruhe ein. Varus wartete bis er die Aufmerksamkeit aller im Zelt wieder hatte, dann sprach er weiter.

"Ich erinnere mich noch gut an eine Begebenheit. Ich war gerade zum Konsul ernannt worden und saß zusammen mit Tiberius als unerfahrener Beamter an der Tafel des großen Augustus. Von den Gesprächen über Politik habe ich damals noch nicht viel verstanden als der Princeps plötzlich das Wort an mich richtete."

Varus machte eine Pause. Im Saal war es so still, das man die Kohlen in den Becken knistern hörte.

"Varus, sagte er zu mir."

Regulus saß nun weit vornübergebeugt da, dass ihm auch nicht ein Wort des Statthalters entging und zupfte vor Aufregung heftig an seiner Lippe.

"Varus", wiederholte sich der Statthalter, "kannst du mir bitte mal das Tablett mit der gustatio reichen."

Der Saal erdröhnte vom Gelächter. Verständnislos blickte Regulus von einem zum anderen, ehe er zu ahnen begann, das man sich über ihn lustig gemacht hatte. Da wurde die Enttäuschung auf seinem Gesicht greifbar. Varus schien es zu bemerken, denn er gab ein Zeichen, wodurch das Gelächter verstummte.

"Aber du hast recht, junger Regulus, ich habe Augustus schon oft gesehen und wenn jeder von uns ... ", Varus blickte in die Runde und es hatte den Anschein, als blicke er jedem im Zelt bis an den Grund seines Herzens, " ... und wenn jeder von uns auch nur halb so viel Mut und Tatkraft und Eleganz besitzt, wie er und der junge Regulus hier, dann wird das römische Reich ewig währen."

Varus stand auf und nahm Haltung an. "Erhebt Euch", sprach er feierlich. Alle im Saal standen auf und nahmen ihre Kelche zur Hand. Regulus fuhr ein Schauer über den Rücken.

"Auf den Princeps und auf Rom!"

"Auf den Princeps und auf Rom!", riefen vor allem die Römer wie Regulus bemerkte, doch achtete er nicht weiter darauf.

Nicht lange danach wurde die Hauptspeise aufgetragen. Es gab Hirschbraten mit Pflaumensoße, die mit einem Büschel aus Lauch und Bohnenkrautzweigen geschlagen worden war.

"Trinkt Freunde!", rief Varus, "Ich habe uns ein paar Amphoren des besten Falerners kommen lassen und mit Plinius möchte ich trefflich bemerken – id enim praestantissimum est, quod suapte natura placere potuit[11]. Wie ihr sicherlich versteht, möchte ich daher keinen Rest mit nach Vetera nehmen." Die Römer schmunzelten.

Regulus und Caius langten zu, bis sie endlich auf ihre Liegen sanken: "Ich bin so satt", stieß Regulus hervor und fuhr sich über den Bauch, "ich krieg nicht mal mehr'n Löffel Soße in mich rein."

"Dabei gibt´s noch Süßspeisen", ließ sich Marcus vernehmen. Regulus machte ein langes Gesicht.

Plötzlich trat Lucius Eggius an Marcus heran. Marcus nickte mit dem Kopf Richtung Regulus. Regulus seufzte. Doch dann räumte er widerspruchslos seine Liege für den Lagerpräfekten.

"Rutsch mal Dicker." Caius knurrte. Halb rückte, halb drückte ihn Regulus zur Seite. Nach einigem Geschiebe und Gezerre gaben die beide auf der Liege Ruhe.

"Oh", rief Eggius erstaunt, aber anerkennend, mit Blick auf Marcus Frisur.

Marcus fuhr sich über die Haare und nickte zu Regulus hin: "Mein Bursche ist sehr talentiert. In dieser Beziehung!"

Lucis Eggius drehte sich zu Regulus herum und nickte anerkennend: "Gute Arbeit!" Mit einem vielsagenden Seitenblick auf Caius sagte er: "Wenn mein Bursche mit der Schere doch genauso geschickt wäre wie mit seinem Mundwerk."

Caius ging hinter Regulus in Deckung. Doch Lucius Eggius

---

11 Plinius der Ältere, Naturalis historiae 23: "- das ist nämlich das Vorzüglichste, das durch seine eigene Natur gefallen kann."

wandte sich wieder Marcus zu. Er senkte seine Stimme, sodass sie kaum noch zu vernehmen war. Regulus aber wurde dadurch hellhörig.

"Bei der letzten Tributerhebung muss es zu Übergriffen gekommen sein."

Regulus Herz klopfte schneller.

Marcus kniff die Augen zusammen. "Wer sagt das?"

"Segestes."

"Hat er Belege dafür?"

"Einen niedergebrannten Hof, zwei Tote; ein Mann und dessen Sohn, sowie zwei vermisste Frauen."

Regulus dachte sofort an die geschorenen Germaninnen.

"Nun, sie werden Widerstand geleistet haben. Das ist das übliche Vorgehen", sprach Marcus.

"Ein Angriff in der Nacht ohne Vorwarnung oder Ankündigung ist mitnichten das übliche Vorgehen."

Marcus stutzte: "Du meinst einige Legionäre bereichern sich über die einzutreibenden Tribute hinaus und begründen ihre Überfälle damit, dass sich die Menschen gewehrt hätten?"

"Genau so!"

Marcus schüttelte den Kopf. "Wie sollen wir die Cherusker zu den Vorzügen unseres Rechts bekehren, wenn sich gleichzeitig einige unserer Legionäre nicht daran halten?"

"Ich denke nicht, dass das einige Legionäre sind. Ich denke daran sind ganze Zenturien beteiligt."

Da begriff Regulus das ganze Ausmaß dessen, was er vor wenigen Tagen gesehen hatte. Hier wurde tatsächlich gemeinsame Sache gemacht, aber ganz anders als er bisher angenommen hatte. Er war empört.

"Los Dicker, lass uns Würfeln", sagte Caius und ließ die Knöchelchen im Lederbecher klackern, den er immer in einem Beutel am Gürtel trug.

Ärgerlich über die Ablenkung wehrte Regulus Caius ab: "Nicht jetzt!"

Caius zog einen Flunsch.

"Später", schob Regulus versöhnlicher nach. Dann drehte er sich hastig wieder herum, um dem Gespräch der beiden Männer zu folgen. Caius aber legte sich auf die Cline und schmollte.

"Lucius, das muss ein Ende haben. Schließlich sind wir so etwas wie Hirten. Wir scheren unsere Herde und wir melken sie, aber wir schlachten sie nicht[12]."

"Trefflich gesprochen! Nur, wie soll ich einem Zenturio, der mit zwei Gefangenen das Lager betritt und sie als Sklavinnen verkauft, beweisen, dass er sie vorsätzlich geraubt und nicht als Strafmaßnahme mitgenommen hat?"

"Ich verstehe dich. Es geht darum wer die Tat bezeugt, aber wie dem auch sei. Ungehorsam muss bestraft werden!" Regulus liebte Marcus für seine Entschlossenheit.

"Es ist das Geld das lockt. Der Verkauf eines Ackersklaven bringt genauso viel ein wie der Jahressold eines einfachen Soldaten."

Marcus nickte, dann fragte er: "Was sagt denn Arminius zu den Vorfällen?"

"Ich weiß es nicht", sagte Lucius. "Aber an dem fraglichen Tag ist er ja im Lager gewesen, um Varus über den Aufstand in Kenntnis zu setzen. Ich glaube kaum, dass ihm diese Vorgänge entgehen."

"Aber er reagiert nicht darauf! Zumindest kann ich keine Reaktion erkennen."

Lucius Eggius zuckte mit den Schultern, aber er schwieg.

"Ich durchschaue Arminius nicht so recht", fuhr Marcus fort, "und bei allen Verdiensten, die er sich erworben hat, misstraue ich ihm manchmal. Auch diese Sache mit dem Aufstand. Haben wir das überprüft?"

Eggius zögerte einen Augenblick, dann sagte er: "Nein, haben wir nicht. Aber dafür gibt es auch keine Veranlassung. Auf Arminius war immer Verlass und eine solche Vorgehensweise könnte ihn brüskieren. Er ist als Verbündeter unersetzlich."

Marcus nickte und lächelte bitter. "Mein Bursche hatte an dem Tag von dem du erzählst eine Art Zusammenstoß mit ihm."

Eggius richtete sich halb auf dem Lager auf. "Ist Arminius handgreiflich geworden?"

"Nein! Nichts dergleichen. Regulus ist in ihn hineingerannt."

Eggius stöhnte auf: "Das darf ja wohl nicht wahr sein!"

"Ist es aber." Marcus winkte mit der Hand ab. „Interessant ist viel mehr, wie er auf den Zusammenstoß mit Regulus reagiert hat. Zum einen hat er ihm gehörig den Kopf zurechtgesetzt."

---

12 Ausspruch des Tiberius überliefert durch Sueton "Kaiserbiographien – Tiberius", verändert.

"Recht so!" rief Lucius Eggius. "Das schadet nicht. Strafe muss sein für so ein ungebührliches Benehmen."

Da musste Regulus ganz plötzlich husten. Marcus sah ihn an und sagte laut: "Ich wusste gar nicht, dass man sich an Worten verschlucken kann."

Regulus wurde ganz rot im Gesicht, was nicht nur an seinem Hustenanfall lag. Caius klopfte ihm auf den Rücken. Das schien zu helfen, denn nach einem letzten Keuchen kam er zur Ruhe und ließ sich die Tränen von der Wange wischend, zurück auf die Liege fallen.

"Geht's?", fragte Caius.

Regulus nickte. Marcus und Lucius Eggius hatten sich bereits wieder ihrem Gespräch zugewendet. Doch sprachen sie nun deutlich leiser und Regulus musste sich außerordentlich anstrengen, um dem Gespräch noch folgen zu können. Caius klapperte mit dem Würfelbecher, doch Regulus brachte ihn mit einer raschen Geste zum Verstummen.

"So weit so gut", fuhr Marcus fort. "Zum andern hat Arminius ihn aber vor der wütenden Menge beschützt, die wollte, das man ihm endlich einmal eine Lektion erteile."

"Vortrefflich!", rief Lucius Eggius. "Er, als Germane hat einen Bürger Roms vor dem wütenden Mob bewahrt."

"Das ist es doch grade, Lucius! Verstehst du nicht? Er tritt römischer auf als jeder Römer."

"Was willst du damit sagen?"

"Ich will damit sagen, dass er sich betont unauffällig verhält, und ich glaube, er führt etwas im Schilde."

"So, du glaubst es. Kannst du es auch belegen?"

Marcus blickte zu Boden, fast unmerklich verneinte er mit dem Kopf. Doch als er wieder aufblickte sagte er: "Er hat Regulus gegenüber von 'superbia' gesprochen."

"Nun das allein beweist noch gar nichts, oder?"

Marcus zuckte mit den Achseln: "Er ist mir zu ehrgeizig geworden. Doch bei seiner Herkunft kann er nicht mehr weiter aufsteigen. Es gibt kein Amt mehr, das ihm offen stünde. Eine sehr ungünstige Konstellation. Findest du nicht?"

Lucius schüttelte den Kopf. "Er hat sich betragen, wie es seinem Rang als Präfekten gebührt. Arminius hat nach meinem dafürhalten mit Augenmaß und sehr verständnisvoll gehandelt."

"Meines Erachtens hat er Geschmack an der Macht gefunden.

Und nach allem, was ich über die Cherusker und die anderen Stämme weiß, hat Macht bei ihnen immer etwas mit einer großen Gefolgschaft aus Kriegern zu tun. Anerkannt wird der, dem die meisten und kriegerischsten Männer folgen. Und wie könnte sich so etwas besser nachweisen lassen als durch einen Angriff auf die Legionen Roms?"

Lucius wog den Kopf hin und her, dann sagte er: "Geschmack an der Macht gefunden haben auch viele Römer, aber verdächtigst du sie deshalb alle gleich, die Herrschaft an sich reißen zu wollen? Nehmen wir aber einmal an, Marcus, du hättest Recht und Arminius plant tatsächlich einen Angriff. Was soll uns denn geschehen? Ich bitte dich. Drei Legionen, die besten, die das Reich zur Zeit zu bieten hat. Außerdem verfügen alle drei über Doppelkohorten, die mit den neuen Segmentpanzern und den neuen Helmen ausgerüstet sind. Das ist die beste Rüstung, die ein Legionär jemals trug, seit das römische Reich besteht. Du schwärmst ja selber jeden Tag von den Vorzügen der neuen Panzer." Eggius blickte Marcus herausfordernd an. "Wenn wir morgen aufbrechen, besteht unser Zug aus 20 000 kampferprobten Legionären. Die Cherusker und die benachbarten Stämme zusammen vermögen nicht einmal diese Zahl an Kriegern aufzubieten, geschweige denn zu übertreffen und alle Angriffe von Barbaren auf die Legionen, erfolgten bisher immer aus der Überzahl."

"Bisher Lucius, bisher! Aber was ist, wenn es mal nicht so wie bisher läuft? Wir sollten Arminius nicht unterschätzen. Aus seinen Augen spricht ein hellwacher Verstand. Er könnte, wie Marbod, nach einem eigenen Reich streben. Das ist Grund genug für einen Angriff."

"Aber wenn er Krieger aufbietet, müssten wir das doch bemerkt haben? Gibt es irgendein Anzeichen dafür, dass sich in den Wäldern große Mengen an Menschen sammeln?"

"Das wollte ich auch wissen, daher habe ich die Expectatores[13] angewiesen die Gegend um das Lager gründlich und weiträumig zu durchkämmen."

"Und?"

Marcus blickte zu Boden. "Sie haben nichts gefunden. Ich habe sie sogar ohne Absprache mit dir den Auxiliarverbänden hinterhergeschickt. Aber die Einheiten haben sich tatsächlich auf-

---

13 Kundschafter

gelöst und die Männer sind in ihre Dörfer abgezogen."

"Aber dann ist dein Verdacht doch gänzlich unbegründet und es gibt keinen vernünftigen Grund, an Arminius zu zweifeln."

"Es ist auch mehr ein Gefühl."

Lucius atmete tief ein: "Ich kann dich gut verstehen Marcus. Im Gegensatz zu dir hab ich noch einige Jahre Dienst, aber selbst in mir wächst die Angst, noch in den letzten Tagen in einer Schlacht getötet oder verletzt zu werden. Aber glaube mir, die Barbaren sind uns nicht gewachsen. Unsere Übungen sind unblutige Schlachten und unsere Schlachten sind blutige Übungen[14]." Lucius sah Marcus erwartungsvoll an.

Marcus schluckte und dann lachte er und klopfte Lucius auf die Schulter: "Wohl gesprochen, alter Freund!"

Lucius räusperte sich und fuhr fort: "Germanien ist nun schon seit Jahrzehnten ruhig. Die Provinz ist befriedet und wir gründen bereits die ersten Städte ohne Legionslager."

"Vielleicht hast du recht", lenkte Marcus ein und trank einen großen Schluck, aß einige Oliven, kaute genüsslich und sprach: "Wie sollte man solchen Kostbarkeiten und dem angenehmen Leben, das wir bringen, auch widerstehen, geschweige denn sich ihm widersetzen?"

Lucius nickte und hob seinen Kelch: "Auf das angenehme Leben!"

"Auf das angenehme Leben, Lucius."

Die beiden leerten ihre Kelche bis auf den Grund und stellten sie ab. Regulus aber brummte der Kopf und er schloss für einen Lidschlag, wie er dachte, die Augen.

Regulus schreckte erst aus seinem Weindämmer, als er die laute Stimme von Marcus Caelius hörte: "Aufwachen!" Er rieb sich die Augen und richtete sich auf. Schwankend und mit glasigem Blick blieb er auf der Cline sitzen. Caius neben ihm schnarchte.

"Setzt dich zu uns Regulus. Wir gehen für den morgigen Tag noch mal die Einzelheiten für den Marsch durch. Da lernst du was."

Der Stolz über diese Einladung pustete Müdigkeit und Schwindel hinweg und sogleich war Regulus hellwach und setzte sich neben Marcus in die Runde der Männer.

Lucius Eggius nahm die silberne Platte mit den Datteln und

---

14 Frei nach Flavius Josephus aus "Der jüdische Krieg."

reichte sie Regulus, der beherzt zugriff und genüsslich daran knabberte.

"Gehen wir wie üblich vor?", fragte Marcus.

Lucius Eggius wiegte den Kopf nachdenklich hin und her: "Ich denke wir sollten früher als sonst aufbrechen, sodass wir am ersten Tag 17 milia passuum[15] zurücklegen können, bevor wir das erste Marschlager anlegen."

"Das ist aber reichlich gut geschätzt, Lucius. Was hältst du davon Regulus?"

Regulus bekam kreisrunde Augen. Marcus wollte seine Meinung hören. Er räusperte sich: "Im Tross fahren die Wagen und die Frauen und Kinder laufen mit. Das ist, glaube ich, nicht zu schaffen."

Lucius Eggius sah ihn an und nickte mit dem Kopf: "Aber der Weg, den Arminius vorgeschlagen hat, ist ein Handelsweg und mit einer Breite von bis zu vier Karrenspuren für ein Konsularheer von 30 000 Personen wie geschaffen."

"Aha", sagte Regulus und verstummte.

"Außerdem", fuhr Lucius Eggius fort, "können die Legionäre ihre Schilde und vielleicht auch die Helme auf die Wagen legen."

"Die Helme!", rief Marcus entsetzt. "Diesen Befehl werde ich nicht geben. Stell dir nur mal vor, irgendeinen germanischen Stammesfürst gelüstete es nach Ruhm und er greift uns an." Marcus schüttelte den Kopf. "Niemals!"

"Aber dafür haben wir doch die Reiterei ..."

"Wir haben neben der Legionsreiterei nur noch die drei Alen der Auxiliarreiter", Marcus zählte an den Fingern vor, "an der Spitze, am Ende des Zuges und als Begleitschutz für Varus. Wir sollten froh sein, wenn wir genügend Reiter für die Meldegänge finden."

"Aber wir werden doch auf dem Marsch Verstärkung durch Arminius und die cheruskische Auxilia bekommen."

o

Doch da irrte sich Lucius Eggius. Auf einem Hügel, gar nicht

---

15 1 milia passuum (römische Meile) entspricht 1478 Meter, also ca. 1,5 km.

weit vom römischen Lager entfernt, saß Arminius auf dem alten Versammlungsplatz im geheiligten Kreis aus Haselruten mitten unter seinen Männern. Er hielt einen Stock in der Hand und kratzte Linien in den Waldboden. Mehrere Feuer warfen ein flackerndes Licht, das die Schatten im düsteren Wald weckte und sich regen ließ, von den Kettenpanzern seiner Männer sprühten Funken.

"Ein römisches Heer dieser Größe", sprach Arminius, "wird, wenn sie es pro Reihe mit vier Mann marschieren lassen, eine Länge von 14 milia passuum haben. Wie eine Schlange wird es sich durchs Land winden. Ihr werdet es sehen." Arminius sah auf und blickte in die Flammen. "Ihr werdet sehen, wie das Licht der Sonne auf ihren Panzern glänzt und blitzt. Wie ihre Reiter über das Land züngeln, um dem Untier den Weg zu bereiten."

o

"Nun gut", lenkte Lucius ein, "dann sollen sie die Helme am Leib tragen. Aber Angriffe gegen ein Heer dieser Größe und noch dazu auf freier Fläche sind ein sicheres Todesurteil."

"Das weißt Du, und das weiß ich aber hoffen wir mal, dass es auch alle germanischen Stämme wissen, die entlang unserer Marschroute leben, sonst werden wir unnötige Verluste haben."

o

"Solange die Schlange Platz hat und sich winden kann, können wir sie nicht angreifen. Sie wird herum zucken und zupacken."

Arminius machte eine Pause und sah seine Männer an.

"Nein, wir müssen warten, bis wir sie in der Falle haben. Aber dann ...", er stieß den Stock in den Boden, seine Männer zuckten zusammen. "... werden wir sie hier, unmittelbar hinter dem Kopf, angreifen. Dort, wo nach der Vorhut mit dem Statthalter und seiner Leibwache, die einzelnen Legionen mit ihrem Tross kommen. Und mitten in der Marschkolonne der ersten Legion schlagen wir zu wie der Igel, wenn er Kreuzottern jagt.

o

"Aber Marcus", fing Lucius wieder an, "wir ziehen durch freies Gelände. Jede Annäherung wird rechtzeitig bemerkt werden und sobald sich ein Feind nähert, werden die Helme aufgesetzt und die Zenturien gehen in Formation."

o

"Sie werden über den Wäldern den Rauch sehen, wenn wir ihre Wachtposten und Nachschublager überfallen. Sie werden sie für die Zeichen des Aufstandes halten und dorthin ziehen und meine Ankunft sehnsüchtig erwarten", fuhr Arminius fort.

Gelächter erklang.

"Wir werden in aller Ruhe auf sie zureiten und wenn wir nah genug sind, greifen wir an. Wir sind zwar nicht viele. Aber dort wo wir angreifen, werden wir in der Überzahl sein. Noch bevor sie recht begreifen, wie ihnen geschieht, ziehen wir uns zurück."

Arminius musterte seine Männer aufmerksam.

"Das ist wichtig! Niemand stellt sich den Römern zur Schlacht. Wir schlagen zwei- oder dreimal zu und verschwinden jedes Mal."

"Arminius", sagte Wugo, "was wird aus unseren Männern, Frauen und Kindern, die die Römer gefangen haben?" Zustimmendes Brummeln setzte ein. "Wir müssen sie vor den Römern retten."

Arminius nickte. "Nach den Legionen mit ihren Maultieren schließt sich der Tross mit den Planwagen und der berittenen Nachhut an. Dort werden wir den Sklavenhändler finden.

Ein Mensch fett wie ein Fass und hässlich wie eine Kröte. Ihr werdet ihn nicht übersehen."

Gelächter.

"Wugo, du suchst dir 60 Reiter und Fußkämpfer. Wenn ich zuschlage greift auch ihr an und befreit unsere Stammesbrüder und – schwestern." Wugo nickte.

○

"Das stimmt schon Lucius. Die Legionäre sind gedrillt. Aber wohl ist mir nicht dabei." Marcus schüttelte den Kopf.

"Es ist viel schlimmer, wenn wir auf dem Marsch von den ersten Regenfällen überrascht werden. Kälte und Nässe. Dann werden die Kinder krank, die Wagen bleiben im Schlamm stecken und die Marschordnung löst sich auf."

○

"Es ist spät im Jahr für die Römer. Sie werden daher rasch marschieren wollen, das bedeutet, dass sie ihre Schilde auf den Wägen mitführen werden und die Helme am Haken ihrer Kettenpanzer hängen. Sie haben unserem Angriff also nichts entgegenzusetzen. Es wird viele Tote und Verletzte geben." Arminius schwieg und seine Männer nickten beifällig.

○

"Und wie ich schon sagte Marcus, jeder Barbarenangriff auf unsere Legionen ist zum Scheitern verurteilt. Jeder, der auch nur einen Funken Verstand besitzt erkennt das. Und wir schätzen Arminius wegen seines hellen Verstandes." Marcus blickte Lucius stumm an.

○

"Am Abend werden die Römer ihr Lager ausheben. Sie wissen nun das sie angegriffen werden. Varus wird die Trosswagen und alles überflüssige Gepäck verbrennen. Von jetzt an werden die Römer versuchen, sich abzusetzen und so rasch wie möglich den Rhein zu erreichen. Wir brauchen ihnen nur noch zu folgen und sie nicht zur Ruhe kommen lassen."

o

"Und du wirst sehen, Marcus, wenn wir den Aufstand mit Arminius Hilfe bezwungen haben, werden wir in wenigen Tagen den Rhenus erreichen und uns im sicheren Winterlager befinden und dann ist das alles hier ...", Lucius lächelte und deutete in die Runde, "... für dich vorbei." Marcus nickte zögerlich.

o

"Spätestens am dritten Tag nach unserem Angriff werden sie die Flugsande zwischen dem Gebirge und den Schwarzen Sümpfen erreicht haben. Durch dieses Nadelöhr müssen sie sich fädeln." Arminius Gesicht verzerrte sich zu einem kalten Lächeln. "Dort erwarten wir sie, und wer uns entkommt, wird durch den Ring der Krieger vernichtet, der sich um das Schlachtfeld bilden wird, wenn sich die Niederlage der Rotkittel herumspricht und jeder Stamm seine Männer schickt." Arminius' Stimme verhallte im Buchenwald.

o

Im Zelt des Varus schnarchte Caius noch immer. Lucius hat recht, dachte Regulus. Marcus ist manchmal zu ängstlich. Seine Gedanken wurden durch ein mächtiges Gähnen unterbrochen. Seine anfängliche Aufregung, an dem Gespräch der Männer teilnehmen zu dürfen, hatte sich längst verflüchtigt und war bleierner Müdigkeit gewichen. Marcus sah ihn zwinkernd an und nickte dann Lucius zu. "Alter Freund, ich bin müde. Lass uns zu Bett gehen."

Lucius nickte und erhob sich. "Eine gute Nacht euch beiden."

"Gute Nacht, Lucius."

Regulus und Marcus standen auf. Sie verneigten sich vor Varus, der sie mit einem Kopfnicken entließ. Im Hinausgehen hörte Regulus wie Caius erschrocken aufschrie. Lucius pikte ihn immer mit der Vitis in den Po, wenn er nicht wach wurde. Regulus musste kichern und konnte gar nicht mehr aufhören.

Als sie aus dem Zelt traten, standen sie unter einem Nachthimmel, auf dem die Sterne wie Salzkörnchen glitzerten. Ein zarter Wind wehte vom Fluss herauf und ließ Regulus einen Schauer im Herzen spüren. Die kleine Mondsichel kuschelte sich an die Wolken. Der Wald sang sein Schlaflied und das ganze Lager schlummerte.

5

Erde

Rinda umfasste den Quarktopf aus Ton mit ihren Armen und versuchte, ihn anzuheben. Mit einem Ächzen hob sie den Topf schließlich in die Höhe und setzte ihn auf ihre Hüfte. Unter anderen Umständen hätte sie ihn mit Schwung aufgenommen und mit Freude zum Fluss getragen. Doch der Schwung war ihr abhanden gekommen und der Topf eine Last. Eine der vielen Lasten, die sie niederdrückten.

Drei Tage hatte sie auf dem Lager verbracht, auf Moos gebettet, umgeben von Pelzen. Sie hatte geschlafen, geruht, geweint, geflucht, aber wann immer sie aus ihren verquollenen Augen einen klaren Blick bekam, saß Jörde an ihrem Lager, hielt ihre Hand, kühlte ihre Stirn oder salbte ihre Wunden mit Händen, die nach Walderde und Milch dufteten.

Schritt für Schritt schlurfte sie über den Lehmboden zur Tür. Das Licht der Sonne strömte auf schrägen Bahnen herein. Staub trieb in der Luft. Die Kante des Topfs quetschte Rinda die Haut an der Hüfte. Sie ließ den Topf auf ihr Bein gleiten. Als sie ihn wieder hochzog, legte sich ihr Kleid in Falten. Sie hasste das, aber so polsterte der Stoff die Kante ab.

Jörde holte sie jeden Morgen vom Lager und gab ihr Aufträge. Nicht zu viele, aber doch genug, um über den Tag nicht ins Grübeln zu geraten. Rinda war ihr dafür dankbar, obwohl Jörde ihr die Decke wegzog. Aber Jördes Blick war dabei jedes mal ein Sonnenaufgang. Allein deshalb ertrug Rinda das Aufstehen.

Rinda blinzelte, als sie, nach dem Halbdunkel im Kühlhaus in das gleißende Licht des Herbsttages trat. Sie ließ den Topf auf ihren Oberschenkel gleiten und stemmte ihn Stufe für Stufe aus der Grube. Draußen angekommen, lehnte sie sich an die Lehmwand des Hauses und verschnaufte. Sie spürte die Wärme der Wand im Rücken und die Strahlen der Sonne auf ihrer Haut und da musste sie an Jörde denken.

Rinda stieß sich von der Hauswand ab. Der Topf musste im Fluss gewässert und gewaschen werden. Jörde wollte Dickmilch ansetzten, um daraus Quark zu bereiten. Sie zwang sich dazu, Fuß vor Fuß zu setzen. War ihr zunächst jeder Schritt eine Qual und hatte sie das Gefühl, den Weg am Flechtzaun entlang nicht zu schaffen, spürte sie aber, dass ihre Beine immer williger wurden. Nur der Topf zerrte an ihren Armen. Rinda keuchte. Am letzten Pfahl vor dem Weg zur Furt erlahmten ihre Arme. Doch sie schaffte es noch, den Topf auf dem Pfosten abzusetzen und mit ihrem Körper dort zu halten. Stöhnend schüttelte sie die Hände aus bis sich die Krämpfe lösten und allmählich die Kraft zurückkehrte.

Es war noch früh am Morgen und die Sonne war eben erst über die Wipfel der Bäume gestiegen, so dass der Wasserwald vor ihr noch vom Nebel verschleiert war. Die Dünste wallten auf und ab und wandten sich wie Spinnweben um ihr Füße.

Rinda wischte sich den Schweiß aus dem Gesicht. Sie wartete, bis sich ihr Atem wieder beruhigt hatte. Dann schob sie den Topf mit einem Aufstöhnen zurück auf ihre Hüfte und stolperte über die Holzbohlen des Weges in den Dunst hinein.

Der Nebel machte sie blind. Sie spürte die unzähligen, kalten Wassertröpfchen im Nacken. Rinda fröstelte. Mit den Füßen tastete sie sich den Weg zur Furt herab, bis sie mit einem Mal im kalten Wasser der Eila stand.

Vor ihr schob sich ein dunkler Rücken aus dem Dunst, bald darauf ein zweiter und dann viele weitere, bis sie umzingelt war. Rinda erschrak, doch dann begriff sie, dass es die Steine der Furt waren, die im Bach lagen wie ihre Sauen an der Tränke.

Zögerlich trat Rinda auf die Steine. Sie fühlten sich eiskalt unter ihren Füssen an. Mitten im Fluss blieb sie stehen, ließ den Topf in die Wellen gleiten und klemmte ihn zwischen den Steinen fest. Das Wasser wirbelte hinein. Rinda sah es schäumen und sie hörte es glucksen. Eine Weile starrte sie auf das strömende Wasser, bis ihr schwindelig wurde. Sie wandte sich ab, raffte ihr Kleid und band es kurz unter der Hüfte zu einem Knoten. Sie hockte sich hin und begann mit einer Handvoll Flusssand den Topf zu scheuern. Es dauerte nicht lange und sie spürte ihre

Hände nicht mehr und ihre Arme wurden taub. Das Wasser aber strömte und rauschte unaufhaltsam.

Als sich die Wände des Topfes glatt und sauber anfühlten und sich der Ton mit Wasser vollgesogen hatte, richtete sie sich auf. Ihre Arme waren gefühllos geworden. Nur langsam kehrte das Blut und damit der Schmerz zurück. Tausend Knochennadeln stachen in ihre Haut. Mit steifen Fingern nestelte Rinda den Knoten aus ihrem Kleid. Dann hob sie den Topf aus dem Wasser. Mit einem Mal fühlte er sich viel leichter an. *Ob es daran lag, dass er nun sauber war?* Erleichtert trat Rinda den Rückweg an.

Lichtbahnen fächerten bis zum Grund des Wasserwaldes und ließen die Dünste golden werden. Stellenweise hatte die Sonne schon die Spitzen der Bäume entschleiert. Rinda sah das Blond der Birken und das Fuchsrot der Weiden und sie sah die langen Äste, die im Wind wehten.

Rinda schrie auf. Der Topf entglitt ihr und zerschellte auf dem Weg. Rindas Herz pochte. Dann sackte sie zu Boden, das Gesicht im Arm vergraben und schluchzte. Jäh hielt sie inne, ballte die Fäuste und schlug immer wieder mit dumpfen Schlägen auf die Erde.

Nach einer Weile war Rinda erschöpft. Sie kniete sich und sammelte die Scherben auf. Doch die scharfen Kanten, schnitten ihr in die Finger und die Splitter stachen in ihrer Hand, und da saß sie wieder mit Fafner am Fluss, Schulter an Schulter, die Füße auf dem warmen Stein. Dazwischen die Brombeerranke und zwei große und zwei kleine Hände, geschickt die einen, hilfesuchend die anderen, mühten sich mit den Stacheln, bis die Rute ausgeworfen werden konnte, bis ihr erster Fisch anbiss, bis sie ihn in der Hand hielt, schuppige zappelnde Kälte.

Tränen strömten Rinda über die Wangen und tropften auf die Erde. Und an diesem Tag pflanzte sie den Hass in ihr Herz, auf die, die ihr alles genommen hatten. Ein Gewächs aus Schatten, gedüngt vom Leid, genährt von der Trauer, trieb fortan seine Wurzeln tief in ihrem Herz. Seine finsteren Schlingen durchdrangen sie und seine lockenden Früchte vergifteten ihr Gemüt.

Rinda las die Scherben auf und warf sie in ein Farndickicht. Sie seufzte. Klein und leergefegt schlich sie unter den Bäumen dahin, kroch durchs Röhricht, in dem die Riesenhalme zu beiden Seiten aufragten und bei jedem Tritt der Boden unter ihren Füßen schwankte. Sie war vom Weg abgekommen. Es rieselte und knitterte im Dickicht. Rinda fuhr herum. Zutiefst verschreckt floh sie vor diesem Ort, der nicht Wald und nicht Wiese, nicht Himmel und nicht Erde war. Sie kam erst zur Ruhe als der Nebel sich lichtete, das Röhricht hinter ihr lag und sie wieder festen Boden unter den Füssen hatte. Scheu blieb sie stehen und warf einen Blick zurück. Ihr schauderte.

Rinda sah zur Hofschaft hinauf und zögerte kurz. Dann atmete sie tief durch und lief zum Stall. Jörde war genau dort, wo Rinda sie erwartet hatte. Bei den Kühen, auf einem Schemel, mit dem Eimer zwischen den Beinen beim Melken. Rinda bemerkte den Geruch der Milch. Sie sah Jördes Hände an den Zitzen. Sie hörte, wie der Strahl hervor zischte und sie sah die weiße, fette Milch im Eimer schäumen. Jörde blickte kurz auf.

"Jörde", setzte Rinda an.

Jörde schüttelte den Kopf.

Reden beim Melken lässt die Milch sauer werden, erinnerte sich Rinda und schwieg. Wenige Handgriffe später war der Eimer voll und das Euter der Kuh leer.

Jörde deutet mit dem Kopf auf einen zweiten vollen Eimer und Rinda nahm ihn auf. Sie trugen die Eimer zum Kühlhaus und stellten die Milch dort ab.

Rindas Herz schlug laut. *Hörte Jörde es nicht?* Aber Jörde rieb sich nur die Hand, in die das Henkeltau des Eimers geschnitten hatte.

"Jörde, ich ..." setzte Rinda zum zweiten Mal an. Doch Jörde hakte sich bei Rinda ein und nahm ihre Hand. Rinda spürte wie zart Jörde darüber strich. Gemeinsam traten sie aus dem Haus und Jörde sagte: "Deine Finger sind so geschmeidig, viel geschmeidiger als meine. Ich hab noch etwas Ton in der Grube und der alte Quarktopf ... nun er hatte einen Sprung, wenn ich mich recht erinnere." Unfähig etwas zu sagen nickte Rinda stumm und die Tränen rannen ihr aus den Augen. Rinda zweifelte keinen Augenblick daran, dass Jörde ahnte, was vorgefallen war.

"Bis die Sonne untergeht, solltest du fertig sein", sagte Jörde und zwinkerte Rinda zu.

Rinda verstand das Zwinkern. War der Topf fertig, würde sie niemand mehr behelligen. Rinda schämte sich. Nicht nur, dass Jörde sie das Gesicht waren ließ, sie gab ihr auch noch den Rest des Tages frei, obwohl nun im Herbst jede Hand gebraucht wurde. Alle Anderen aus dem Dorf waren in die Wälder gezogen, um

Beeren zu pflücken und Pilze zu sammeln, die über den Feuern für den Winter gedörrt werden sollten. Sie hätte nachkommen und helfen sollen und nun fiel sie auch noch allen zur Last. Da spürte Rinda mit einem Mal, Jördes Arm und ihre Wärme. Einem plötzlichen Bedürfnis folgend küsste sie Jörde. Es war ein unbeholfener Kuss. Aber ein Kuss. Verwundert legte Jörde ihre Hand auf die Wange. Ihre Augen leuchteten. Dass aber sah Rinda schon nicht mehr, denn sie rannte bereits mit gerafftem Kleid zum Hof.

Wugos Haus war das größte der Hofschaft. Von der Eila kommend lag es linker Hand und war nach dem schon halb verfallenen alten Stall das mittlere Haus, gefolgt von der Schmiede, in der Brokk, Jördes ältester Sohn, mit seiner Frau Hilda lebte. Gegenüber, auf der anderen Seite des Wegs, standen zwei weitere Langhäuser, auf Lücke zu denen der ersten Reihe. Dort wohnten die Schwestern Jördes, Idun und Nossa, mit ihren Familien. Die Schmalseiten der drei Häuser waren in den Wind gerichtet und ohne Türen. Ihre Dächer waren mit dicht gepackten Bündeln aus Stroh gedeckt. Rinda betrat über einen Seiteneingang das Haus und kam sogleich mit einem Tuch wieder heraus, indem sie den Ton zu tragen gedachte. Sie winkte Jörde noch einmal zu und lief dann bis zu dem Zaun aus geflochtenen Weidenruten, der die Höfe und die Pferche für das Vieh umgab. Sie kletterte darüber und stand auf der Waldwiese. Bei jedem Schritt pikten sie die Rispen der Gräser an den Kniekehlen und die Halme knisterten in der Sonne. Ihre Finger freuten sich schon auf den weichen Ton.

Rinda saß inmitten einer Schwade aus Stroh mit dem Rücken zur Hofwand. Die Sonne schien ihr ins Gesicht und so blickte sie auf den Ton zu ihren Füßen, den sie mit beiden Händen knetete. Schmatzend quoll die rote Erde zwischen ihren Fingern hervor. Sie knetete, bis der Ton geschmeidig war und nicht mehr klebte. Wie die Haut der Mutter fühlte er sich nun an. Doch mit dem trocknenden Ton, der bei jeder Regung ihrer Hand von dem Klumpen krümelte verschwand das Gefühl.

Ihre Finger glitzerten. Der Ton war fett gewesen. Zum Ausmagern hatte sie Flusssand eingearbeitet und es waren die Sandkörnchen die blitzten. Ganz gefesselt von diesem Anblick schaute sie auf ihre Finger. Rinda seufzte. Sie konnte mit dem, was sie begonnen hatte, nicht einfach aufhören und so knetete sie weiter. Wieder hörte sie die Stimme der Mutter: 'Durch den Sand bekommt der Ton keine Risse, wenn er gebrannt wird und durch die Hitze schrumpft'. Tränen tropften ihr aus den Augen. Sie tränkten den Ton und Rinda knetete sie ein, bis die Erde richtig formbar war. Sie rupfte eine Handvoll ab und drückte sie zwischen den Händen zu dem runden, gleichmäßigen Boden des Topfes, so wie ihre Mutter es immer getan hatte und legte ihn auf ein kleines Polster aus Stroh.

Rinda hielt inne. *Wie ging es nun weiter?* Sie wusste es nicht mehr. Stattdessen musste sie wieder an ihre Mutter denken. Der Vater hatte ihr einmal erzählt, die Römer verkauften Gefangene als Sklaven. *War die Mutter nun eine Sklavin? Und Gunda? Was war nur mit den beiden geschehen?* Sie wischte sich mit dem Arm über die Augen. Dabei stieß sie mit dem Fuß gegen den Boden des Topfes. Der rutschte weg. Gedankenverloren griff sie nach einigen Halmen und zog daran. Dabei drehte sich der Boden ein Stück. Rinda stutzte und sie musste dabei an die Zöpfe ihrer Mutter denken und da wusste sie, was sie zu tun hatte. Rinda zwickte einen Tonbatzen ab und rollte ihn zwischen ihren Handflächen zu einem fingerdicken Strang. Den drückte sie am Boden fest. Nun rollte sie weitere Stränge und wickelte so die Wände des Topfes.

Auf halber Höhe hielt sie inne, befeuchtete ihre Finger und verschmierte die Rillen zwischen den Strängen zu einer ebenmäßigen Wand. Dazu drehte sie den Topf auf seinem Polster aus Stroh Stück für Stück weiter. Eifrig rupfte sie neuen Ton ab, rollte ihn aus und so wuchs der Topf Strang für Strang. Ihre Finger regten sich immer flinker, die Wangen röteten sich und ihre verquollenen Augen strafften sich wieder.

Rinda hatte den Topf zur Mitte hin ausgebaucht, während er sich zur Öffnung hin wieder verjüngte. Den Rand formte sie zu einem kräftigen Wulst, in den sie mit der Handkante eine Tülle hineinschlug. Zum Schluss rollte sie noch zwei Stränge, gab ihnen die Form einer Ohrmuschel, setzte sie rechts und links an Rand und Bauch des Topfes an und schmierte sie dort fest.

Rinda richtete sich auf. Sie beäugte ihr Werk von allen Seiten, strich mit den Fingern hier noch mal darüber, glättete dort noch etwas mit der Hand und nickte dann zufrieden. Die Wände waren glatt und ebenmäßig. Jetzt sah alles so aus wie bei den Töpfen der

Mutter. Aber irgendetwas fehlte.

Unzufrieden schweifte Rindas Blick über die Hofschaft, die geschwungenen Strohdächer, die auf Stelzen stehenden Speicher, als sie das Spiel aus Licht und Schatten an den geflochtenen Zäunen bemerkte. Punkte aus Licht und Punkte aus Schatten.

Rinda sprang auf die Beine und musterte den Boden, bis sie gefunden hatte, was sie suchte. Sie hob einen Stock auf, halb so dick wie ihr kleiner Finger. Sie brach davon ein Stück ab, hockte sich nieder und rieb den Stock flach über die Erde. Von Zeit zu Zeit hielt sie inne, besah sich den Stock und pustete, nur um sogleich mit ihrem Werk fortzufahren. Der Schweiß tropfte in den Staub. Nach einer Weile war sie zufrieden. Sie pustete ein letztes Mal über die Spitze des Stocks und strich prüfend mit den Fingern über das angeschrägte Ende.

Mit der scharfen Spitze ritzte sie feine Linien in den Ton, Wellen die einander durchdrangen. Dann begann sie damit, den Stock in den Ton zu drücken, Halbkreise, den einen mit der Rundung nach oben, den anderen, mit etwas Abstand, und seitlich versetzt, mit der Rundung nach unten. Rinda arbeitete ohne Unterlass. Sie sah nicht, wie der Wind das Stroh verwehte und hörte nicht, wie er über ihr auf den Halmen im Dach pfiff. Sie sah die Spatzen nicht, die sich in kleinen Kuhlen auf der Tenne in Staub und Licht badeten. Sie sah keinen Hof und keinen Speicher mehr und sie spürte weder Hunger noch Durst. So hätte es endlos weiter gehen können, doch nach einer Weile hatte sie alle Linien mit ihrem Muster nachgearbeitet.

Da bemerkte Rinda, dass sie im Schatten saß. Erschrocken sah sie auf und blickte genau in Jördes Augen, die ihr anscheinend schon eine ganze Weile zusah. Jörde öffnete den Mund als wolle sie etwas sagen, doch sie sagte nichts. Sie besah sich den Topf mit strahlenden Augen. Rinda blickte verlegen zu Boden. Da zog Jörde sie auf die Füße und nahm sie in den Arm. "Weißt du, deine Mutter hat dich reich beschenkt."

Rinda war verwirrt.

"Reicher als dir klar ist", sagte Jörde und klopfte sacht auf Rindas Herz. Rinda spürte, wie ihr die Tränen in die Augen stiegen und fast unmerklich nickte sie. Eine ganze Weile stand sie einfach nur da und konnte nichts sagen. Als die Tränen schließlich versiegten sagte sie: "Die Henkel und die Muster stammen von mir."

"Wundervoll", sagte Jörde. "Ich habe noch nie so etwas Schönes gesehen." Erleichtert schmiegte sich Rinda an Jörde, die mit ihren blonden, zu zwei Zöpfen geflochtenen Haaren vor ihr stand. Rinda schloss die Augen und gab sich ganz dem Duft nach Walderde und Rauch hin, der Jördes Haaren entströmte. *Ich werde eine Grube ausheben, dachte Rinda, so tief, dass der Topf hineinpasst. Darin werde ich Holz und Stroh aufschichten, und mit der Glut der Holzkohle werde ich den Ton mit meinen Tränen darin zu einem neuen Topf backen.*

Als Rinda die Augen aufschlug sah sie vor sich Erde. Feine, sandige, schwarze Krümel. Sie lag auf den Knien, neben ihr ein Korb aus Weidenruten. Mit ihren Händen glättete sie den Wall, der steil vor ihr aufragte und schlug dann die Erde mit kräftigen Schlägen fest. Schließlich setzte sie sich keuchend auf und ließ die Arme in ihren Schoß sinken.

Vor zwei Tagen waren sie von Wugos Hofschaft aufgebrochen und waren hierher in die Senke gezogen. Unterwegs hatten sie immer mehr Männer, Frauen und Kinder getroffen, die sich ihnen angeschlossen hatten. Die Nacht hatten sie in Hütten aus Ästen, Laub und Rinde verbracht.

Rinda fuhr sich mit dem Arm über das Gesicht und wischte sich den Schweiß ab.

In aller Frühe, als ihr Atem noch in der Luft rauchte, war sie mit den anderen zum Bauplatz gekommen. Dort wurden sie bereits von Arminius und seinen Kriegern erwartet. Rinda hatte sich zuerst vor den Männern unter den Kettenpanzern gefürchtet, die wie Legionäre aussahen, aber doch Cherusker waren. In der Hitze der Arbeit aber hatten die Männer ihre Kettenpanzer alsbald über die Köpfe gestreift und in das Gras geworfen.

In einem unbemerkten Augenblick hatte sich Rinda zu einem der Panzer geschlichen. Mit beiden Händen und all ihrer Kraft zog sie daran. Das trugen die Krieger den ganzen Tag? Erschöpft ließ sie los und die vielen Ringe klirrten, als sie auf dem Boden zusammenfielen. Erschrocken sah sich Rinda um. Niemand hatte sie bemerkt. Nur ihre Hände fühlten sich stumpf an. Sie blickte darauf. Ihre Finger waren schwarz und der Geruch von Eisen vermischte sich in ihrer Erinnerung mit dem Geschmack von Blut.

Arminius hatten ihnen seinen Plan erklärt und seine Worte

hatten die Herzen der Menschen entflammt und die Leiber zum Dampfen gebracht. Er war es auch, der ihnen gezeigt hatten, wie der Wall verlaufen musste und wie er gebaut werden sollte. Bis zum heutigen Abend musste er fertig sein.

Rinda blickte zum Himmel. Mittlerweile hatte die Sonne fast ihren höchsten Stand erreicht. So lange kniete sie schon hier. Um sie herum war die Luft vom Klatschen und Patschen großer und kleiner Hände erfüllt; Hände von Frauen und Kindern, die beständig die Erde erschütterten.

Immer wieder streiften sie die Blicke der Frauen und Rinda empfand darin, einerseits das Mitleid mit ihr, andererseits aber auch die Selbstgefälligkeit der Davongekommenen und diese Blicke brannten. Die Kinder starrten sie noch unverhohlener an und diese Blicke bohrten sich in ihren verschorften Kopf. Rinda sah nicht mehr hin. Doch das Brennen und Bohren der Blicke blieb und wurde nur drängender. Schließlich pressten sie ihr die Brust zusammen.

Hastig griff Rinda nach ihrem Korb. Alle starrten sie an. Sie stakste den Wall hinunter. Ihre Beine kribbelten nach dem langen Knien und so kam sie nur langsam voran. Rinda biss die Zähne zusammen und sperrte dahinter ihre Schreie ein, bis ihr der Hals zu platzen schien und ihre Zähne knirschten. Tränen liefen ihr über die Wangen. Sie nahm all ihre Kraft zusammen. Ihre Beine würden nicht einknicken. Diese Blöße wollte sie sich nicht geben. Am Fuß des Walls angekommen, ging sie los und das Gehen verschaffte ihr Linderung. Rinda spürte bald, wie der Hals abschwoll und ihr Atem wieder freier ging.

Rinda linste zu den Menschen auf den Wall, aber hier weiter vorne beachtete sie keiner und so ließ sie ihren Blick schweifen. Vor ihr stampften Männer den Kern des Walls über einer Lage von Feldsteinen fest. Darüber breiteten Frauen und Kinder Erde, um die Dellen und Buckel auszugleichen und um ein Bett zu schaffen, in das später die Rasensoden gesetzt wurden. Dahinter rammten Krieger, indem sie riesige Steine schwangen, Holzpfähle als Brustwehr in die Wallkrone. Ihnen folgten Andere, die mit ihren Äxten die Pfähle anspitzten.

Rinda bewunderte wie die Arbeiten Hand in Hand gingen. Sie hatte so etwas noch nie erlebt. Dort, wo die Männer die Erde feststampften, sah sie Wugo. Er hatte seinen Kittel abgestreift und kehrte ihr den Rücken zu. Seine Haut glänzte vom Schweiß und jede Regung seiner Muskeln zeichnete sich deutlich ab. Rinda kannte die Geschichte wie Wugo alleine einen zweiachsigen Karren angehoben hatte, bis das gebrochene Rad von der Nabe gezogen werden konnte. Er war, wenn er aufrecht stand, so hoch wie der Wall und überragte die anderen Cherusker um Haupteslänge. Seine Zehen waren Wurzeln, die sich in die Erde krallten, seine Arme Stämme und seine Fäuste Fässer. Wenn er damit auf die Erde schlug, dröhnte sie wie eine Trommel. In ihren Händen kribbelte es und sie begann mit einem Mal, am ganzen Körper zu zittern.

Als Wugo sie bemerkte winkte er ihr. Rinda mochte Wugo. Er glich ihrem Vater in so vielem. Sie dachte an seine knorrigen Hände mit den Fingern voller Schwielen und an seinen Duft nach Bienenwachs.

Wugo winkte sie näher, und Rinda lächelte ihm zu, so wie sie ihrem Vater immer zugelächelt hatte. Sie spürte einen Stich im Herz. Als sie bei ihm angekommen war, legte er ihr den Arm um die Schultern und verschnaufte. Seine dunklen Augen glänzten zwischen dem üppigen Haarschopf und dem dichten Bart hervor. "He, ihr Männer", rief Wugo mit einem Mal und zog Rinda an sich. Alle sahen auf. "Das ist meine Rinda, die beste Tochter, die man kriegen kann." Die Männer johlten.

Rinda aber blickte verlegen zu Boden. Doch in ihrem Herzen regte sich etwas, dass ihr Freudentränen über die Wangen sandte.

"Weiter geht's", sagte Wugo.

Rinda verspürte plötzlich eine wilde Lust, es ihm und den anderen Männern gleichzutun, ihre Fäuste zu ballen, zu schwingen und auf die Erde zu schlagen. Sie ließ sich neben ihm auf allen Vieren nieder und holte aus. Der erste Schlag riss ihr fast die Hand aus dem Gelenk und schmerzte mehr als sie erwartet hatte. Fassungslos sah sie zu Wugo, der unermüdlich arbeitete. Den zweiten Schlag empfand sie schon als nicht mehr so schlimm und nach einigen weiteren Schlägen hatte sie ihr Maß gefunden.

Jeder Schlag lief ihr durch die Arme hinauf und pochte in ihrem Körper. Erdkrümel rieselten. Schatten flatterten. Sie hörte Stimmen. Schreie, Befehle. Unermüdlich schlug sie weiter. Von irgendwoher zog Rauch vorbei. Schon fauchte und brüllte das Feuer in ihr und sie erlebte noch einmal die Nacht des Überfalls in jeder klaren Einzelheit. Sie sah wieder das Stroh, das brennend vom Dach tropfte. Sie spürte die Axt in ihrer Hand und die

Schläge, die in ihren Arm fuhren, als sie auf das Stroh einhieb. Sie empfand erneut die kalte Luft, die ihr durch den Spalt im Dach ins Gesicht blies und sie fühlte Balders Kinderhand in der ihren. Sie roch den Rauch und sah die schwarze Nacht.

Mit einem Mal schwebte sie hoch über allem. Sie sah, wie sie mit Balder über das Dach rutschte und im Gras landete. Sie sah sich in den Stall laufen und die Herde retten. Sie sah, wie sie mit erhobenem Kopf über die Gräser spähte und sie sah die Rotkittel, die sich von hinten an sie heranpirschten und sie ergriffen. Sie sah, wie ihr Fuß einem Legionär die Nase brach, und sie sah, wie Balder sich losstrampelte und in den Wald rannte. Sie sah ihre Mutter und Gunda von Rotkitteln umringt, begrapscht und geschoren und sie sah den Vater und den Bruder in ihrem Blute liegen.

Rinda bebte. Ihre Tränen und ihr Schweiß tropften auf die Erde. Sie keuchte und stöhnte und zum Schluss schrie sie bei jedem Schlag nach der Mutter, nach dem Vater, nach Fafner und nach Gunda bis die Erde zu einem fest gefügten Wall geworden war.

Als sie wieder zu sich kam lehnte sie an Wugo. Von ihm ging ein tiefes Brummen aus, dass sie über ihren Bauch spürte und das sie umhüllte. Rinda öffnete die Augen. Sie blinzelte in die Sonne. Alles war mit einem Mal so hell und sie fühlte sich so leicht, so unbeschwert.

Die Blicke der Menschen waren voller Mitgefühl und nun spürte sie die Aufrichtigkeit darin. Eine Frau, Rinda kannte sie nicht, half ihr auf und geleitete sie zu einem der zahlreichen Bachläufe, die hier vom Gebirge herab in die Moore flossen. Mit ihrer Hilfe hatte sie sich bald von allem Schmutz befreit. Rinda lächelte und die Frau zog sie wortlos in ihre Arme.

Wugos Blicke waren voller Sorge doch diesmal beachtetet Rinda ihn nicht. Sie war voller Tatendurst. "Wir brauchen neue Erde", rief sie und griff nach einem Korb. Doch Wugo erklomm bereits den Wall und unter seinen Fäusten spritzte erneut die rote Erde auf.

Rinda aber machte sich auf den Weg. Gut 400 Schritt war der Wall lang und folgte in zahlreichen Biegen dem Waldrand. Dahinter ragte der Bergwald auf. Aber dort, wo Durchlässe waren sah sie wie durch eine offene Tür Schatten unter den Buchen, die nur darauf zu lauern schienen, hervorzubrechen und auf den Weg zu stürmen. Es gab 15 solcher Durchlässe, die auf die lichte Fläche führten, auf der Rinda lief.

Der Boden unter ihren Füßen bestand aus Sand, den der Wind vor Urzeiten herangeweht und den die Bäume aus der Luft gekämmt hatten. Eine spärliche Decke aus Gras und Flecken von Heidekraut wuchsen hier. Nichts, was menschlichen Füßen oder den Hufen der Tiere oder den Rädern der Karren, die hier den Sommer über auf dem Hellen Weg - wie er von allen genannte wurde - entlangzogen, ein nennenswertes Hindernis entgegengesetzt hätte. Nach Norden war der Weg durch einen Bruchwald begrenzt. Zwischen ihm und dem Schwarzen Sumpf hatten sich weitere Flächen mit sandigem Boden gebildet. Nach Süden zu lagen die Berge mit dem Wald aus Buchen und Eichen.

Rinda blickte auf. Die Rotkittel mussten, wenn sie von Osten her über den Hellen Weg kamen, über der Höhe erscheinen. Von dort aus würden sie den Wall nicht entdecken können, da er Morgen noch mit frischen Birken und Erlen besteckt werden sollte und damit von der Höhe aus nicht bemerkbar war.

Die Rotkittel würden, die Krieger des Arminius im Nacken, in die Senke hinab ziehen, wobei der Weg ständig schmaler würde und hier, genau da wo sie stand, eingepfercht zwischen den Bergen und den Schwarzen Sümpfen, würde die Hauptmasse der cheruskischen Krieger warten. Rinda erschauerte.

Mittlerweile hatte sie das Ende des Walls erreicht. Dort gruben Männer mit Hacken und bloßen Händen einen Spitzgraben, der den Wall vor einem römischen Angriff auf die ungeschützte Seite sichern sollte. Am Rand des Grabens lag der Aushub.

Rinda kniet nieder und füllte ihren Korb.

"Hier", keuchte sie und kippte Wugo die Erde vor die Füße, der noch immer mit den Fäusten auf den Wall trommelte. So eilte der Rest des Tages vorbei. Als die Sonne unterging, stand der Wall fertig da.

Wugo trat an Rindas Seite. Auf seiner Hand lagen Himbeeren. Stumm hielt er ihr die roten Früchte hin. Sie griff zu. Die restlichen Beeren steckte sich Wugo in den Mund. Er liebte sie. Jörde hatte ihr davon erzählt und sie fand es lustig, dass ein Mann wie Wugo süße Beeren liebte. Rinda schmunzelte und hakte sich glücklich bei Wugo ein. Zusammen liefen sie zur Waldseite des Walls.

"Was ist das denn?" Rinda deutete auf eine Rinne, die sich am

Fuß des Walls entlang zog.

"Ein Abzugsgraben. Damit der Regen nicht den Wall weg-spült."

"Wir brauchen ihn schließlich noch", sagte da eine Stimme hinter ihnen. Wugo und Rinda drehten sich um. Vor ihnen stand Arminius. "Du bist doch Rinda?"

Rinda nickte und schlug ihre Augen kurz auf, um dann rasch den Blick zu senken.

"Der Sklavenhändler im Lager der Römer hat zwei neue Frau-en, mit geschorenen Köpfen. Eine davon sieht dir ähnlich."

Rinda blickte Arminius mit großen Augen an.

"Nach allem, was ich gehört habe, muss es deine Mutter sein."

Rinda keuchte auf. Ihre Beine knickten ein. Aber bevor sie fal-len konnte, fing Arminius sie auf.

"Wir werden sie befreien."

"Mutter", hauchte Rinda und sie schlang ihre Arme um Ar-minius und ihre Freude war etwas weiches Lebendiges, das sich in ihrem Bauch regte. Arminius löste sich aus ihren Armen. Rinda blickte ihn aber weiter unverwandt an. Sie sah, dass seine Augen ganz feucht waren. Arminius geleitete sie zu Wugo und klopfte ihr zum Abschied auf die Schulter, so wie er seinen Männern auf die Schulter klopfte. Dann erklomm er die Wallkrone.

Wugo und Rinda beeilten sich, um auf die andere Seite des Walls zu gelangen. Arminius blickte über die Krieger hinweg, über Bauern und Handwerker, über die Frauen und Kinder, die sich am Fuß des Walls versammelt hatten. Er streckte die Arme aus, und seine Geste umfasst das Bauwerk und ließ das Gerede verstummen. Als alle schwiegen, sprach er: "Es ist unser gemein-samer Wille, der diesen Wall erschaffen hat. Durch die Kraft eu-rer Arme und Beine ist er Gestalt geworden. Und eben dieser Wille und diese Kraft werden die Rotkittel bezwingen. Dafür dan-ke ich euch. Geht nun! Geht und kündet von dem, was hier ge-schehen wird und kehrt gerüstet wieder. Jeder Mann, der kämp-fen kann, ist uns willkommen. Wir werden siegen."

Die Menschen jubelten Arminius zu, und unter dem Jubel der Versammelten stieg er auf sein Pferd und brach mit seinen Krie-gern auf. Bald waren sie im Wald verschwunden.

Die Menschen aber standen in der Dämmerung beieinander. Die Frauen mit vor der Brust verschränkten Armen, die Männer mit ausladenden Gesten. Die Kinder aber spürten den köstlichen

Augenblick und tollten über den Wall. Ihr Bergbachlachen perlte durch die Luft.

Rinda stand auf der Wallkrone im Wind und schloss die Augen. Sie lauschte auf die Stimmen der Kinder, die wie Wellen ineinander flossen und auf das Schwatzen der Großen, das sich hob und senkte wie die Zweige im Wald. Da fanden ihre Finger wie von selbst die Hornscheibe aus Hirschgeweih, die sie um den Hals trug seit sie denken konnte. Sie war Teil des Ganzen.

Rinda öffnete die Augen und blickte über den Wall. Ein Schauer lief ihr über den Rücken, denn sie begriff, dass dieser Wall, ersonnen von Arminius, errichtet durch die Wut unzähliger Cherusker, in der Welt geworden war und in ihr wirken würde.

6

Aufbruch

GERMANIA MAGNA, Iden des September 9 n. Chr., Sommerlager des Varus an der VISURGISSCHARTE:
und
STAMMESLAND DER CHERUSKER, Herbstmond,
Wugos Gehöft:

An dem Tag, an dem alles begann wurde Regulus von dem Signal der Buccina aus dem Schlaf gerissen. Er setzte sich auf und rieb sich die Augen. Es war noch finster. Leinen und Leder klatschten aufeinander. Kalte Luft flutete das Zelt.

Regulus stöhnte auf und sank zurück in die Wärme. Von dort wagte er einen zweiten Blick. Nichts, für das sich das Aufstehen gelohnt hätte. Schon lag er wieder im Halbschlaf. Ein plötzlicher Ruck. Kälte überall. Regulus keuchte auf und schlang die Arme um sich.

"Aufstehen!", rief Marcus und seine Stimme raspelte sich in Regulus Ohren. "Das war das erste Signal. Beim zweiten beginnt das Aufladen!" Marcus setzte eine Zäsur. "Und wie ich den Herr Regulus kenne, wünscht er sich noch ein Frühstück."

Die unausgesprochene Drohung, die in diesem Satz lag, war Regulus trotz seiner Schläfrigkeit nicht entgangen und so übernahm der Magen das Kommando. *Marschieren ohne Frühstück? Das geht gar nicht!* Regulus richtete sich auf. Die Kälte jagte ihm Schauer über den Rücken.

Marcus indessen war eine Fledermaus, ein Schatten, der in der Finsternis hin und her huschte.

Als Regulus gerade aufstehen wollte, klatschte ihm plötzlich etwas ins Gesicht und schlang sich in Windeseile um seinen Kopf. Erschrocken schrie er auf, seine Hände fuhren empor. Dem Geruch nach, musste es sein Mantel sein. Er zerrte daran, doch der Stoff lockerte sich nicht. Ganz im Gegenteil. Wut stieg in ihm auf und er stieß sämtliche Unfreundlichkeiten hervor, die er in seinem Lausbubenleben aufgeschnappt hatte.

"Oh, ist der Herr Regulus im Bienenkorb stecken geblieben." Marcus Stimme klang gedämpft aber honigsüß an sein Ohr.

Wütend schlug Regulus auf das Lager. Doch dann musste er grinsen. *Im Bienenkorb stecken geblieben, dass hätte von ihm kommen können. Respekt.* Als er sich schließlich befreit hatte, war sein Zorn verflogen. Rasch zog er sich an.

Marcus hatte inzwischen das Öllämpchen entzündet. In dessen Schein sah Regulus, dass Marcus den Lamellenpanzer angelegt hatte und darüber bereits den Lederkürass mit den Phalerae und Torques, seinen Orden, trug. Da begriff er, dass Marcus wohl schon viel länger auf den Beinen war als er ahnte und nur kein Licht entzündet hatte, damit er, Regulus, noch etwas länger schlafen konnte. Dankbar lächelte er Marcus zu, der unmerklich nickte. Offenbar konnte Marcus sein Innenleben mühelos deuten. Nun schämte er sich für seine unbeherrschten Worte und war über den Mantelmaulkorb gar nicht mehr so unglücklich.

"Steh nicht so rum." Marcus grinste und drückte Regulus zurück auf das Lager. Verdutzt schaute Regulus auf. Marcus reichte ihm eine Scheibe Brot und einen Becher. Der fühlte sich ganz warm an.

Regulus schnupperte. *Lecker! Geharzter Wein!* Er legte das Brot beiseite und umfasste den Becher. Seine Finger prickelten von der Wärme und voller Genuss schlürfte er das heiße Getränk in kleinen Schlucken. Die Weinsäure weckte seine Sinne und die Würze des Harzes schmeichelte ihnen. Er tunkte sein Brot ein und lutschte genüsslich jeden Bissen aus.

Marcus setzte sich ihm gegenüber. "Wenn du so weiter machst, ist die Legion in Vetera bevor du gefrühstückt hast!" Ein Donnerwetter erwartend blickte Regulus auf. Doch um Marcus Augen blitzten die Lachfältchen.

Regulus schluckte den letzten Bissen hinunter. Dann streckte er sich ausgiebig und schritt hurtig ans Werk. Er packte seine Bündel, und während er wickelte und knotete, bildete sich in ihm eine freudige Erwartung auf den Marsch und die baldige Rückkehr in das Winterlager. Als er fertig war, blickte er sich um.

Marcus war verschwunden. Seine Bündel lagen geschnürt auf der Liege. Regulus konnte sich gar nicht daran erinnern Marcus packen oder das Zelt verlassen gesehen zu haben. Doch in der

Stille konnte Regulus ihn noch hören: "Vasa conclamate![16]" Von Zenturio zu Zenturio wurde der Ruf weitergegeben.

Regulus trat vor das Zelt. Die Dämmerung hatte den frühen Morgen in blaue Milch getaucht. Das ganze Lager schwankte. Es wimmelte vor Menschen und ihre Stimmen waren Vogelgezwitscher.

Er holte die Bündel heraus und warf sie ins Gras. Dann ergriff er die Plane und rüttelte daran. Im hohen Bogen fielen die Tautropfen ins Gras. Er schlüpfte wieder hinein und nahm das Öllämpchen vom Haken. *Das kleinste Flämmchen vertreibt die Dunkelheit*, dachte Regulus. Er zuckte mit den Schultern und pustete. Die Flamme verlöschte. Der Docht glimmte nach und der Rauch biss auf der Zunge und in der Nase.

Draußen goss er das restliche Öl in eine kleine Amphore, verschloss das Gefäß und steckte es in eine Deckenrolle. Mit der Spitzhacke hebelte er die Heringe aus dem Boden und löste die Schleifen der Zugleinen. Die Zeltstangen würden schwieriger werden, nachdem sie einen Sommer lang im Boden gesteckt hatte. Regulus zog und rüttelte daran, doch es dauerte eine Weile, bis er sie soweit gelockert hatte, dass er die hintere Stange keuchend aus dem Boden ziehen konnte. Er zerrte sie zu den Bündeln. Der hintere Teil des Zeltes sackte zusammen. Mit der vorderen Stange ließ er die Plane zu Boden. Dann zog er sie in Form, faltete sie, und rollte sie zusammen. Zum Schluss zog er den Transportsack aus Leinen darüber. Nun sah das Zelt so aus, als wäre es ein Schmetterling in seinem Kokon und wartete nur darauf, sich wieder entfalten zu können.

Regulus verschnaufte. Nach und nach sanken die Zelte der I. Kohorte in sich zusammen. Der Blick durch das Lager wurde freier und ließ den Gedanken Raum zum Ausgreifen: Nach Vetera, nach Mogontiacum, nach Augusta treverorum - doch bevor sie in der Narbonensis eintrafen, fiel sein Blick auf die Weiden.

Er sollte besser seine **Maultiere** holen bevor es dort wie auf dem Forum[17] zuging. Regulus raffte Satteldecken und Zaumzeug auf und eilte zu den Maultierweiden. Die Tiere hoben die Köpfe und beäugten ihn, wie er da so zwischen ihnen hindurchlief und mit der Zunge schnalzte. Einige Tiere blähten die Nüstern, ande-

---

16 Gepäck und Gerät packen!

17 Marktplatz

re scheuten, zwei aber spitzten die Ohren und trabten auf ihn zu.

Fidelis und Lenitas, Treue und Sanftmut, waren zwei gute Tiere. Schließlich hatte er sie mit dem immensen väterlichen Sachverstand im Gedächtnis sorgfältig ausgewählt.

Regulus blies ihnen nach Maultierart sanft in die Nüstern. Die beiden erwiderten seinen Gruß, stupsten ihre Mäuler gegen seine Wange und zupften ihn mit den Lippen an den Haaren.

"Sachte ihr zwei", flüsterte Regulus und strich mit seiner Hand über das weiche Fell. Er spürte die Wärme ihrer Haut, die Adern an ihren Flanken und die Wucht ihrer pochenden Herzen. Langsam streichelte er sie und die Tiere ließen ihn gewähren. Er begann am Bauch, strich zum Rücken hoch, berührte die Mähne, den Hals, den Kopf, die Ohren, die Nüstern, die Lippen und kehrte wieder zum Herzen zurück. Die Tiere gaben ein hohes, sanftes Geräusch von sich wie Fohlen, die von der Zunge der Mutter gestreichelt werden.

"Dann wollen wir mal!", sprach Regulus und begann mit dem aufzuzäumen. Er legte jedem Tier die Satteldecke auf und strich sie faltenfrei. Dann stemmte er den Packsattel, das **Stramentum**, darauf und zog Bauch- und Schwanzriemen fest, schließlich sollte die Last den Tieren bergab nicht in den Nacken rutschen.

Regulus führte die Mulis zum Lagerplatz. Das kleinere Gepäck bereitete ihm keine Sorge, nur die Zeltplane bekam er ohne Hilfe nicht in den Packsattel. *Doch wo bekam er jetzt Hilfe her?*

"Bursche!"

Regulus fuhr herum. Vor ihm standen Julius und ein weiterer Legionär, den er nicht kannte. "Marcus schickt uns."

Innerlich dankte Regulus Marcus für dessen Weitblick.

"Auf! Nun steh' nicht so da!", sagte Julius. Seine Stimme klang belustigt und er schüttelte leicht den Kopf. Ächzend bückte sich Regulus nach der Zeltplane.

Da schob Julius ihn einfach zur Seite. "Halt das Tier!"

Regulus gehorchte.

Die beiden Männer hoben den Zeltsack mühelos an, bogen ihn zu einem Hufeisen auf und legten es quer über den Sattel. Weder bockte noch trat Lenitas aus. Noch bevor sich Regulus bei den beiden bedanken konnte, zogen sie ihrer Wege. "Braucht ihr noch Hilfe?", rief er ihnen nach. Julius winkte ab, ohne sich umzudrehen.

Das zweite Buccinasignal ertönte und mit ihm der nächste Befehl: "Parate vos ad iter![18]" Mit geübten Griffen schnallte Regulus Lenitas zu beiden Seiten die Zeltstangen auf und zurrte hinter dem Zeltsack die Mühle fest. An Fidelis' Packsattel hängte er die Tragekörbe und belud sie mit den Bündeln, dem Werkzeug und dem Kochgeschirr. Die Marschvorräte legte er obenauf.

Marcus' silberne Beinschienen, die Ocrea, schnallte er leicht erreichbar fest. Zuletzt band er die 16 Pila muralia, die Palisaden, mit denen die Marschlager umgeben wurden, an die Flanken des Tieres. Er überprüfte noch einmal den Sitz der Ladung und führte seine beiden Mulis dann auf das Intervallum, zum Sammelplatz der XVIII. Legion, wo sich der Tross unmittelbar hinter seiner zugehörigen Kohorte sammelte.

Regulus reihte sich ein und nickte den Treibern zu, die schon dort standen. Die Männer waren gegen die morgendliche Kälte in ihre Mäntel gehüllt und traten von einem Fuß auf den anderen.

"Hoffentlich sind die bald fertig", sprach ihn ein Treiber an.

Regulus hatte den Mann schon oft gesehen und mochte seinen Fuchsblick nicht. Der Atem des Mannes roch nach Wein und im Gesicht trug er ein Stoppelfeld von Bart.

"Bestimmt", antwortete Regulus und versuchte, dem sauren Atem auszuweichen. "Die Hilfstruppen sind recht flink."

"Flink? Unzuverlässig sind die!" Der Treiber spuckte aus, "Germanenpack!"

Schon wieder stand Regulus im essigsauren Weindampf und er spürte, wie sein Magen mit einer unangemessen Reaktion begann.

"Fressen morgens schon Fleisch vom Knochen und saufen Milch[19]", der Treiber schüttelte sich und sah Regulus mit einem lauernden Blick an, "Ist doch so, oder?"

Regulus wurde übel, und auf der Suche nach frischer Luft blickte er zum Tor und sah, wie die Hilfstruppen abrückten. "Ich glaube es geht los", sagte er und seine Stimme klang sehr hoffnungsvoll.

Der Treiber starrte Regulus immer noch an. Regulus erschrak über den Blick. Da zupfte jemand den Treiber am Arm, der sah kurz zum Tor und grunzte. "Geh dann besser mal", sagte er und wankte zu seinen Maultieren. Regulus atmete erleichtert auf, dann

---

18 Marschbereitschaft herstellen!
19 Zitat: Poseidonius von Apameia, 30. Band, verändert.

fiel sein Blick auf die beiden Tiere. Ihr Fell war stumpf und struppig und sie starrten mit ausdruckslosen Augen vor sich hin. Regulus taten die Tiere leid und er beschloss, ihnen bei Gelegenheit eine Ration Gerste zukommen zu lassen. Caius und er mussten ja fingerfertig bleiben.

Obwohl die Vorhut schon ausrückte, wusste Regulus, dass er noch warten musste. Umso erstaunlicher fand er, dass sein plumper Trick von eben gewirkt hatte und er dankte Dionysos, dem Gott des Weins, für seine benebelnde Wirkung.

Mittlerweile war es heller geworden. Die Signifer und ihre Cornicines, die Hornträger, marschierten auf, und gerade in dem Augenblick, wo sie die Feldzeichen, die Signa, in die Erde stießen, ging die Sonne über dem Wald auf und blitzte auf dem goldenen Lorbeerkranz mit der zum Treueschwur erhobenen Hand an der Spitze. Die Legionäre eilten zu den Feldzeichen ihrer Zenturien. Die Kettenpanzer klirrten und die Efeublättchen aus Bronze an ihren Gürteln und an den Lederhüllen der Werkzeuge ließen ein helles Klingeln hören. Langsam nahm die Legion Gestalt an. Die 800 Legionäre der I. Kohorte standen, zu fünf Zenturien gegliedert, an ihren Plätzen. Nach und nach folgten ihnen die je 500 Legionäre der Kohorten II-X, die in jeweils sechs Zenturien eingeteilt waren. Regulus erstaunte es immer wieder, dass bei einem Konsularheer von insgesamt 30 000 Mann die Vorhut bereits das Lager baute, während die Nachhut noch nicht einmal das alte Lager verlassen hatte. Wieder und wieder hatte Marcus es ihm vorgerechnet, aber so richtig begreifen konnte er es nicht. Die Kolonne wird, wenn immer nur vier Mann nebeneinander gehen rund 14 Meilen lang sein, hatte Marcus gesagt. Das entsprach ziemlich genau der heutigen Wegstrecke.

Die Legionäre der I. Kohorte warteten auf das Zeichen zum Abmarsch. Viele hielten ihr Pilum bereits in der Hand und in die Erde hatten sie die Furca, die kreuzförmige Tragestange, mit dem daran befestigten Marschgepäck, Sarcina, gerammt. Das konnte Regulus mittlerweile blind packen: Den Lederbeutel mit den Ringen und den Mantelsack mit den beiden Schlaufen an die kurze Querstange hängen und festbinden. Alles andere - Proviantnetz, Eimer, Kessel und Feldflasche - wurde in dieser Reihenfolge an das obere Ende des Kreuzes gebunden. Fertig! Er fand Marcus hatte allen Grund, stolz auf ihn zu sein.

Einige Legionäre nestelten an den Trageriemen herum, die um

die Handgriffe der Schilde gebunden waren, andere rieben noch das Tegimentum, die Schildhülle aus Leder, mit Speckschwarten ein, damit sie regenfest wurde.

Mit einem Mal gab es Tumult. Es ging um die Schilde. Soviel konnte Regulus erahnen. Marcus hatte für seine Kohorte den Befehl erlassen, die Schilde auf dem Marsch am Mann zu tragen und wenn man wusste, dass die Kameraden ihre Schilde auf die Trosswagen legen durften, dann wogen sie noch mal so schwer. Die Reihen lösten sich auf. Das würde Ärger geben! Es dauerte tatsächlich nicht lange, bis der **Optio** erschien und in einem Spuckeregen explodierte. Mit den beiden Federn rechts und links des Helmes, gab er den Wiedehopf auf überwältigende Weise. Regulus musste sich beherrschen, um nicht loszuprusten. Mit krebsrotem Gesicht stemmte sich der Optio mit seiner dünnen Amtsstange, der Hastile, gegen die Männer und schob.

Da erschienen die Zenturionen. Rascher als der Optio blinzeln konnte, standen die Legionäre stramm an ihren Plätzen. Nur das Schimpfen des Optios, der sich aus dem Staub aufrappelte und seine Tunika ausklopfte, drang noch über das Intervallum.

"Milites venite![20]"

Die Zenturien richteten sich aus.

"State![21]"

Morgenappell.

Die Zenturien wurden auf Vollständigkeit und Gesundheit überprüft. Nachdem die Listen erstellt und über Marcus und den Lagerpräfekten an Varus übermittelt worden waren, ertönte das dritte Buccinasignal.

"Sarcinas summite![22]"

Die Soldaten befestigten ihre Schilde mit den Tragriemen an Brust und Rücken, so dass sie ihnen halb über der linken Schulter saßen und vom Scheitel bis dicht über die Kniekehlen reichten. Mit der linken Hand nahmen sie die Tragestange mit dem Gepäck auf und legten sie mit dem kurzen Querstab auf die Oberkante des Schildes, so dass Mantelsack und Proviantnetz über dem Schild herabhingen. Darauf lag das Kochgeschirr, damit es nicht bei jedem Schritt klapperte.

---

20 Gepäck aufnehmen!

21 Stillgestanden!

22 Gepäck aufnehmen!

"Pili sursum![23]"

Die Speere wurden aufgenommen wobei die rechte Hand den Lanzenschuh umfasste und der Schaft gegen die Schulter gelehnt wurde. Die eisernen Spitzen ragten hoch auf.

"Legionäre! Seid ihr bereit für den Krieg?"

"Wir sind bereit." Mächtig wie der Schrei eines Adlers stieg ihr Ruf in den germanischen Himmel. Regulus erschauerte. Der Wind aber strich ungerührt über das Lager und piff in den Wipfeln.

"Ad sinistram![24]"

Wie ein Körper wendeten sich alle Legionäre zugleich nach links in Richtung Porta prätoria.

"In agamen venite![25]"

Die I. Kohorte gruppierte sich in Reihen zu je vier Legionären marschbereit auf dem Intervallum.

"Aequatis passibus! Pergite![26]"

Glied für Glied marschierten die Legionäre dicht an dicht im Gleichschritt los. Die genagelten Sandalen ließen den Lagerboden beben. Als die XVIII. Legion abgerückt war, setzte sich der Tross in Bewegung und zockelte hinter der Legion her.

Es geht los! Regulus' Herz hüpfte vor Freude. Als er das Sommerlager durch die Porta prätoria verlassen hatte, blickte er zurück. Dort, wo eben noch eine Stadt aus Zelten gestanden hatte, war außer den Holzbohlenwegen und den Sockeln der Fassbrunnen nichts mehr zu sehen, was der Regen eines Jahres nicht fortschwemmen würde.

Regulus marschierte über das Vorfeld und sah aufgeregt nach vorne. Bald konnte er die Visurgis sehen und wenig später liefen sie zur Furt herab. Der Wald wich Richtung Visurgistal zurück und mit einem Mal hatte Regulus freien Blick auf die Landschaft. Zu seiner Linken befand sich ein gewundener Gebirgszug, der über und über mit Bäumen bewachsen war. Zu seiner Rechten fächerte der Gebirgszug auf und Felsen ragten zwischen den Bäumen hervor. Dort, wo die Visurgis zwischen den Gebirgszügen hindurch floss, klaffte eine tiefe Scharte. Da war es Regulus, als

---

23 Speere aufrichten!
24 Links um!
25 In Kolonne antreten!
26 Im Gleichschritt! Marsch!

blitzte etwas zwischen den Wipfeln der Bäume auf dem Bergkamm östlich von ihm auf. Erschrocken blieb er stehen. Doch bevor er genauer hinsehen konnte, bekam er einen unsanften Schubs.

"Nicht träumen. Laufen!", raunzte ihn ein Treiber an.

Regulus strauchelte und hatte Mühe, auf den Beinen zu bleiben. Die Maultiere in seinem Schlepp schnaubten erschrocken auf und blieben stehen. Ohne die Leine in seiner Hand, wäre er der Länge nach in den Dreck gefallen. Sein ganzer Körper wollte, dass er herumwirbelte und dem Treiber vors Schienbein trat, doch die Lausbubenvorsicht in seinem Kopf bremste ihn. Zudem hatte er diese Stimme schon einmal gehört und wenn er nur ein Weilchen darüber nachdachte würde ihm schon einfallen, zu wem sie gehörte und dann ... um Regulus Lippen spielte das Lächeln des Auguren[27].

Nachdem sie die Furt überquert hatten, stieg das Gelände leicht an. Bald hatten sie die Ebene erreicht und der Heerzug schwenkte nach Nordwesten auf den Hellen Weg ab. Das Gebirge lag nun zu ihrer Linken in der Morgensonne. So weit sein Auge reichte, erblickte Regulus bunte Wälder auf der Nordseite des Gebirges. Ein Windstoß wirbelte die Blätter auf, für einen Augenblick schwebten sie, dann legten sie sich wie ein Tuch über den Heerzug.

Regulus' Schritte federten auf dem sandigen Boden und nach einer Weile fanden er und seine Tiere einen gleichmäßigen Rhythmus. Nun fing der schöne Teil des Marsches an, bei dem die Füße schon eingelaufen aber noch nicht ermüdet waren. Auch der Helle Weg hielt, was Varus während des Gastmahls versprochen hatte. Der Boden war weder sumpfig noch morastig. Man musste nur darauf achten nicht über die Gleise zu stolpern, die die unzähligen Handelskarren über die Jahre eingefahren hatten.

Als sich Regulus das nächste Mal umdrehte, konnte er die Scharte im Gebirge und das Sommerlager schon nicht mehr sehen. Dabei nutzte er die Gelegenheit, die Gesichter, der hinter ihm Laufenden zu mustern, als er den Fuchsblick auffing. Da wusste Regulus, zu wem die Stimme gehörte. *Na warte*, dachte er. Doch mit dem Spaß wollte er noch warten bis Caius kam.

---

27 Römische Priester in der Zeit der Republik, die vor besonderen Vorhaben göttliche Zeichen einholen und deuten mussten, also einen Blick in die Zukunft werfen und Ereignisse damit beeinflussen konnten.

Schließlich hatte man gemeinsam bessere Einfälle und zu zweit Lachte es sich schöner. Bis es soweit war, trank sich Regulus Mut an und genehmigte sich erst einen und dann viele weitere Schlücke Posca, weinsaures Wasser. Als die Sonne hoch am Himmel stand, sah Regulus bereits auf den Boden seiner Feldflasche.

o

Von ihrem Versteck im Haselnussgehölz sah Rinda, wie Wugo das Horn mit dem Scheidetrunk absetzte. Er gab es Jörde, die es an ihre greise Mutter Nana weiterreichte. Nana war die Urahnin der Sippe und die Menschen umstanden sie wie die Krone den Stamm. Rinda mochte die alte Frau. Nana nahm das Horn aus den Händen ihrer ältesten Tochter und füllte es mit **Met**. Als das Horn voll war, gab sie es Nossa, ihrer mittleren Tochter, die es wiederum ihrem Mann Bonde reichte. Der riss es ihr fast aus der Hand und stürzte den Trunk in einem Zug. Herausfordernd sah er Wugo an, dann hielt er seiner Frau wortlos das Gefäß hin. Nossa blickte zu Boden und nahm das Horn. Sie gab es Nana und Rinda erahnte den missbilligenden Blick aus den hellwachen Augen der alten Frau.

Idun war Nanas jüngste Tochter und empfing als nächstes das gefüllte Horn. Ihre schlanken Finger umfassten das Gefäß und reichten es Geron, der es mit seinen breiten Händen umfasste. Zwischen den Lücken seiner Finger schimmerten die Hände Iduns wie Knospen hervor und auf ihren Wangen lag das Rot reifer Äpfel. Auch er leerte das Horn bis zum Grund und gab es über seine Frau an Nana zurück.

Nun war Hilda an der Reihe, ihrem Mann Brokk, Wugos ältestem Sohn, der zugleich Schmied der Hofschaft war, das Scheidehorn zu reichen. Er trank mit der Hammerhand in einem Zug. Wann immer Rinda ihn sah, kam es ihr vor, als erblickte sie Wugo in seiner Jugend.

Leben kam in den Kreis der Menschen und alsbald standen die Frauen auf der Zaunseite und die Männer auf dem Weg. Sie stülpten sich ihre Helme auf und schulterten ihre runden Schilde mit dem eisernen Buckel. In der Hand hielten sie ihre Framen. Auf den Spitzen blitzte die Sonne, Freyrs Gestirn, und aus den

Gürteln ihrer Hosen ragten die gewetzten Messer. Den ganzen gestrigen Tag hatten Buri und Bragi im Wechsel für ihren Bruder Brokk den Wetzstein gedreht. Rinda hatte noch das Kreischen der Messer im Ohr und sah die Funken stieben.

In Jördes Hand blitzte etwas auf. Rinda sah, dass sie Wugo das Schwert reichte. Von allen Männern im Dorf besaß nur er ein eigenes Schwert. Er gürtete es sich um. Nun hing es an seiner Seite und reichte ihm fast bis zu den Fußknöcheln.

Mit einem Mal wurde ihr Name gerufen. Köpfe drehten sich hin und her. Rinda duckte sich und hielt den Atem an. Jörde umfasste Wugos Arm und redete auf ihn ein. Waren Wugos Gesten anfangs noch ausladend, wurden sie rasch kleiner und alsbald lenkte Wugo ein. Rinda atmete erleichtert aus.

Nun traten die vier Frauen auf ihre Männer zu und legten ihnen Kränze aus Efeu und Eichenlaub über die Helme. Dabei fiel Rindas Blick auf Balder, wie er sich an Jördes Bein schmiegte. Rinda spürte eine plötzliche Enge in der Kehle. Balder war bereits so vertraut mit Jörde, dass es schmerzte. Dabei lebte die Mutter doch und würde in wenigen Tagen zurückkehren.

Balders hohe Stimme war bis zu den Haselbüschen zu hören und mit einem Mal schlugen Rindas Gefühle für ihn in Wut um. Konnte er nicht einmal die Klappe halten?

Schon im nächsten Augenblick reute sie ihr Ausbruch gegen den Bruder, wie sie ihn so an Jörde gelehnt stehen sah, klein und mit zerzaustem Haar. Abend für Abend schlüpfte er zu ihr unter den Pelz und rollte sich bei ihr ein und Rinda spürte die kleinen Wirbel in seinem schmalen Rücken, wenn sie ihn streichelte. Dann musste sie ihm von der Mutter und vom Vater erzählen, bis er eingeschlafen war. Doch auch im Schlaf fand er keine Ruhe und warf sich auf dem Lager hin und her. Manchmal schrie er mitten in der Nacht auf. Dann streichelte sie ihn, bis sein kleines Herz wieder ruhig schlug und sein Atem gleichmäßig ging.

Für Rinda waren diese Nächte kurz, wenn von der Tür der Wind herein zog und zwischen den Weidenruten der Flechtwand an ihrem Rücken entlang bis in ihr Herz sickerte und dort den Zweifel frei blies. Was wenn die Befreiung scheiterte? Das fremde Lager war ihr so unvertraut. Wie hatte sie ihr Bett auf der Bank neben dem Feuer geliebt. Sie trug noch den Geruch im Herzen; nach Bärenpelz, nach kalter Asche und nach Rauch. Dort hin hatte sie sich geflüchtet, wenn sie etwas ängstigte und in den Pelz hatte sie sich gekuschelt, wenn sie sich wohlfühlte. Nun gab es das alles nicht mehr. Manchmal dachte sie daran, durch den Wald zurückzulaufen. Doch sie ließ es bleiben. Sie wollte diesen Ort nicht mehr sehen. Nicht so wie er jetzt war.

Bündel wirbelten. Die Männer hängten sich ihre gerollten Decken an die Seite. Als sich die Männer aus den Armen ihrer Frauen lösen konnten, brachen sie auf und zogen zur Hofschaft hinaus, um sich Arminius anzuschließen.

Nana stand und sah ihnen nach. In ihren Händen hielt sie noch immer das Horn des Auerochsen, das den Männern ungestüme Kraft im Kampf spenden soll. Hilda trat an den Amboss ihres Mannes und schlug, während die Männer gingen, dreimal mit dem Hammer darauf. Und so zogen Geron und Bonde und Wugo mit Bragi und Brokk, die seine Söhne waren, zur Hofschaft hinaus. Die Frauen und Töchter der Männer aber blieben zurück. Rinda biss sich auf die Lippe. Sie war lediglich die Ziehtochter.

Vom Haselbusch aus blickte Rinda den Männer nach, bis sie den Hang erklommen hatten und im Wald verschwunden waren und ließ ihre Gedanken reifen.

Von allen Hofschaften entlang der Eila und aus den Wäldern, die von Segimer mit dem verkohlten und in Blut getauchten Haselzweig den Ruf zu den Waffen erhalten hatten, zogen nun die Krieger in die Rabenschlacht. Nicht viele pro Hofschaft, aber auch Regentropfen lassen Flüsse anschwellen.

o

Der Sommer war trocken gewesen und unter den stampfenden Füßen der Legionäre und Maultiere wirbelte der Staub auf. Er nahm die Sicht und ließ die Augen brennen. Er setzte sich in die Nase bis sie schmerzte und er bildete eine schmirgelnde Schicht auf den Zähnen. Alsbald brannte Regulus' Kehle und die Zunge klebte am Gaumen. Da bereute er den unbedachten Umgang mit seinem Trinkvorrat. Wenigstens lief er an der Spitze des Zuges und nicht am Ende, wo die Räder der Planwagen durch den Staub pflügten. Für die Frauen und Kinder und für die Reiter der Nachhut, die deshalb durch das Los bestimmt wurden, war es am schlimmsten.

Der Durst wurde immer heftiger und nun begann er sich auch noch zu langweilen. Stunde um Stunde verstrich, in denen er Fuß vor Fuß setzte. Bald schon schien sich jeder Nagel in den Sohlen der Sandalen in seine Füße zu bohren. Zum Glück hatten sich Marcus und Lucius Eggius auf die kürzere Strecke geeinigt.

Mit einem Mal schreckte er aus seinem Trott.

Hufschlag!

Sofort war er hellwach. Ein Reiter näherte sich von der Spitze des Zuges. Froh um jede Ablenkung spähte Regulus zwischen den Treibern und Maultieren hervor. Er ahnte wer da kam, war sich aber nicht sicher. Der Reiter näherte sich und Regulus frohlockte. Es war Marcus und sein Mantel wehte im Wind.

Marcus zog die Zügel stramm und das Pferd stemmte die Hufe in den Boden und kam schlitternd zum Stehen. Marcus sprang aus dem Sattel, wendete sein Pferd und führte es am Zügel. Er trat an Regulus' Seite. "Nun, klebt dir die Zunge schon am Gaumen?" Regulus fühlte sich ertappt.

"Hier!" Etwas Hartes stieß gegen seine Brust. Es war eine Feldflasche. Regulus griff danach. Die Flasche lag ihm schwer in der Hand, sie musste also noch gefüllt sein. Regulus setzte sie an und Trank in gierigen Zügen.

"Lass mir was übrig."

Erst da wurde Regulus bewusst, dass es Marcus Flasche war, die er beinahe ausgetrunken hatte. Reumütig gab er Marcus die Flasche zurück.

"Nun sieh mich nicht so an wie ein geprügelter Hund."

"Ich bin so ..."

"Nimm die Dattel", unterbrach Marcus ihn. "Kaue langsam und behalte den Kern im Mund."

Die Süße der Dattel gab Regulus neue Kraft und ihr Kern hielt seinen Mund feucht. "Was wird denn aus mir, wenn ihr nicht mehr Zenturio seid?", fragte Regulus.

"Nun, deinem Vater schwebt eine militärische Laufbahn für dich vor und somit ist deine Dienstzeit noch nicht zu Ende. Gewissermaßen fängt sie sogar erst an. Vor drei Jahren ist das Eintrittsalter für die Adler auf 16 Jahre erhöht worden. Da wirst du dich noch gedulden müssen."

"Was? Noch ein Jahr muss ich warten!

Marcus nickte und sah Regulus prüfend in die Augen. "Sei froh, die Grundausbildung ist hart."

"Aber ich weiß doch schon alles. Außerdem kann ich lesen und schreiben."

"Das ist viel Wert. Aber es ist nicht alles. Du musst stark werden. Denk an die Märsche mit dem Gepäck."

Regulus schwieg. Er starrte auf die bepackten Legionäre, die "Maultiere des Marius" wie sie auch genannt wurden, weil dieser Konsul dafür gesorgt hatte, dass sie ihr Gepäck selbst tragen mussten.

Marcus beobachtete Regulus von der Seite und ihm entging kein Blick. Er schmunzelte, schwieg und wartete.

"Was schlagt ihr also vor?"

"Ich hab' mit Lucius Eggius gesprochen. Er hätte gegen einen zweiten Burschen nichts einzuwenden."

Regulus jubilierte innerlich. *Da wäre ich ja jeden Tag mit Caius zusammen.* Er blickte Marcus überglücklich an: "Besser geht's nicht!"

"Aber keine Streiche. Lucius ist nicht so nachsichtig wie ich."

Das stimmte allerdings. Regulus wurde für einen Lidschlag nachdenklich. "Ich werde mein Bestes geben", gelobte er dann.

Marcus lachte auf und klopfte ihm auf die Schulter: "Davon bin ich überzeugt."

Regulus, der sich der Doppeldeutigkeit durchaus bewusst war, musste über seine diplomatische Antwort schmunzeln.

"Zumindest eine gewisse Schlagfertigkeit kann ich dir nicht absprechen. Ganz der Vater, will ich meinen."

Regulus schwoll die Brust bei diesem Lob. Marcus fuhr ihm über die Haare, doch Regulus zog den Kopf zur Seite. *Was sollten die Treiber denken? Ich bin doch kein kleiner Junge mehr!* Marcus bemerkte seinen Fehler und für einen Lidschlag blickte er wehmütig in den Staub. Als er den Kopf wieder hob und Regulus ansah, lag ein kleiner Glanz in seinen Augen.

Eine Weile liefen sie schweigend nebeneinander her, bis sich Marcus gänzlich unerwartet mit einem ansatzlosen Sprung in den Sattel schwang. "Ich muss zurück. Die Kundschafter werden bald eintreffen. Lagerbau."

Regulus nickte. Im Übrigen hatte er nun genug, worüber er nachdenken konnte. Marcus ließ sein Pferd antraben. Alsbald war er verschwunden und Regulus bemerkte, dass er ihn schon jetzt vermisste. Und je mehr Gedanken er sich machte, umso deutlicher wurde ihm, dass er sich einen Tag ohne Marcus gar nicht mehr vorstellen konnte. Da wurde Regulus wehmütig und er lutschte heftig an seinem Dattelkern. Bald jedoch dachte er gar nicht mehr und marschierte nur noch an dem endlosen, ungestümen Wald entlang.

○

Unter den gelbroten Blättern der Buchen erklommen Wugo und seine Männer die Bergflanke, um auf die Kämme zu gelangen, wo die Hochwege verliefen, auf denen schon ihre Urahnen das Land durchwandert hatten. Dort angekommen verschnauften sie und ließen die Blicke schweifen, hinunter, in das Tal der Eila, wo ihre Höfe wie Nussschalen lagen und über die bunten Wälder wieder hinauf, an den wogenden Hügeln entlang bis dahin, wo der Himmel das Land berührte. Dorthin lenkten sie ihre Schritte und zogen den Römern entgegen.

Nach und nach stieg die Sonne höher und es wurde heiß im Wald. Als sie an die Weggabelung gelangten, an der sie sich mit Jarl und seiner Gefolgschaft verabredet hatten, strömte den Männern der Schweiß über das Gesicht und sie beschlossen zu rasten.

Jarl und Wugo waren alte Bekannte. In ihrer Jugend hatten sie in der Gefolgschaft Segimers gedient, bis Wugo Jörde und Jarl Lauba geheiratet hatte. Da Lauba Jördes Schwester war, waren die beiden Männer fortan auch verschwägert.

Kaum war der letzte Krümel Brot verzehrt, da tauchten Jarl und seine Männer zwischen den Stämmen auf. Nach einer kurzen, aber herzlichen Begrüßung standen alle wieder auf den Beinen und marschierten weiter. Eine Schlange von Kriegern wandte sich nun die Bergkämme entlang und glitt, als sie ihrem Ziel näher kam, über Wildpfade von den lichten Höhen in die schattigen Täler. Jarl, der mit Wugo zusammen an der Spitze des Zuges ging, blickte zurück. Plötzlich verfinsterte sich sein Gesicht.

"Wugo!"

"Hm?"

"Wir haben einen Mann zu viel."

"Was?"

"Als wir vorhin aufgebrochen sind, waren wir sechzehn Krieger, nun sind es siebzehn."

Wugo zählte die Männer und bemerkte dabei einen schmächtigen Mann. "Ist der letzte einer von deinen Kriegern?"

Jarl schüttelte den Kopf.

Die beiden Anführer blickten sich an, machten kehrt und liefen rechts und links der Reihe auf den Mann zu, der von allem nichts bemerkt hatte. Jeder, der Wugo und Jarl anblickte und ihre grimmigen Gesichter bemerkte und die Hände, die auf dem Griff der Schwerter lagen, verstummte. Als sie den letzten Mann erreicht hatten, packte ihn Jarl am Kragen. "Wer bist du?"

Der Mann zuckte zusammen.

"Rede", herrschte ihn Jarl an.

Der Mann schüttelte den Kopf.

Jarl ballte die Faust und riss sie zum Schlag zurück, doch bevor er zuschlagen konnte, gebot ihm Wugo Einhalt. Rasch zog Wugo dem Mann den Helm herunter. Zum Vorschein kamen kurze borstige Haarbüschel, Sommersprossen und grüne Augen. Wugo zuckte zurück. Fassungslos blickte er in das Gesicht. Selbst im Dämmerlicht des Waldes und trotz eines Bartes aus Ruß gab es keinen Zweifel, vor ihm stand Rinda.

Jarl war nicht entgangen, dass Wugo erschrocken war. Der Zorn wallte leicht in Jarl auf und da ihm niemand erklärte, was da geschah polterte er los. "Wer ist das?"

Wugo antwortete ihm nicht und seine Blicke waren Eiszapfen, die sich in Rindas Augen bohrten.

"Ich ... ich wollte mit euch ziehen", stammelte Rinda.

Wugo brauste auf: "Und da bist du uns einfach nachgelaufen!"

Rinda blickte betreten zu Boden.

"Dann wirst Du jetzt kehrtmachen und einfach wieder nach Hause laufen!"

Wugos Stimme bebte vor Zorn und sein Arm zeigte in die Richtung, aus der sie gekommen waren.

"Bitte nicht", flehte Rinda.

Als Wugo Rindas tränenglänzende Augen sah verflog sein Zorn. "Ich hätte es wissen müssen", fuhr er milder fort. "Du hättest mich niemals ziehen lassen ohne mir Lebewohl zu sagen."

Rinda blickte ertappt zu Boden.

"Weist Du eigentlich in welche Gefahr du dich bringst?"

"Genug Worte", blaffte Jarl dazwischen. "Sagt mir jetzt mal einer wer das ist?"

Wugo blickte Jarl an: "Meine Ziehtochter."

Jarl rollte mit den Augen. "Dann schick sie endlich heim. An den Herd! Zur Mutter!"

Die Krieger, die nach und nach zusammengeströmt waren, blickten ungläubig auf die Dreiergruppe und murrten. Rinda aber zuckte zusammen. In ihrer Not sah sie Wugo an.

"Die Rotkittel haben ihre Mutter."

Eifrig fuhr Rinda fort: "Ich will meine Mutter befreien und meinen Vater und meinen Bruder rächen."

Jarl musterte sie von Kopf bis Fuß.

"Arminius hat sie im Lager gesehen", sagte Rinda und ihre Stimme sank zu einem Flüstern, denn Jarls Blicke waren ihr nicht entgangen.

"So, so! Deine Mutter befreien." Jarl schwieg und sein Blick schweifte durch den Wald, bevor er Rinda in die Augen sah. "Mit dem da?" Er deutet auf Rindas Stock. "Was ist das überhaupt?" Mühelos entwand er Rinda den Stecken. "Seht mal her", rief er und lachte. "Das ist ein Stecken. Damit kannst du deine Sauen in den Wald treiben." Die Männer stimmten in das Lachen ein.

Wugo aber blickte zu Boden. "Und der Helm erst", johlte Jarl und spießte ihn mit dem Zeigefinger durch ein darin befindliches Loch von der Größe eines Kieselsteins auf. Die Krieger feixten.

Rinda schämte sich. Brokk nahm Jarl den Helm aus der Hand und besah ihn, dann sagte er. "Der kommt aus meiner Schmiede. Sie hat das Loch wohl nicht bemerkt, als sie ihn an sich genommen hat."

Bonde grinste hämisch. Rinda aber kullerten die Tränen über ihre Wangen. Sie hinterließen helle Streifen auf dem Rußbart.

Flehend blickte Rinda Wugo an. Dessen struppige Augenbrauen, kräuselten sich, doch er zog das Gespräch an sich: "Was hast du dir eigentlich gedacht? Jörde wird sich zu Tode grämen!"

Rinda blickte zu Boden. Daran hatte sie nicht gedacht. Und sie hasste sich dafür. Aber sie wollte mit in den Krieg gegen die Rotkittel ziehen. Wieder flehte sie Wugo mit ihren Blicken an. Der runzelte die Stirn und sagte dann: "Eins muss man ihr aber lassen. Sie hat Mut. Und wenn ihr Stock für die Sauen reicht, sollte er für die Rotkittel gut genug sein."

Jarl schmunzelte und strich sich über den Bart.

"Du wirst sie doch nicht noch belohnen wollen?", mischte sich Bonde ein.

Jarl blickte Bonde aufmerksam an, dann sah er prüfend zu

131

Wugo.

"Soll sie sich ihren Mut kühlen, deine Kleine." Eine jähe Wut flammte in Rinda auf. Sie wollte etwas erwidern, doch Wugos Geste brachte sie zum Schweigen.

"Sie soll mit den übrigen Frauen für die Verwundeten sorgen", bestimmte Wugo.

"Du willst sie nicht bestrafen?", empörte sich Bonde.

"Das ist Bestrafung genug, meine ich", sagte Wugo und blickte ihn scharf an.

Bondes Zornader auf der Stirne schwoll, aber er schwieg unheilvoll.

Jarl fasste Bonde ins Auge und hakte die Daumen in den Gürtel. Wugo bemerkte Jarls Blick und legte ihm beruhigend die Hand auf die Schulter:

"Jörde muss erfahren, wo Rinda ist."

"Mach dir um sie keine Sorgen", sagte Jarl, ohne Bonde aus dem Blick zu lassen, "ich muss sowieso einen Boten zu meinem Bruder senden, der kann Jörde von alledem berichten."

Wugo nickte und klopfte Jarl auf die Schulter. Der wandte sich ab und setzte sich an die Spitze des Zuges. Bonde warf Wugo finstere Blicke zu. Wugo gab vor ihn nicht zu beachten und blieb mit Rinda zurück. Langsam folgten sie den anderen.

"Rinda, Rinda, Rinda..." Wugo schüttelte den Kopf.

"Ich will keine Wunden versorgen", zischte Rinda und ihre Beherrschung war ein Krug mit Sprung.

"Ich weiß" brauste Wugo auf, "du willst welche schlagen." Wugo war stehen geblieben und umklammerte Rindas Arm. "Du bleibst entweder bei den Verwundeten oder du gehst heim!"

Rindas Augen verengten sich zu schmalen Schlitzen und über das, was mit ihr in diesem Augenblick geschah, war sie genauso entsetzt wie Wugo. "Ich will aber nicht!" schrie sie und stampfte mit dem Fuß. Die Köpfe der Männer fuhren herum. Jarl gab ärgerlich Zeichen, endlich zu schweigen.

"Was ist denn mit dir los?", zischte Wugo Rinda an, "die Rotkittel sind in der Nähe, soll der Angriff deinetwegen misslingen?"

Augenblicklich fiel Rindas Wut zu Asche zusammen. Sie biss sich auf die Lippe. Wugo hob ihren Kopf am Kinn, bis er ihr ins Gesicht blicken konnte und er sah ihren Selbsthass. Er nahm sie in den Arm. "Ich hab nur Angst um dich, Kind."

Rinda klammerte sich an ihn. Sie konnte nichts sagen. Wugo

aber klopfte ihr auf die Schulter, so wie er es in solchen Fällen bei seinen Söhnen hielt, dann löste er sich von ihr und schloss zu den anderen auf.

Rinda folgte ihm und wie sie Wugo so vor sich sah, da wurde sie mit einem Mal von einer tiefen Zärtlichkeit für ihn und für Jörde erfüllt, und sie beschloss, niemals wieder etwas zu tun, was den beiden Kummer bereitete.

○

Regulus schreckte aus seinem Trott. Für einen Moment konnte er gar nicht sagen ob er wachte oder träumte. War da nicht ein Ruf gewesen? Regulus sah sich um. Doch niemand außer ihm schien etwas bemerkt zu haben. Nur der Wald war viel näher an den Weg gerückt. Regulus spürte ein Kribbeln im Nacken und die Haut an seinem Rücken brannte.

Da hörte Regulus, wie hinter ihm sein Name geflüstert wurde. Er fuhr herum und konnte gerade noch sehen, wie eine rote Tunika und klappernde Würfel hinter Maultieren in Deckung gingen. Daher wehte also der Wind. Hätte er sich denken können. "Hab' dich", schrie er.

Die Blicke der Treiber in seiner Nähe wandten sich ihm zu und wer sich nicht umgehend mit dem Zeigefinger gegen die Stirn tippte, verdrehte zumindest die Augen.

Regulus Stimmung aber stieg sofort. Caius war gekommen. *Weiß der Jupiter, wie er sich an mir vorbei geschlichen hat.*

"Mist! Nicht schnell genug", rief Caius und lief im nächsten Augenblick an Regulus Seite.

"Du Schildkröte!"

"Besser Schildkröte als Mulitreiber." Caius kicherte. Mit einem raschen Sprung seitwärts brachte er sich aus Regulus' Reichweite, rempelte aber gegen einen Treiber. Drei Püffe später stand er leicht ramponiert, aber deutlich ruhiger wieder neben Regulus.

"Weißt du eigentlich das Neuste?" Erwartungsvoll blickte Regulus Caius an.

Caius gähnte betont gelangweilt: "Na, lass mal hören."

"Eggius bekommt einen neuen Burschen."

Caius glotzte Regulus an.

"Und der Bursche ..." Regulus machte eine Kunstpause, "... ist niemand geringeres als ich."

"Hättest du deine schlechten Nachrichten nicht für dich behalten können", sagte Caius entrüstet, doch Regulus sah den Glanz auf seinem Gesicht.

Caius legte den Arm um Regulus' Schulter. "Fabelhaft", rief er mit einem Mal und dann trippelte er vor Freude um Regulus herum. "Schlag ein!" Er hielt Regulus die flache Hand hin und Regulus klatschte ein.

Sehr zufrieden mit sich selbst liefen sie weiter, bis Regulus, dessen Ohren immer überall waren, hörte, wie hinter seinem Rücken jemand über Caius und ihn spottete. Regulus lauschte. Das war doch die Stimme des Treibers, der ihn heute morgen geschubst hatte. Regulus lief langsamer. Ein ärgerliches Schnaufen, ein schwacher Geruch nach saurem Wein. Der Fuchs war es, durchfuhr es Regulus und da wusste er, was zu tun war. Er berichtete Caius kurz von den Ereignissen des Morgens und Caius war der gleichen Ansicht. Die Sache konnte man nicht auf sich beruhen lassen. Sie steckten die Köpfe zusammen und mit dem geballten Einfallsreichtum zweier Lausbuben war der Streich bald ausgeheckt. Unvermittelt stieß Regulus einen kecken Ruf hervor und scherte daraufhin mit Caius und den Maultieren aus der Kolonne aus.

Als Regulus sich sicher war, dass er die Blicke aller Treiber auf sich gezogen hatte, hielt er an, schnürte mit fliegenden Fingern seine Sandale auf und schüttelte sie.

"Beeil dich doch mal, du Schussel", rief Caius. "Wie kann man nur so oft Steine in der Sandale haben?"

Das hämische Grinsen der Treiber war zugegebenermaßen kränkend, doch die Sache nahm einen vielversprechenden Anfang. So rasch wie das Interesse an ihrem Missgeschick aufgeflammt war, so rasch erlosch es auch wieder und schon als sich die beiden mit den Tieren wieder in den Tross einreihten, achtete niemand mehr auf sie.

Caius und Regulus beschleunigten und schlängelten sich durch den Strom der Menschen und Tiere, bis sie unmittelbar hinter den beiden Übeltätern liefen. Deren Schandmäuler standen noch immer nicht still.

Nun hatten Regulus und Caius alle Zeit der Welt. Die geduldige Katze fängt den Spatz, war ihr Wahlspruch, wenn sie im Magazin auf der Lauer nach einem Leckerchen lagen. Doch Fortuna[28] meinte es gut mit ihnen und stellte ihre Geduld auf keine allzu lange Probe. Aus welchem Grund auch immer lockerte sich die Kolonne auf und die Abstände zwischen den Tieren vergrößerte sich.

Ein Blick zueinander. Ein verschlagener über die Schulter. Ein rasches Bücken im Gehen. Steine fanden zu Händen und wurden aufgelesen; flach, nicht zu groß, nicht zu klein. Jeder warf zwei Mal. So rasch, dass die Würfe nicht zu sehen waren.

Als die Maultiere der beiden Treiber mit gequältem Ii-aaaaah durchgingen, verlangsamten Caius und Regulus ihre Tiere und tauchten in der Menge der übrigen Treiber unter. Von dort genossen sie die Früchte ihrer Tat.

Am Rand der Trasse versuchten zwei zeternde Treiber vergeblich ihre bockenden Tiere zu beruhigen. Sie stemmten sich immer wieder gegen die vom Sattel rutschenden Bündel und torkelten wie Betrunkene bei jedem Ausgleichsschritt der Maultiere. Da brauchten Regulus und Caius nicht einmal an sich zu halten und stimmten inbrünstig in den Chor der Schadenfreude ein.

Gelächter stieg in die Luft. Ein ausgelassenes Kichern über dem rauen Lachern aus Männerkehlen, drang in den Wald und hallte wieder unter dem Blätterdach.

o

Jarl hob die Faust und kniete ab. Augenblicklich verschmolzen die Krieger mit dem Wald. Wugo und Rinda kauerten hinter einem Brombeerdickicht. Wugo schob eine Ranke zur Seite. Durch die Lücke sah Rinda den Zug der Rotkittel. Gebannt starrte sie auf die Legionäre und Maultiere, die unaufhörlich vorbeizogen.

Jarl und Wugo verständigten sich mit Gesten. Dann gab Wugo das Zeichen für den Rückzug. Lautlos schlichen die Krieger, ohne die Römer aus den Augen zu lassen, zurück in die Tiefe des Waldes. Nur ein Mann folgte ihnen nicht. Rinda erschrak.

Es war einer von Jarls Kriegern. Er hatte bisher weder ein Wort geredet noch hatte er mit den andern gescherzt. "Drapa",

---

28 Die Göttin des Glücks und des Gelingens.

flüsterte Jarl. Doch der schritt mit starrem Blick weiter hangabwärts auf die Römer zu. Jarl stand der Schweiß auf der Stirn. "Drapa", zischte er.

Rinda starrte zu den Rotkitteln herab. Hoffentlich hörte sie niemand. In diesem Augenblick schaute ein Junge in den Wald. Es war ihr, als blicke er sie direkt an. Starr vor Schreck, stand sie mit klopfendem Herzen da und konnte sich erst wieder regen, als sich der Blick des Jungen von ihr abwandte. Nichts geschah. Offensichtlich waren sie nicht bemerkt worden.

Doch Drapa lief immer noch. Seine Hände umklammerten den Griff der Frame. Seine Finger waren weiß. Jarl knurrte wütend. Dann eilte er Drapa nach, hielt ihm von hinten den Mund zu und riss ihn zu Boden.

Einen Augenblick rangen die beiden stumm miteinander, dann erschlaffte Drapa. Jarl half ihm auf die Beine und gemeinsam kamen sie zurück. Die Krieger setzten ihren lautlosen Rückzug fort. Erst als sie außer Hörweite waren, sammelten sie sich.

Rinda sah die betretenen Blicke von Jarls Männern und die Tränen auf Drapas Wangen. *Was war nur mit ihm los?*

"Wir sollten ihnen von hier aus folgen", schlug Wugo mit einem Seitenblick zu Drapa vor. Jarl nickte mit versteinerter Miene. Wugo gab die Richtung vor und Jarl wich nicht mehr von Drapas Seite. Schweigend zogen sie zwischen den hohen, grauen Stämmen dahin, bis Rinda die Beine schmerzten.

o

Die Stunden lahmten nun wie wundgelaufene Maultiere. Caius war längst an seinen Platz zurückgekehrt und Regulus' Füße waren schwer und sein Kopf träge geworden. Auch die Sonne neigte sich der Erde entgegen und ihre flach einfallenden Strahlen gaben dem so einfach sich darbietenden Land eine ungeahnte Tiefe, während die Schatten seine Abgründe mit ihrer Schwärze fluteten. Auf den Baumwipfeln aber entzündete die Sonne die Blätter. Regulus kam es vor, als stünde der Wald in Flammen.

Sein Herz schlug rascher und seine Augen wurden hellsichtiger und seine Ohren hellhöriger. *War da nicht etwas?* Er starrte in den dämmrigen Wald. Blätter regten sich. Dabei ging kein Wind.

Wieder richtete Regulus seinen Blick in den Wald. Nichts. Seine Stirn fieberte und auf der Haut klebte ihm der kalte Schweiß. Seine müden Sinne spielten ihm wohl Streiche. Regulus legte den Kopf in den Nacken, um die Muskeln zu lockern. Der Dattelkern in seinem Mund flog im Kreis und klackerte gegen die Zähne.

Schlagartig wurde die Luft kühl. Regulus fröstelte. Seine vom Schweiß durchtränkte Tunika klebte ihm am Rücken. Und als reiche das alles nicht, wurde auch das Gras langsam feucht.

Regulus hatten es nun sehr eilig, ins Lager zu kommen. Er fasste die Zügel von Fidelis und Lenitas strammer. Die Tiere schnaubten. Er freute sich auf sein Zelt und eine warme Mahlzeit und diese Gedanken erfrischten seine Beine.

Plötzlich ertönten Rufe. Rasch blickte Regulus auf den Boden. Die Reihen der Legionäre marschierten so dicht, dass die Schilde der Vorausgehenden den dahinter Laufenden die Sicht nahmen. Deshalb wurden Hindernisse durchgerufen, damit niemand stolperte und deshalb mussten die Legionäre im Gleichschritt gehen, um sich nicht gegenseitig zu treten. Die Rufe näherten sich rasch.

"Baumwurzeln querab!"

Als Regulus die Wurzeln sah, gab er den Ruf weiter, obwohl der Tross lockerer marschierte und es daher eigentlich nicht nötig war zu warnen. Aber er wusste nur zu gut, was geschah, wenn jemand müde geworden mitten im Tross stolperte, zu Boden ging, Tritte und Püffe abbekam und den Zug staute.

So wurde der Ruf dankbar aufgenommen und weitergegeben und hatte sich bald von Regulus entfernt. Irgendwo hinter sich hörte er einen der Planwagen über die Wurzelschwelle rumpeln. Der Fuhrmann fluchte deftig.

Plötzlich schwenkte die Kolonne nach rechts. Jäh stieg das Gelände an. Sie waren noch nicht lange marschiert, da zog sich der Wald zurück und machte einem Meer aus Gras unter einem blauen Himmel platz. Die Halme der Gräser brachen bei jedem Schritt, doch sie federten den Fuß ab, was nach dem Marsch über die sonnengebackene Erde wohltuend war.

Da fächerte sich die Kolonne auf und Regulus hatte freien Blick auf das **Marschlager**. Die Feldmesser, die Agrimensores, walteten ihres Amtes und eigneten sich das Land an. Mit der Groma, ihrem Winkelmessgerät, hatten sie bereits die Hauptachsen des Lagers - die in Nord-Süd- Richtung verlaufende Cardo maximus und die in Ost-West-Richtung führende Decumanus maximus - festgelegt und mit Speeren die Lage der Tore und den Verlauf von Graben und Wall markiert. Am Lumbilicus, dem Nabel des Lagers, der Stelle, an der die Groma zuerst aufgestellt worden war, wurde bereits das Praetorium errichtet. Parallel zu den Lagerhauptachsen steckten die Feldmesser gerade die Cardines und Decumanie ab, die das Lager in eine Reihe von rechteckigen Feldern, den Centuria, einteilten. Jede Legion, jede Kohorte und jede Contubernia kannte ihre genaue Centuria und hielt nun am Ende des Marschtags darauf zu.

Die Treiber entluden und versorgten die Tiere. Anschließend schlugen sie die Zelte auf. Die für die Schanzarbeiten bestimmten Legionäre legten ihre Gepäckbündel ab und griffen zu Rasenstecher, Spaten und Axthacke, der Dolabra.

Als Regulus das Lager betrat, war der Wallbau schon im Gang. Er sah Legionäre, die Grasziegel stachen, abhoben und in Weidenkörbe legten, die in regelmäßigen Abständen entlang des späteren Walls abgestellt wurden. Andere Legionäre legten mit der Hacke den V-förmigen Graben an. Mit dem eisenverstärkten Holzspaten wurde die Erde in Körbe geschaufelt und aus dem Graben gewuchtet, wo sie sofort von den Wallbauern entgegen genommen wurden. Es war ein Kommen und Gehen, eine endlose Kette aus Männern, die die henkellosen Körbe mit ihren Armen umfassten und dorthin trugen, wo die Erde Schicht um Schicht zu einem abgeplatteten Wall festgestampft und von Rasenziegeln gestützt geformt wurde. Auch die beiden vorderen Tore waren bereits angelegt, wie Regulus an den sich überlappenden Wällen sah. Das beruhigte ihn ungemein, denn Feinde konnten dort nur nacheinander und zudem mit ihrer ungeschützten Seite voran in das Lager gelangen, sodass schon eine Handvoll Legionäre genügten, um selbst mit einer Überzahl an Angreifern fertig zu werden.

Geschickt fädelte er sich zwischen den Menschen hindurch. Als er den Lagerplatz seiner Zenturie erreichte, bemerkte er aus dem Augenwinkel, das die Wallkrone in diesem Abschnitt schon mit der Brustwehr versehen wurde. Er sah, wie die Legionäre die **Pila muralia** an einem der angespitzten Enden mit beiden Händen umfassten und die Arme hoch über den Kopf schwangen und fest in den Boden rammten. Dann sprangen sie mit beiden Füßen auf die Kerbe in der Mitte und trieben mit ihrem Körpergewicht den Holzpfahl bis zu einem Drittel seiner Länge in die

Erde. Anschließend wurden diese Palisaden vom Bautrupp an den Kerben noch mit zwei umeinander geflochtenen Seilen verbunden. Regulus wusste, dass die Brustwehr, so löchrig sie auch wirken mochte, durch den Graben weder durch Anrennen noch durch Anspringen überwunden werden konnte, erst recht nicht, wenn die Legionäre dahinter standen und, geschützt durch ihre Schilde, den Wall verteidigten.

Im Gefühl der Sicherheit lud Regulus seine Maultiere ab und striegelte die beiden mit Gras trocken. Er tränkte die Tiere, flüsterte mit ihnen, streichelte sie ausgiebig und schmiegte seinen Kopf an ihr strubbeliges Fell. Dann führte er sie zur Koppel und hing ihnen den Futterbeutel mit Gerste um. Zuletzt kehrte er zum Lagerplatz zurück und baute das Zelt auf.

Als er fertig war, trafen immer noch Menschen und Wagen als beständiger Strom im Lager ein. Es waren die Frauen, die Kinder und die Wagen. Im Tross sah Regulus auch die Sklaven für Rom. Sie waren mit Stricken um Hals und Füße aneinander gebunden. Die Männer, würden auf dem Markt für Ackersklaven gute Preise erzielen, das bemerkte er mit Kennerblick. Zwischen ihnen erblickte er die Frauen mit den geschorenen Köpfen. Sie strauchelten bei jedem Schritt. Hastig blickte Regulus zur Seite.

Bis alle im Lager waren, würde es noch eine Weile dauern und so nahm Regulus seine gewohnte Arbeit auf. Er holte die Mühle aus dem Gepäck und begann damit, sie aufzustellen. Wieder und wieder drehte er den Mühlstein im Kreis und während er den Emmer mahlte, wurde wieder einmal der Lagerwall geschlossen und wieder einmal vollendete die Sonne ihre Bahn. Als Marcus zu ihm kam, brannte schon das Feuer und im Bronzekessel warf der Brei dicke Blasen.

Noch bevor die erste Vigilie zu Ende war schnarchte das Lager im Licht der Wachfeuer. Aus dem nächtlichen Wald aber drangen unheimliche Laute und die Schatten loderten.

o

Durch die mondlose Nacht und den finsteren Wald huschten drei Gestalten. Sie waren nicht mehr als Schatten in der Schwärze und strichen lautlos und flink vorüber. Am Fuß einer breiten Buche hielten sie an und duckten sich.

Nicht weit von ihnen entfernt bemerkte Rinda den flackernden Schein von Wachfeuern. Ihr rötliche Schein zuckte in Wugos Augen. Plötzlich spürte sie seine Hand auf ihrem Rücken, die sie hinter dem Baum zu Boden drückte und ihr rasch zweimal auf die Schulter klopfte.

Rinda begriff. Sie sollte hier warten. Im Schutz des Baumes kauerte sie sich zusammen. Es roch harzig und feucht nach Moos. Als sie über die etwa fußbreite Wurzel vor sich spähte, sah sie Wugo und Jarl, nur auf Finger- und Zehenspitzen gestützt wie Eidechsen über den Waldboden kriechen, geradewegs auf den Schein der Wachfeuer zu. Rinda folgte ihnen mit ihren Blicken. Die beiden schienen durch den Wald zu schweben, kein Laub raschelte, kein Ast knackte unter ihren Fingern und an den Zweigen zitterte kein Blatt. Zudem hatten sie sich die helle Haut an Gesicht, Händen und Armen mit Ruß geschwärzt. Nach nur wenigen Schritten konnte Rinda die beiden weder sehen noch hören.

So blieb ihr nichts anderes übrig als zu warten. Sie starrte in die Nacht hinaus, immer auf der Hut. Ihre Blicke brannten Löcher in die Schwärze, bis es vor ihren Augen flimmerte, aber alles, was sie sah, waren zuckende Schatten und alles, was sie hörte, waren die Bäume, die ihre uralten Lieder sangen. Die knolligen Stämme und knorrigen Äste erwachten im Widerschein der Feuer. Wölfe, die sich mit aufgesperrtem Rachen auf ihren Riss stürzten. Rinda schauderte und verbarg ihren Kopf im Arm, um diesem Rudel zu entgehen.

Doch kaum hatte sie die Lider geschlossen, sah sie den Vater wieder zu Boden gehen und hörte sie die Schreie von Mutter und Gunda wieder. Angsterfüllt öffnete sie die Augen. Schatten in der Nacht. Ein raspelndes Kreischen aus dem Geäst über ihr. Rindas Atem ging stoßweise. Ihre Brust wurde wieder eng und ihr Herz schlug so laut.

Plötzlich flatterte nicht weit von ihr eine Taube auf. Die Flügel klatschten gegen das Astwerk. Blätter rieselten ins Laub. Sollten Wugo und Jarl schon zurückkommen? Rinda blickte sich um. Doch sie sah nichts. Da schloss sie die Augen, hielt den Atem an und konzentrierte sich nur auf ihre Ohren.

Sie wollte gerade Ausatmen, als sie meinte, einen Schritt zu hören, so leise, dass sie nicht wusste, ob es tatsächlich einer war oder ob sie sich das Geräusch nur eingebildet hatte. Doch so sehr sie auch lauschte, sie konnte es nicht noch einmal vernehmen. Langsam beruhigte sie sich wieder.

Schließlich musste sie doch vor Erschöpfung eingenickt sein, denn als Wugo sie an der Schulter antippte, fuhr sie in die Höhe. Gerade noch rechtzeitig besann sie sich darauf, wo sie war. Sie zitterte. Das Warten hatte sie ausgekühlt.

Jarl bedeuteten ihr zu Folgen. Wugo schritt voraus. Rinda hielt sich an seinem Gürtel fest, um nicht von ihm getrennt zu werden. Rinda staunte immer wieder darüber, wie Wugo sich im finsteren Wald zurechtfand. Ohne ein Zögern, ohne auch nur ein zweifelndes Stocken lief er zwischen den Stämmen hindurch, die Rinda weder sah noch erahnte. Ohne seine Führung wäre sie gegen die Stämme gestoßen. Nicht lange und sie bemerkte vor ihr wieder einen flackernden Schein. Ein unvermittelter Halt. Rinda prallte gegen Wugo. Geflüsterte Worte. Weiter ging es. Als Rinda begriff, dass sie eben einem Wächter ihres Lagers begegnet waren, stand sie mitten unter den Kriegern.

Obwohl sie eine Wegstrecke vom Lager der Rotkittel entfernt waren, flüsterten die Männer nur miteinander. In der Mitte der Lagerstelle brannte ein kleines Feuer aus dem Holz von Birken. Die Äste lagen im Kreis auf der Erde und dort wo die Enden der Hölzer aneinanderstießen brannten die Flammen. Die wenigen Rauchfäden, die aufstiegen, wurden durch das Ast und Laubwerk der umstehenden Bäume verstreut, sodass nichts zu riechen war.

Wugo lief mit Rinda zu einem der Windfänge, die wie ein Dach mit nur einer Schräge aussahen und die sie am Abend aus Ästen und Laub gebaut und mit frischem Farn gepolstert hatten. Die Krieger hatten die Windfänge so angeordnet, dass sie den Schein des Feuers gegen das Lager der Rotkittel abschirmten.

Rinda ließ sich im Schutz des Schirms nieder. Sie legte sich ihre Decke um die Schulter und rückte näher an Wugo heran. Langsam wurde ihr wärmer.

Die Männer hatten drei Rehe erlegt und ausgenommen, ohne die Haut zu zerstören. Die Innereien waren bis auf die essbaren Organe vergraben worden. Herz, Leber und Nieren sowie das Muskelfleisch brieten bereits in Erdöfen. Einer der Männer hob den flachen Stein an, der als Deckel diente. Dampf stieg auf. Er entfernte die obere Blätterlage, gab heiße Steine aus dem Feuer dazu und bedeckte das ganze mit frischen Blättern. Rinda schnupperte, das Fleisch musste bald gar sein. Der Duft nach Braten, Zwiebeln und Kräutern lag ihr in der Nase. Ihr Magen knurrte. Doch der Stein wurde noch einmal über die Grube geschoben.

Schweigend ging jeder seiner Arbeit nach. Die Felle wurden sauber geschabt und im Wasser der nahen Quelle gewaschen. Als das Fleisch gar war, wurden die Stücke auf die Felle gelegt und jeder langte zu, indem er sich mit seinem Messer ein Stück aufspießte. Das Fleisch schmeckte würzig und zart. Nach ein paar Bissen breitete sich in Rinda ein wohliges Gefühl der Fülle und der Wärme aus.

Zufrieden lehnte sie ihren Kopf an Wugos Schulter. Der nahm sie in den Arm und zog die Decke um sie herum fest. Rinda sah noch wie die Bratenreste in die Häute gewickelt und mit den Sehnen der Tiere verschnürt wurden. Dann wurden ihr die Lider schwer, während Wugo und Jarl über das Lager der Römer berichteten. Im Halbschlaf hörte sie den beiden zu.

"Es sind mehr als ich dachte", flüsterte Wugo.

"Drei Legionen eben", brummte Jarl.

"Der Feind ist mächtig, wir müssen auf der Hut sein."

"Ja", grinste Jarl, "mächtig viel Eisen, Gold und Silber.

"Es gibt bessere Gründe, um gegen die Römer zu kämpfen", antwortete Wugo und barg Rinda in seinem Arm. Die riss, davon aus dem Schlummer geschreckt, die Augen auf.

"Es wird auf den Wagen sein", fuhr Jarl fort.

Bondes Augen leuchteten.

"Dort greifen wir an." Jarls Männer nickten.

Wugo blickte nachdenklich in die Runde: "Wir sollten das tun, was Arminius sagt. Er kennt die römische Art zu kämpfen besser als wir." Wugo blickte Jarl offen an. "Handstreiche zu eigenen Zwecken werden uns alle in Gefahr bringen. Außerdem werden wir mehr Beute machen, wenn wir zusammen kämpfen und von einem Gedanken gelenkt werden." Die Männer murmelten beifällig und nickten. Jarl blieb stumm. Er steckte sich, etwas zu hastig vielleicht, ein Stück Fleisch in den Mund und schlang es hinunter, doch dann nickte auch er und klopfte Wugo auf die Schulter.

Plötzlich setzte sich Rinda auf. Alle Blicke richteten sich auf sie, doch noch bevor sie dadurch verunsichert werden konnte fragte sie in die Stille hinein:

"Habt ihr Gefangene gesehen?"

Jarl schüttelte den Kopf. Wugo sah Rinda an. Er wollte ihr über das Haar fahren, doch er besann sich. "Wir haben uns nur bis zu den Palisaden auf dem Wall geschlichen und von dort auf das Lager geblickt. Zelt an Zelt, Pferch an Pferch, Wagen an Wagen stehen da und die Gassen dazwischen sind verwinkelt und finster, denn das Lager wird nur von wenigen Wachfeuern erhellt. Wenn wir dort entdeckt werden, haben wir keine Möglichkeit zur Flucht und die Rotkittel wüssten dann, dass ein Angriff bevorsteht. Also sind wir nicht ins Lager geschlichen. Aber die Gefangenen sind dort und wenn deine Mutter bei ihnen ist, dann werden wir sie finden und befreien."

Die Gewissheit in Wugos Stimme ließ Rinda auf Daunen liegen. Sie hörte zwar, dass sich die Männer noch weiter berieten, doch nun konnte sie die Augen schließen. Wenig später kam der Schlaf zu ihr wie ein Freund, der lange in der Ferne geweilt hatte. Als Wugo sie in ihre Decke wickelte und auf das Laub bettete, lag in ihrem Herzen alles am richtigen Platz.

Als Rinda das nächste Mal die Augen öffnete war es hell. Die Krieger standen schon auf den Beinen und die meisten Windfänge waren bereits zerstreut. Einige Männer polierten ihre Messer mit Nesselfasern, andere prüften den Sitz ihrer Helme zum wiederholten Mal. In ihren Gesichtern bemerkte Rinda mit jener Empfindsamkeit, deren Reich der Augenblick zwischen Schlafen und Wachen ist, eine Mischung aus Angst und Furcht, vor dem was kommen würde. Doch keiner von ihnen redete. Außerdem sah sie Wut, Rache und Gier. Sie sah aber auch Mordlust und darüber erschrak sie. Doch schon als sie ihre Decke aufgerollt und den Windfang eingeebnet hatte, waren diese Eindrücke durch die ersten Taten des Tages überlagert.

Plötzlich Unruhe.

Rinda konnte nicht erkennen, was sie ausgelöst hatte. Aufgescheucht liefen Wugo und Jarl im Lager umher. Blicke schossen kreuz und quer über den Platz und vereinigten sich auf dem letzten noch stehenden Windfang. Jarl stürzte darauf zu und riss die Decke hoch, zögerte einen Lidschlag und schlug dann vor Wut auf den Windfang, dass er krachend einstürzte.

Es dauerte eine Weile bis Rinda verstanden hatte was da vor sich ging. Drapa war verschwunden und hatte bis auf den Dolch alles zurückgelassen.

Erschütterungen

GERMANIA MAGNA, Iden des September 9 n. Chr.:
und
STAMMESLAND DER CHERUSKER, Herbstmond,
Am Hellen Weg:

Als Regulus aufwachte, schüttelte der Wind das Zelt. Leder knarzte über Holz. Ein Windstoß drückte herein. Regulus fuhr in die Höhe. Die Zeltschössel schwangen hin und her. Es war doch gar nicht Marcus' Art, das Zelt unverschlossen zu lassen? Beunruhigt stand Regulus auf, schlüpfte in seine Kleider, warf sich den Mantel über und trat vor das Zelt. Das Lager war weiß vom Tau und schlaftrunken wie er war, dachte er für einen Augenblick, es wäre verlassen. *Wo war der Wind hergekommen? Am Himmel waren nur weiße Wölkchen?*

Beim dritten Buccinasignal war das Lager auf die Maultiere verladen und der Zug setzte sich wieder in Marsch. Nach dem kurzen Weg bergab, schwenkte die Vorhut auf den Hellen Weg ab.

Regulus bestand an diesem Morgen nur aus Beinen. Ihn schmerzte jeder Muskel, der den Sommer im Müßiggang vertummelt hatte. Am liebsten hätte er bei jedem Schritt aufgejault. Doch auf den Spott der Treiber konnte er verzichten und so kniff er die Lippen zusammen und lief weiter. Schließlich rückte mit jedem Schritt das ersehnte Winterlager näher. Endlich verbrächte er die Nächte wieder in einem Bett, mit einer Strohmatratze, die auf Lederbändern ruhte und von einem weichen Laken überzogen war. Auf die wärmende Decke freute er sich am meisten und bei dem Gedanken daran vergaß er sogar seine taunassen Füße.

Obwohl es schon hell war hing die Finsternis noch zwischen den Bäumen. Regulus fröstelte. Wieder und wieder versuchte er in den Wald zu sehen, ohne Erfolg. *Was konnte dort schon sein, das ihn ängstigen sollte?* Auf diesem Weg marschiert Rom. Die Legionäre sind das Blut in den Adern des Reiches. Sicherer als in ihrer Mitte konnte er ja gar nicht sein.

Einige große Vögel flogen auf und kreisten über den Wipfeln. Ihre Schreie sirrten wie Bogensehnen. Regulus strauchelte. Als er wieder aufschaute, schraubten sich die Vögel auf den Wald herab und verschwanden.

Er hasste den Wald!

Er sehnte sich nach der Narbonensis, nach offenen Fernen und rollenden Hügeln. Wie vermisste er die Gerstenfelder im Frühling mit ihrem milchgrünen Glanz und den Windwellen und im Sommer die gelben Ähren, mit den violetten und roten Schwaden der Kornrade und des Mohns dazwischen.

Gedankenverloren streichelte er seinen Maultieren den Hals und stand wieder im wirbelnden Stroh. Die eine Hand am Halfter, die andere ein Rechen, der die Hälmchen aus der Luft kämmte. Er spürte die Unruhe und die Hitze des Tieres und wusste nicht, was er tun sollte. Da streichelte er das von der Ernte abgekämpfte Tier und flüsterte mit ihm und es beruhigte sich. Sein Vater hielt inne, schweißüberströmt und staubgepudert, die Arme ruhten auf der gerade aufgeladenen Garbe und bevor er das nächste Bündel packte und durch die Luft schwang, kreuzten sich ihre Blicke und er sah wieder das Lob darin. Da glitt seine Hand vom Fell der Tiere ab. Regulus blickte auf. Die Kolonne zog in einem weiten Bogen nach Nordwesten. So weit er schauen konnte marschierten Menschen.

Der Tag wurde immer bedrückender. Er kniff die Augen zusammen. Der Himmel war noch immer klar und blau, aber die Luft schien seltsam durchglüht zu sein und in der gespannten Stille erklang das rhythmische Stampfen der Füße. Der Geruch nach Schweiß und Maultier war nun allgegenwärtig. Die Tiere warfen die Köpfe und wurden launisch. Regulus zog die Zügel stramm. Da zerbrach die Stille.

Bevor Regulus oder einer der Legionäre verstanden, was da vor sich ging, war vor dem Buschwerk plötzlich ein Mann. Stumm rannte er auf die Kolonne zu.

Regulus stockte der Atem und der Anblick brannte sich seiner Erinnerung ein.

Ein Steinschweif hinter erstarrten Füßen.

Ein nackter Oberkörper.

Ein Dolch in versteinerter Hand.

Ein geflochtener Bart.

Haare rechts des Kopfes zum Zopf gedreht und zu einem Knoten aufgesteckt. Riesige, runde Augen.

Dann geriet die Welt in Aufruhr.

Der Mann hechtete heran. Ein Sprung. Mit den Füssen voran traf er den ersten Legionär an der Brust, riss ihn von den Füßen und katapultierte auch die drei anderen Männer der Reihe aus dem Glied. Der Dolch blitzte auf. Die Klinge nach unten, die Schneide nach außen. Wie der Stachel des Skorpions hob und senkte er sich, rammte zwischen Hals und Schlüsselbein in Herzen oder zuckte von Seite zu Seite und zerschnitt Kehlen mit knorpeligem Ratschen.

Regulus sah die Bluttropfen. Sie flogen durch die Luft und prallten in zerplatzenden Kronen auf Gesichter und Panzer. Und er hörte, wie das Blut mit jedem Herzschlag aus den geöffneten Adern pfiff.

Obwohl er der Bursche eines Zenturios war, hatte er bisher noch niemals an einer Schlacht teilgenommen. Zwar hatte er schon Verwundete im Lazarett gesehen, doch nur nachdem sie verbunden waren und so traf ihn dieser Anblick wie ein unvorhergesehener Faustschlag in den Magen.

Die Legionäre stürzten. Stumm gingen sie zu Boden, eins, drei, fünf. Das Kochgeschirr schepperte, als es mit den Toten in den Staub fiel.

Als der Mann von mehreren Lanzen durchbohrt wurde umklammerte er die eisernen Schäfte und aus seiner Kehle drang ein Brüllen, das sein ganzes Leben enthielt und sich in einem einzigen Wort verdichtete: "Mörder!" Dann sackte er vornüber und fiel zu den anderen Toten, in den gleichen Staub.

Regulus sackte auf die Knie und würgte. Als ihn kein Tropfen mehr verlassen konnte, löste sich seine Starre nur langsam.

Treiber fluchten und die nachschiebende Kolonne strömte um ihn und die andern herum. Mittendrin scheuten einige Maultiere vor dem Blutgeruch zurück. Andere bäumten auf, zerquetschten Füße, zerschrammten Schienbeine, oder gingen durch. Treiber schlitterten und stolperten. Menschen wurden von den Füßen gerissen, stürzten und schrien. Noch immer drückte in das Chaos die Masse der nachschiebenden Kolonne, die ahnungslos weitermarschierte, bis schließlich ein Cornicen das Signal zum

Halten blies. Es wurde an der Kolonne entlang nach hinten weitergegeben, bis der Zug stockte.

o

Als er den Schrei hört, ließ Wugo die Krieger abknien.

Jarl eilte herbei.

Ein Horn dröhnte, gefolgt von weiteren Signalen, die alle Worte erübrigten. Wugo fuhr sich mit der Hand über das Gesicht. Jarl rammte die Faust in den Waldboden. Vorsichtig schob Wugo mit seiner Frame einige Zweige zur Seite und blickte hinab auf den Weg. Die Kolonne der Rotkittel war ins Stocken geraten und ringelte sich wie ein durchtrennter Wurm.

"Was ist denn los?" zischte Bonde.

"Drapa", flüsterte Wugo.

Bonde verstummte.

Die Gesichter der Krieger wurden aschfahl; ihre Lippen schmale Striche.

Rinda befand sich am Ende des Zuges und ahnte nur, dass etwas Furchtbares geschehen sein musste. Voller Angst eilte sie zu Wugo. Der nahm Rinda in den Arm: "Drapa", flüsterte er. "Er hat die Rotkittel angegriffen."

"Alleine?"

Wugo nickte.

"Aber ..."

Wugo zog sie fest in seinen Arm: "Ja!"

Rinda spürte, wie ihr die Tränen kamen. In der Erinnerung sah sie wieder Drapas Blick, der so voller Trauer war, dass es ihr das Herz zusammenzog. Gestern noch hatte er mit ihnen am Feuer gesessen, schweigend, entrückt und wann immer sie verstohlen zu ihm hinsah hatten Tränen auf seinen Wangen geglänzt.

Jarl sprang auf und ehe ihn jemand daran hindern konnte, stieß er einen Schrei aus, der die Adern an seinem Hals fingerdick hervortreten ließ.

Der Schrei hallte durch den Wald. Selbst das Ringeln des Heerwurms erstarb für einen Lidschlag.

Blitzschnell presste Wugo Jarl die Hand auf den Mund und zog ihn zurück in die Deckung. Der Schrei wurde zum Gurgeln gedämpft. Als Jarl still liegen blieb, ließ Wugo ihn los. "Rasch! Wir müssen verschwinden."

Jarl schluchzte.

Wugo gab das Zeichen zum Aufbruch und zerrte Jarl auf die Füße. Die Männer krochen zurück in den Wald, bis sie im Schutz eines Dickichts anhielten. Dort ließen sich im Kreis nieder und für eine Weile sprach niemand.

"Als wir Kinder waren, zogen Drapa und ich durch die Wälder", begann Jarl. "Einmal, in der Dämmerung, sind wir auf einen schwarzen Wolf gestoßen. Ein Einzelgänger. Mit glühenden Augen. So riesig, dass er mich noch heute in der Erinnerung überragt. Wir hatten keine Waffen, noch wären wir in der Lage gewesen, welche zu führen. Ich fühle immer noch die Angst in mir. Regungslos standen wir. Der Wolf starrte uns an. Als wir einen Schritt zurück wagten, setzte er nach und zog die Lefzen zurück. Er hatte Reißzähne lang wie Dolche. Wir zitterten am ganzen Leib. Da ging Drapa trotz seiner Furcht einen Schritt auf den Wolf zu, riss die Arme hoch und schrie ihn an."

Jarl machte eine Pause und blickte in die Gesichter seiner Männer. "Wieder erwarten zuckte der Wolf zurück und kniff den Schwanz ein. Doch dann sträubte sich sein Nackenhaar, er senkte den Kopf und aus seiner Kehle rollte ein Knurren."

Rinda hielt sich erschrocken die Hand vor den Mund.

"Die Sache wäre damals wohl schlimm ausgegangen, doch Drapas Schreie haben unsere Väter herbeigeführt, die uns suchten und deren Framen haben den Wolf aufgespießt."

Jarl blickte auf. Die Krieger nickten zustimmend. "Vor einigen Wochen dann … ", Jarl schluckte, "… waren Drapa und ich auf der Jagd. Als wir am Abend zurückkehrten, lag der Hof still vor uns. Die Tür zum Haus stand offen. Während ich das Gelände absuchte ging Drapa ins Haus. Als er wieder herauskam war er um Jahre gealtert. In seinem Gesicht waren Falten. Sein Blick war starr. Seitdem sprach er kein Wort mehr." Jarl fuhr sich über die Augen.

"Drapa hatte die Abgaben nicht pünktlich bezahlen können. Da haben die Rotkittel seinen Hof überfallen und alles Korn und Vieh geraubt. Ohne Vorwarnung. Was genau geschehen ist, habe ich nie erfahren. Aber sie haben die ganze Hofschaft an den Dachsparren aufgehängt: Die Knecht und Mägde. Die ganze Familie: seine Eltern, seine Frau und sein kleines Mädchen. Sie hingen von der Decke und die Fliegen waren schon da.

"Rinda schluchzte leise.

o

Regulus hörte einen fürchterlichen Schrei aus dem Wald. Seine Hände zitterten, doch so sehr er sich auch bemühte, er konnte sie nicht still halten. Ihm war eiskalt und auf seiner Haut stand der Schweiß. Er versuchte aufzustehen, doch die Beine trugen ihn nicht. Er sah sich um und fuhr sich immer wieder mit den Händen über die Augen, aber sein Blick wollte nicht klar werden. Die Welt flackerte.

Hufgetrappel.

Plötzlich spürte Regulus einen Zug an seinem Arm. Er kam auf die Beine. Seine Knie schlotterten. Er krallte sich an einer Tunika fest und schluchzte. Die Arme, die ihn umfingen, fühlten sich tröstlich an.

"Wird schon wieder."

Regulus sah auf und erblickte Julius. Der lächelte ihm zu und reichte ihm eine Feldflasche. Regulus nahm einen Schluck und spülte die Galle aus Mund und Rachen. Doch der bittere Geschmack wollte nicht weichen.

"Geht's?"

Regulus nickte und trank noch einen Schluck.

"Ich muss gehen" sagte Julius und nahm die Flasche entgegen.

Regulus glotzte ihn an. Er sah die Pferde. Aber die Dinge, die bis vor wenigen Augenblicken selbstverständlich gewesen waren, kehrten nur sehr langsam zurück. Julius gehörte zur Reiterei, deshalb musste er gehen. *Weshalb war er überhaupt hier?*

"Kommst du zurecht?"

Regulus nickte.

Julius saß auf und ritt davon.

Regulus sah auf seine Handflächen, auf Linien und Rillen, bis ihm der Schreck in die Glieder fuhr. Fidelis und Lenitas waren weg. Er sah sich um und bemerkte, dass seine Tiere nicht weit von ihm entfernt Gras rupften. Als Regulus zu ihnen wankte, hoben sie die Köpfe, drehten ihm die Ohren entgegen, blähten die Nüstern und trotteten auf ihn zu. Regulus vergrub sein Gesicht in ihrem weichen Fell. Die Tränen liefen ihm über die Wangen. Die beiden schnupperten und leckten ihm mit ihren rauen Zungen über Gesicht. Er ließ es geschehen, bis er matt ins Gras sackte. *Wie kann man nur so hinterhältig und gemein sein? Barbaren!* Fortan hasste er die Germanen.

Plötzlich wollte er nur noch weg von diesem Ort. Hastig stand er auf und begab sich zurück zum Tross. Überall rückten die Menschen zu kleinen Gruppen zusammen. Schulter an Schulter stand Regulus zwischen den Männern, und als er die beiden Treiber vom Morgen darunter entdeckte, bemerkte er, dass er keinen Groll mehr gegen sie hegte.

"Die Vorhut muss das Gelände doch durchsucht haben!", hörte Regulus die vorwurfsvolle Stimme eines Legionärs.

"Hat sie ja auch", beschwichtigte der dicke Optio, der noch heute Morgen der Wiedehopf war. "Aber ein Einzelner, der sich in den Baumkronen versteckt und keine Spuren hinterlässt, kann auch bei noch so sorgfältiger Suche übersehen werden."

"Aber wir haben doch alle den Schrei gehört. Da müssen doch weitere im Wald sein. Das kann wieder passieren!"

Der Optio senkte kurz seinen Blick, dann sah er dem Legionär in die Augen: "Das war die Tat eines verwirrten Einzelnen. Wir werden bald durch Arminius und seine Auxilia Verstärkung bekommen. Dann wird die Kolonne besser abgeschirmt sein."

"Aber bis dahin müssen wir jederzeit mit so was rechnen?"

Der Optio schüttelte den Kopf: "Arminius wird noch heute im Laufe des Tages zu uns stoßen. Es dauert schließlich, bis die Truppen aus den Winterquartieren wieder gesammelt sind. Aber ich bin mir sicher, er wir sich beeilen. Bis dahin müssen wir besonders wachsam sein und diszipliniert. Aber werden wir nicht genau dafür zu recht gerühmt?"

Beifälliges Gemurmel ertönte, und Arminius' Name war nun oft zu hören und immer lag Zuversicht in den Stimmen der Legionäre. Meldereiter jagten an der Kolonne entlang, brachten oder empfingen Order.

Der Optio winkte einem Planwagen. Rasch wurde ein Teil seiner Ladung auf andere Wagen verteilt, sodass Platz für die Toten entstand. Diese hatte man seitlich des Wegs in einer Reihe niedergelegt und von Waffen und Gepäck befreit. Der Optio ging von Mann zu Mann, drückte ihnen die Augen zu und nahm ihnen die Erkennungsmarken vom Hals. Auf seinen Wink hin wurden die

Toten in ihre Mäntel und Decken, verschnürt und zusammen mit ihrer Ausrüstung auf den Wagen gelegt.

Ein Legionär drehte den toten Germanen mit den Füßen auf den Rücken, trat nach ihm und spuckte ihm ins Gesicht. Regulus sah es und hätte es dem Legionär am liebsten gleichgetan. Doch da befahl der Optio: "Formieren!", und der Cornicin blies zum Abmarsch. Das Signal wurde in alle Richtungen weitergegeben. Die Kolonne setzte sich wieder in Marsch. Einige Legionäre stülpten ihre Helme über.

Obwohl Regulus froh darüber war, dass er diesen Ort verlassen konnte, trieb ihn etwas dazu zurückzublicken. Doch alles schien wie vorher zu sein. Die Kolonne war wieder hergestellt, die Füße hoben und senkten sich im Gleichschritt und dennoch spürte Regulus tief in seinem Inneren, dass nichts wie zuvor war. Sein Blick blieb an der blutigen Leiche haften. Mit ausgebreiteten Armen lag der Germane im Staub. Schließlich wendete er sich ab und blickte nach vorne.

o

Rinda konnte ihre Augen nicht von Drapa wenden. Zwar sah er aus der Höhe so klein und unbedeutend aus, aber sie hatte ein kleines bisschen ihres Lebens mit ihm geteilt.

"Der könnte dir passen", hatte Drapa zu ihr auf dem Marsch gesagt und einen Helm gereicht. Rinda hatte sich nicht getraut, Drapa anzublicken. Stattdessen hatte sie auf den Helm in seiner Hand geschaut.

"Setz ihn mal auf", Drapa hielt ihr den Helm hin.

Zögerlich hatte Rinda ihren löchrigen Helm abgenommen und Drapa im Tausch gegeben. Noch immer konnte sie ihm nicht in die Augen schauen, hatte aber bemerkte wie er sich ihren Helm von allen Seiten besah, die Nase rümpfte und ihn in die Büsche schleuderte.

Da blickte Rinda auf und sah seine traurigen, grünen Augen. Doch wie er sie so angesehen hatte, kehrte kurz ein munteres Blitzen in seinen Blick zurück. Hastig wendete sie sich ab. Sein Blick verwirrte sie. Aber sie probierte den Helm auf.

"Er passt", hatte Drapa gesagt, nachdem er seinen Sitz geprüft hatte. "Wie für Dich gemacht." Die Berührungen seiner Hände waren Rinda nicht unangenehm und etwas in seinem Blick hatte sie angezogen. "Er wird dich schützen", sagte Drapa und seine Stimme klang ein bisschen stolz dabei. "So wie er mich geschützt hat."

Signale ertönten.

Unten auf dem Hellen Weg kam wieder Leben in die Schlange der Rotkittel. Menschen, Tiere und Wagen krochen weiter den Weg entlang. *Sie lassen ihn einfach liegen, diese Tiere! Wussten sie denn nicht, dass er so zum Wiedergänger verdammt war? Geschändet, unbestattet und ohne Beigaben für das Grab.* Rinda spürte, wie in ihrem Magen die Säure aufstieg. Doch plötzlich keuchte sie auf. Ihre Hand fuhr zum Gürtel, dorthin, wo sie Drapas Helm gehängt hatte, denn ihr kam der Gedanke, dass er ihn ihr nur deshalb gegeben hatte, weil er wusste, dass er ihn nie wieder brauchen würde. Rinda schluckte die Galle hinunter und kam sich plötzlich erschreckend einfältig vor. Ihre Finger aber tasteten weiter über den Helm auf der Suche nach etwas Unfassbarem, dass sie nur zu gerne hätte begreifen wollen. Ihre Finger stießen auf den Augenschutz. Es war der gleiche wie am Helm ihres Vaters. Sie stockte. Das war es und da legte sich ihre Verwirrung. Drapa hatte in ihr erblickt, was aus seiner Tochter hätte werden können und da hatte er ihr aus der Welt der Toten, seinen Helm gereicht, damit sie leben konnte. Und sie würde leben, um sich zu rächen; für ihren Vater, für ihren Bruder und nun auch für Drapa, das schwor sie sich.

"Was ist denn mit Dir?", hörte sie Wugo sagen. Sie hatte gar nicht gemerkt, wie er sich neben sie gekauert hatte. Wugo sah sie an. "Du hast die Fäuste geballt."

Rinda blickte auf ihre Hände und öffnete sie. Ihre Knöchel waren ganz weiß. Wugo zog sie stumm an seine Schulter.

"Wir können Drapa doch da nicht liegen lassen", Rindas Stimme brach. "Wir müssen ihn begraben."

Hinter ihnen war zustimmendes Gemurmel zu hören. Nach und nach hatten sich alle Krieger eingefunden.

"Wenn wir zu lange warten, findet die Schlacht ohne uns statt", warf Bonde ein.

Rinda blickte ihn böse an. Bonde zuckte gleichgültig mit den Schultern.

Doch Jarl und Wugo nickten. "Das ist in der Tat ein Einwand, der mir Sorgen macht", sagte Wugo. Rinda schaute ihn ganz entsetzt an. Als Wugo weitersprach, sah er Bonde unerbittlich an. "Wir sollten aber auch nicht nur an uns selbst denken." Zu allen gewandt sprach Jarl weiter: "Arminius benötigt für den Angriff jeden Krieger."

Rinda senkte enttäuscht die Augenlider. Andererseits hatten die beiden recht. Von dieser Seite aus hatte sie das alles noch nicht betrachtet. Mit einem Mal spürte sie wieder, wie auf dem Wall, das sie Teil von etwas war, das weit über sie selbst hinausreichte. Sie blickte auf.

"Deshalb", nahm Wugo den Faden auf, "haben Jarl und ich entschieden, dass einer von uns zurückbleibt um Drapa mit Steinen zu bedecken, bis wir ihn holen und begraben können."

Rindas Gesicht strahlte.

Eine Weile war es still. Einige Krieger blickten auf ihre Füße, andere nestelten an ihren Gürteln herum oder wickelten die Riemen an ihren Füßen neu.

Schließlich trat Agnar vor: "Ich halte bei ihm die Totenwache und dann ...", seine Stimme wurde sehr grimmig und er umfasste seine Frame fester, "... komme ich nach."

Jarl klopfte ihm auf die Schulter.

Während Agnar im Wald verschwand und sich ein Versteck suchte, wo er warten konnte, bis der Zug der Rotkittel vorbei war, bereiteten sich die anderen auf den Marsch vor.

"Wir folgen dem Höhenweg bis wir über Ratatosks Hof sind. Dort lagern wir, bis wir Nachricht erhalten." Wugo gab das Zeichen zum Aufbruch. Auf Schleichwegen eilten sie einer hinter dem anderen durch den Wald; herbstbraune Lederschuhe auf gelbrotem Laub und grünem Moos.

Als sie das Gehöft unter sich im Tal sahen, lagerten sie sich auf der ihm abgewandten Seite des Grats. Rinda stand der Schweiß auf der Haut. Selbst hier oben schien die Luft flüssig zu sein.

Am Nachmittag, wenn die Rotkittel vom Marschieren müde waren, sollte nach Arminius Willen der erste Angriff erfolgen. Dann würden Wugo und Jarl mit ihren Kriegern den Tross angreifen. Aber nun hieß es warten. Warten, bis die Reiter kamen, die Arminius versprochen hatte. Warten, bis der Sklavenhändler erschien und mit ihm hoffentlich die Mutter und Gunda.

Wugo und Jarl schlichen sich alleine den Abhang hinab, um die Gegend für den Angriff auszuspähen. Unbemerkt kamen sie in Ratatosks verlassenem Hof an, keinen Steinwurf vom Heerwurm der Rotkittel entfernt.

○

Es war Mittag, als sich die Kolonne einem Gehöft näherte. Die Wölkchen des Morgens waren mittlerweile Ambosse geworden. Die Luft flirrte und die Blicke aller Menschen lasteten auf dem Gehöft. Die Gespräche erstarben. Nur die stampfenden Füße, die klirrenden Kettenpanzer und die plingenden Efeublättchen waren zu hören. Regulus hielt den Atem an. Legionäre nestelten mit fahrigen Fingern an ihren Helmriemen und fluchten, wenn ihnen die Lederbänder entglitten.

Regulus starrte das Gebäude an. Fast erwartete er, dass es jeden Augenblick auseinanderbrach und Horden an Germanen aus den Trümmern hervorsprangen. Doch nichts geschah.

Als das Gebäude nur noch einen Steinwurf von ihm entfernt war flehte er: *Bitte nicht beim Jupiter.*

Er kam näher.

Und näher.

Schon war er auf der Höhe der Tür.

Das Dachgebälk knackte.

Regulus zuckte zusammen. *Bitte*, flehte er noch einmal stumm. Vergeblich! Hornsignale ertönten. Die Kolonne stockte. Einen furchtbaren Augenblick lang war es still.

"Was ist denn los?" Stimmengewirr. Unruhe. Treiber stellten sich auf Zehenspitzen und reckten die Hälse.

"Siehst du was?" Köpfe wurden geschüttelt. Schon verließen die ersten ihre Plätze und traten aus dem Glied. Regulus wurde panisch. Die geschlossene Kolonne war das Tau, das den Zug zusammenhält. Es durfte niemals zerfasern. Er schloss die Augen und seine Hand umklammerte die Zügel.

Nichts geschah.

Als er wieder aufblickte, galt sein erster Blick der Tür, doch die blieb geschlossen. Beim zweiten Blick beschlich ihn das Gefühl, dass das Gebäude verlassen war. *Die müssen vor uns geflohen sein!* Regulus sah sich um. Noch immer geschah nichts, obwohl die Kolonne schon eine ganze Weile vor dem Haus stand. Regulus spürte, wie sich seine Aufregung legte und mit einem Mal wurde ihm bewusst, dass der beste Augenblick für einen Angriff verstrichen war. Die Anspannung wich von den Menschen und die Gespräche setzten wieder ein.

"Sieht bewohnt aus", sprach der Treiber, der Regulus geschubst hatte.

"Denke ich auch", pflichtete ihm sein Kumpane bei.

Regulus drehte sich um und sah die beiden mit flauem Magen an. *Ob sie ahnten weshalb ihnen die Maultiere durchgegangen waren?*

"Ist doch so, oder?", wandte sich der Schubser an Regulus. Regulus nickte eilfertig und der Schubser brummte sichtlich zufrieden: "Sag ich doch!"

Da wurde Regulus klar, dass die beiden völlig ahnungslos waren und er hatte auch nicht vor daran etwas zu ändern. Immer mehr Menschen scherten nun aus dem Zug aus. Ganz wohl war Regulus dabei nicht.

"Meine Flasche ist leer", sagte der Schubser.

"Meine auch", pflichtete ihm sein Kumpan bei und schaute den Schubser dabei ständig bewundernd an.

Was war das denn für ein Esel?

"Wofür brauchen Germanen frisches Wasser ..." der Schubser stieß seinen Kumpanen mit der Schulter an.

"Weiß nich."

"Für das Vieh, zum Trinken."

Der Esel wieherte vor Lachen los. "Der war gut ... Mann war der gut." Auch Regulus konnte sich ein Schmunzeln nicht verkneifen.

Der Schubser sah seinen Kumpan erwartungsvoll an und klemmte die Hände hinter den Gürtel. "Worauf wartest du noch?"

"Wie? Worauf?"

"Füll' die Flaschen auf."

Der Esel grinste und nickte begeistert. "Flaschen auffüllen, gut Mann, sehr gut Mann." Plötzlich fiel ihm sein dämliches Grinsen aus dem Gesicht: "Warum muss immer ich das machen?"

"Ja warum nicht du. War schließlich meine Idee. Also gehst du. Klar, oder?

"Klar Mann", nuschelte der Esel. "Aber du - da ist kein Brunnen."

"Dann gehst du eben ins Haus. Wirst schon Wasser finden."

"Werd' ich wohl", wiederholte der Esel und kratzte sich am Kopf. Er band die Feldflaschen von den Packsätteln und trottete zur Tür. Er hatte es nicht eilig und Regulus konnte es ihm nicht verdenken. Schließlich wusste niemand, was hinter der Tür lauerte. Dem Schubser war das durchaus klar, das sah Regulus auf den ersten Blick. *Was für ein Feigling!*

Unterdessen hatte der Esel die Tür erreicht und machte sich daran zu schaffen, doch sie ließ sich nicht öffnen. Er drehte sich um und sah den Schubser hilfesuchend an. Der Schubser gab pferdeähnliche Geräusche von sich, dann lief er zur Tür.

Regulus zögerte nicht. Ein Blick vor ein Blick zurück. Marcus war nicht in der Nähe. Also los. Er schnappte seine Flasche und rannte den beiden hinterher.

Als er bei ihnen ankam sagte der Esel: "Der Riegel, der ... geht nich."

"Der Riegel..., der geht nich", äffte der Schubser ihn nach.

Dann schob er den Esel zu Seite: "Lass mal Papa ran." Er umfasste den Riegel mit beiden Händen und riss daran. Es krachte, der Griff brach ab und der Schubser landete im Staub.

"Hast de jetzt davon! Das Ding geht nich. Hab ich ja gesagt", triumphierte der Esel.

Regulus grinste verstohlen.

Der Schubser fuhr herum um und warf den Griff nach dem Esel. Der duckte sich und das Holz schwirrte an seinem Kopf vorbei.

"Was soll das? Hab doch nichts gemacht!"

"Das ist es ja gerade."

Im Haus knackte es.

Plötzlich, ohne das Regulus sagen konnte woher, verspürte er wieder die gleiche Angst wie am Morgen vor dem Überfall. Am liebsten wäre er davongelaufen, doch wollte er vor den beiden nicht als Feigling gelten. So biss er die Zähne zusammen und harrte aus, obwohl die Angst seine Beine bereits zappeln ließ.

Die beiden Treiber warfen sich mittlerweile mit den Schultern gegen die Türe aber sie rührte sich nicht.

"Was zappelst du denn wie der Wurm auf dem Angelhaken", rief der Schubser und blickte ihn nicht gerade freundlich an.

Jetzt gibts Ärger, dachte Regulus. Verlegen zuckte er mit den Schultern.

Hornsignale.

Regulus fuhr herum. Die Treiber in der Kolonne winkten ih-nen, zu kommen.

Dem Jupiter sei dank! Regulus drehte sich um, rannte zurück und reihte sich wieder ein. Als die Kolonne abrückte sah er noch wie der Schubser voller Wut gegen die Tür trat und dann dem Esel hinterher humpelte.

∘

Rinda atmete auf. Die Kolonne zog weiter. Wugo und Jarl wa-ren nicht entdeckt worden.

"Wodan sei dank", sagte Brokk, der neben Rinda am Grat lag und mit ihr zusammen Wache hielt. "Die hätten beide auf der Stelle zerrissen."

Rinda fröstelte. Brokk sprach so gelassen, dass sie kaum glau-ben mochte, dass Wugo sein Vater war. Erstaunt blickte sie ihn an.

"Nicht auszudenken", fuhr Brokk fort und Rinda sah, wie sei-ne Lippe bebte. Sie gab keine Antwort. Stattdessen dachte sie an Jörde und sah sie, zusammengesunken und weinend, vor sich. Da wurde die Angst eine Faust, die sich um Rindas Herz schloss. Sie sah den Vater am Amboss stehen, er ließ den Hammer ruhen, und lächelte ihr zu. Fafner trieb die Rinder in den Stall und dann sah sie nur das Gesicht der Mutter, das ihr zulächelte.

Es war Brokk, der ihr die Faust ums Herz löste. "Es geht nicht um uns."

Rinda nickte. Nur zu genau wusste sie um was es ging.

Ein Ast knackte. Brokk sah auf und musterte den Wald. "Sie kommen zurück", sagte er und seine Stimme klang erleichtert. Er zeigte Rinda, wohin sie schauen sollte und da sah sie, wie Wugo und Jarl den Hang herauf schlichen. Nicht lange und die beiden tauchten über dem Grat auf. Sie keuchten und es glänzte ihnen der Schweiß auf den Gesichtern. Erschöpft ließen sie sich ins Gras fallen.

Die Krieger, die gelegen oder geruht hatten, erhoben sich und alle Augen richteten sich auf die beiden. Doch Wugo winkte ab und schüttelte nur den Kopf. Einige Blickwechsel später kehrte wieder Ruhe ein. Bald dösten alle in der Hitze des Nachmittags.

Wugo lag regungslos auf der Seite und hatte den Kopf auf seinen aufgerollten Umhang gebettet. Jarl lag auf dem Rücken, alle Viere von sich gestreckt, und schnarchte. Doch nicht alle schliefen. Geron saß mit dem Rücken gegen ein Baum gelehnt da und zog wieder und wieder einen Grashalm durch die Finger. Dann warf er ihn plötzlich weg, lehnte den Kopf an den Stamm und zerrte sich das Wams vom Hals.

Es dauerte eine Weile, bis Rinda begriff, dass Geron sich fürchtete. Für einen Krieger fand sie das ziemlich merkwürdig. Helden fürchteten sich nicht. Und Geron war ein Held, dass hatte sie oft genug erlebt. Kühn, kräftig, mutig und dabei so liebevoll und zart zu Idun, seiner Frau, und zu Loki und Ran, seinen beiden *Knöspchen*. Und da begriff Rinda. Geron zog nicht in die Schlacht, weil er den Ruhm suchte, sondern weil er wollte, dass die, die er liebte, leben sollten, so wie sie es für richtig hielten. Da verstand sie, dass Mut nicht darin bestand tollkühn zu sein, sondern sich dem Unausweichlichen zu stellen.

Auch Bonde schlief nicht. Er ruhte nicht einmal. Mit fiebrigen Augen saß er da und stopfte unermüdlich die Säcke, die neben ihm lagen. Da verstand Rinda, dass die Gier niemals ruhte und das daraus nichts Gutes erwachsen konnte.

Rinda sank der Kopf auf die Arme. Sie war so unendlich müde. Doch sie kam nicht zur Ruhe. Innerlich zitterte sie. Wieder sah sie auf. Würde sie die Mutter und Gunda finden? Wenn sie nun den Augenblick verpasste in dem sie vorbeizogen? Sie starrte auf die Schlange der Rotkittel, wieder fielen ihr die Augen zu und die ruhelosen Gedanken kehrten zurück. Rinda schreckte auf.

Plötzlich spürte sie eine Hand auf der Schulter. "Schlaf", sagte Brokk. "Ich wache für dich." Da fiel die ganze Last von ihren Schultern. Sie hörte noch, wie der Wind aufsprang und die Blätter rauschten und der Wald sein Lied begann. Dann war sie eingeschlafen.

o

Regulus sah wie die Vögel vor der aufgewühlten Luft unter die Wipfel der Bäume flohen. Auch die Kolonne wurde kabbelig.

Rufe ertönten. Regulus wurde aufmerksam und folgte den weisenden Armen. Nördlich des Zuges sah er schwarzen Qualm an den Himmel steigen.

Plötzlich redeten alle durcheinander: "Was hat das zu bedeuten? - Wo kommt der Rauch her? - Das muss der Aufstand sein! - Da werden unsere Wachtürme und Lager angegriffen! - Wo bleibt Arminius? - Jetzt wird es aber Zeit! - Schwenken wir bald ab?"

Unbeeindruckt von den Reden stieg der Rauch in die Luft und war von den aufquellenden Wolken nicht mehr zu unterscheiden. Regulus fasste die Zügel seiner beiden Maultiere fester und versuchte seine ausufernden Gedanken in den Griff zu bekommen. Wieder und wieder durchlebte er den Überfall und sah die Legionäre fallen und bluten. Die Stämme der Bäume ragten wie Knochen empor. Die Kronen waren aufgewühlt und überall huschten Schatten durch den Wald.

Regulus sehnte sich nach Marcus. Doch wie sollte der kommen, jetzt wo die Kolonne so dringend seiner Führung bedurfte? Er tröstete sich damit, dass es nicht mehr lange dauern konnte, bis das Lager errichtet wurde. Vermutlich steckten die Feldmesser es schon ab.

Da sah er sie plötzlich.

Im Wald.

Ein Zaun aus Schatten.

Sein Blick wurde starr vor Schrecken.

Regulus blieb stehen.

"Was ist denn los?", fragte der Schubser.

Regulus Stimme versagte.

Der Schubser folgte seinem Blick und erbleichte. Mit einem Mal jedoch entspannten sich seine Gesichtszüge. "Keine Sorge, Junge!", rief er. "Das sind Reiter auf dem Bergrat!" Er drehte sich herum, wies in den Wald und schrie: "Dort kommt Arminius."

Tatsächlich formten sich die Schatten in Regulus' Kopf nun zu den Umrissen von Pferd und Reiter. Die tiefstehende Sonne hatte ihm einen Streich gespielt und ihn lauter Germanen sehen lassen. *Wie unangenehm, dass das ausgerechnet ihm passieren musste.*

"Arminius kommt!". Der Ruf des Schubsers flog von Mann zu Mann. Einige Treiber und Legionäre johlten und winkten. Doch Arminius und seine Auxiliarverbände kamen nicht näher. Regulus sah, dass sie hintereinander in Linie auf dem Bergkamm ritten.

"Geleitschutz", seufzte der Esel.

"Endlich", knurrte der Schubser.

Guter Jupiter, dachte Regulus. Das erste Mal seit dem Überfall am Morgen beruhigte er sich. Es wurde ihm richtig leicht ums Herz hinter dem Schild der Reiterei. Nun wird alles gut!

○

Rinda schreckte aus dem Schlaf. Noch bevor sie die Augen öffnete, spürte sie, dass etwas Ungewöhnliches im Gang war. Die Krieger sprangen auf. Rasche Schritte. Haut und Stoff schabten über Rinde.

Sie riss die Augen auf. Gerade rechtzeitig, um jemanden auf sich zustürzen zu sehen. Noch bevor sie sich wehren konnte, wurde sie von starken Händen gepackt, hochgerissen und hinter den Wurzeln einer Eiche abgelegt.

"Bleib liegen und rühre dich nicht", raunte ihr Wugo zu. Dann hechtete er rascher als sein Luftzug über Rinda brausen konnte hinter den nächsten Stamm. Dort stand er, mit blanker Klinge, an die Borke gepresst und spähte den Grat entlang.

Brechende Äste.

Hufschläge.

Plötzlich ein Reiter der Rotkittel.

Rinda presste sich die Hand auf den Mund.

Die Krieger sprangen auf den Weg, umgaben den Reiter mit einem Kranz aus Framen. Arme schossen vor und rissen ihn aus dem Sattel. Ehe der Mann auch nur einen Laut von sich geben konnte, legte sich eine Hand über seinen Mund. Der Helm wurde ihm vom Kopf gerissen. Jarl setzte ihm die Spitze seines Schwertes an die Kehle und zischte. "Wer bist du? Was hast du hier zu suchen?"

"Arminius schickt mich! Ich bin der Bote. Angriffsbefehl."

"Du bist wie ein Legionär gekleidet!"

Der Mann verdrehte die Augen. "Ich diene ja auch in seiner Einheit."

"Woher soll ich wissen, dass ich dir vertrauen kann."

"Wenn ich ein Feind wäre, hätte ich nur aus sicherer Entfernung schreien müssen und wenig später hätte es hier oben von Rotkitteln gewimmelt."

Jarl zögerte, dann reichte er dem Reiter die Hand. Der Mann richtete sich auf und klopfte sich den Staub aus den Kleidern.

Wugo reichte ihm den Helm. "Woher stammst du?"

"Ich bin Worran, Wordans Sohn. Meine Mutter ist Jödar aus dem Gefolge der Tusnelda."

"Sei uns willkommen Worran, Wordans Sohn." Wugo trat auf den Mann zu und reichte ihm einen Kanten Brot und Trockenfleisch. Worran dankte und aß. Als er fertig gegessen hatte sagte Jarl: "Nun sprich."

Worran nickte. "Ihr sollt den Tross angreifen, sobald ihr die Signalhörner der Rotkittel das erste Mal hört."

Wugo nickte bedächtig, dann sagte er: "Arminius hatte uns Reiter versprochen."

Worran blickte Wugo an. "Es wird keine Reiter geben. Wir haben selbst nicht genug für den Hauptangriff."

Jarl fuhr auf: "Wie sollen wir denn ohne Reiter die Gefangenen befreien?"

Worran sah von Krieger zu Krieger. "Ihr werdet das schaffen. Legt euch auf die Lauer, wo der Wald bis an den Weg reicht."

"Aber ..." Jarl verstummte, als ihm Wugo die Hand auf die Schulter legte.

Worran zuckte mit den Achseln. "Ich muss zurück!" Mit diesen Worten wendete er sein Pferd und schwang sich in den Sattel. Von dort blickte er Jarl und Wugo noch einmal eindringlich an. "Angriff nach dem ersten Hornsignal der Rotkittel, Befreiung, Rückzug, aufschließen zu Arminius."

"So soll es sein!", sprach Wugo.

Worran preschte los und war rasch verschwunden.

Die Krieger sammelten sich und schmiedeten den Angriffsplan. Dann glitten die ersten lautlos den Abhang hinab. In Abständen folgten ihnen weitere Gruppen, bis nur noch Jarl und Wugo auf dem Grat standen.

Rinda wollte sich den beiden anschließen, doch Wugo wehrte ab. "Du bleibst hier, Rinda! Wir tun, was wir können. Wenn deine Mutter bei den Gefangenen ist, werden wir sie befreien. Wenn wir bis zum Einbruch der Dunkelheit nicht zurück sind ...", Wugo schluckte, "... dann lauf zu Jörde und sag ihr, was hier geschehen ist. Und dann flieht!"

Rinda klammerte sich an Wugo und hielt ihn, so fest sie konnte. Wugo legte den Arm um sie: "Versprich mir das!"

Rinda nickte. Tränen strömten ihr aus den Augen. Wugo löste sich aus Rindas Armen, dann gingen sie.

o

Es dauerte eine Weile bis Regulus begriff, dass es Hufe waren, die über den Fels schabten. Die Reiter der Auxilia trieben ihre Pferde herab. *Wieso blieben sie nicht oben?*

Regulus sah ihnen entgegen. Die Reiter trugen die ausgemusterten Helme der Legion, die noch aus Bronze getrieben waren. Er erkannte das am geraden Nackenschutz. Sie hielten keine Lanze in der Hand, hatten am Sattel aber Köcher mit Wurfspeeren.

Mittlerweile hatte die Reiter den Talboden erreicht und preschten auf die Kolonne zu. Sie saßen dabei ganz ruhig und wieder einmal bewunderte Regulus die Bauart der Sättel. Vier Hörnchen, zwei vorne, zwei hinten, waren an einer gewölbten Lattenkonstruktion befestigt. Setzte sich der Reiter in den Sattel, schlossen sich die Hörnchen um seine Hüften und er konnte sogar mit eingelegter Lanze einen Gegner bestürmen.

Regulus hatte vor den wuchtig, heran trabenden Pferden keine Angst. Bei Reiterspielen hatte er solche Übungen schon oft beobachtet. Er wusste, dass die Pferde kurz vor dem Aufprall in eine scharfe Kurve entlang der Kolonne gelenkt würden.

Wie erwartet schwenkten die Reiter ab. Die Kolonne brach in Jubel aus.

Für die meisten war das der letzte Laut, den sie von sich gaben. Denn es geschah etwas Ungeheuerliches, etwas das es so noch nie gegeben hatte. Es traf die Römer so unerwartet, das die meisten von ihnen tot waren, bevor sie verstanden hatten, was vor sich ging.

Den Schwung des Anritts nutzend rissen die Reiter der cheruskischen Auxilia kurz vor dem Abschwenken den Arm mit einem Speer in der Hand nach hinten und schleuderten ihn los.

Die tödlichen Stachel flogen.

Ihre Spitzen blitzten im Licht.

Regulus erbleichte. Ein Wurfspieß war durchaus in der Lage, auf kurze Distanz die Schilde zu durchdringen. Selbst wenn die Spitze aus Stahl den dahinter stehenden Mann nicht erreichte, blieb sie doch im Schild stecken und da sich das Holz hinter der Spitze wieder schloss, ließ er sich auch nicht mehr herausziehen, wodurch der Schild unbrauchbar wurde. Doch die Schilde der Legionäre, sah man einmal von Marcus' I. Kohorte ab, lagen weit entfernt von ihren Trägern auf den Wagen. So würden die Speere direkt auf die Panzer treffen. Aber sowohl der Kettenpanzer als auch der Schienenpanzer hielten einem Volltreffer nicht stand.

Die Speere schnellten heran.

Sie waren auf die Köpfe gezielt.

Nur wenige Legionäre trugen einen Helm. Es klang, als rammten Spitzhacken in Erde.

Regulus hielt sich die Ohren zu und duckte sich zwischen die Gepäckbündel seiner Maultiere. Doch es nutzte nichts. Er hörte das grässliche Knacken brechender Knochen und er sah die wieder und wieder anfliegenden Speere. Sie durchschlugen Schädel, Kehlen und Hälse. Ein stummer Tod. Kein Schrei. Die Getroffenen sackten zusammen und erstickten am eigenen Blut.

Andere Speere drangen mit von Wut und Hass geschärften Spitzen in die Körper ein und schnitten sich ihren Weg frei. Die Wucht des Aufpralls war so groß, dass die Getroffenen von den Beinen geschleudert wurden.

Regulus sah die Verblüffung in den Gesichtern der Männer, die sich plötzlich auf der Erde wieder fanden, dann wurde ihre Haut bleich und der Blick leer. Sie kippten einfach um. Einige standen auf und liefen noch ein paar Schritte, bevor sie zusammenbrachen. Manchmal zuckte noch ein Arm oder ein Bein. Dann regte sich nichts mehr bis auf das Blut, das die Toten in anschwellenden Lachen umgab.

Schmerzensschreie der Verwundeten gellten. Regulus sah Hände auf Wunden gepresst und Blut, das in Stößen zwischen Fingern hervorschoss.

Nur wenige Augenblicke waren die Reiter an der Kolonne entlang galoppiert, doch das reichte, dass jeder Mann die fünf Wurfspeere aus seinem Köcher schleudern konnte, dann waren sie wieder im Wald verschwunden.

Regulus taumelte zwischen seinen Maultieren hervor. Soweit er sehen konnte, lagen unzählige Legionäre tot auf dem Boden oder wälzten sich schreiend und aufbäumend in ihrem Blut. Vielfach waren die Nachfolgenden über die Sterbenden und die aus ihren Körpern ragenden Speere gestolpert und zu Boden gegangen und versuchten nun in Panik, wieder auf die Füße zu kommen.

Regulus starrte unfähig sich zu rühren, auf das, was sich vor seinen Augen abspielte. Er klammerte sich an den Riemen seiner Maultiere fest. Die Signale der Cornicines flogen die Kolonne entlang und meldeten den Angriff. Die noch unverletzten Legionäre warfen ihre Gepäckbündel ab, stülpten die Helme über, zurrten sie fest und bildeten vor den Verwundeten eine Linie.

Unter die Schreie der Verletzten mischten sich die Befehle der Zenturionen.

Reiterei wurde angefordert.

Nach Ärzten und Sanitätern gerufen.

Treiber schafften ihre Tiere zur Seite.

Wagen rumpelten heran.

Verwundete wurden aufgenommen.

Die Kolonne löste sich im Tumult auf. Fuhrleute scherten mit ihren Wagen aus dem Zug, trieben ihre Maultiere an, um den Einheiten die Schilde zu bringen und stießen dabei zusammen.

Über die Geräusche von berstenden Rädern und splitterndem Holz, brüllenden Maultieren und den Schreien der Menschen, hörte Regulus plötzlich neue Hornsignale vom Ende der Kolonne.

o

Der Heerwurm der Rotkittel stockte. Rinda sah hochrädrige Planwagen, vor die jeweils zwei Maultiere gespannt waren und offene Karren. Die Wagen frästen tiefe Furchen in den Staub. Sie sah Frauen und Kinder und Händler.

Aber Gefangene oder gar ihre Mutter oder Gunda konnte sie nicht ausmachen. Allerdings behinderten die vielen Bäume ihre Sicht.

Plötzlich sah sie Jarl Zeichen geben. Die Krieger nutzten die Deckung, die ihnen der Wald bot und schlichen am Tross entlang. Rindas Beine kribbelten. Eine Weile schaffte sie es, liegen zu bleiben. Dann missachtete sie Wugos Ermahnung, nutzte den Grat als Deckung und folgte den Kriegern. Als sie das nächste Mal nach unten sah, brachen Wugo und Jarl zwischen den Büschen am Waldrand hervor. Sofort ertönte das Hornsignal.

o

Es war noch nicht verklungen, als Regulus zwischen seinen Maultieren zu Boden sank. Hufgetrappel. Er schrie auf und presste die Arme schützend über den Kopf. Reiter preschten vorbei. Ganz in seiner Nähe schnaubte ein Pferd. Regulus biss sich auf die Lippen. Ein Kettenpanzer klirrte. Als er eine Hand auf seiner Schulter spürte, schrie er auf und warf sich herum.

Julius hockte neben ihm und streckte ihm die Hand entgegen. Regulus war verblüfft. Eine solche Geste hatte er Julius nicht zugetraut. Regulus ergriff die Hand und Julius zog ihn an sich. Bereitwillig ließ er seinen Kopf gegen die Brust sinken und Julius starke Arme hielten ihn. In seinem Herzen spürte er aber einen kleinen Stich. Marcus war nicht gekommen.

"Bei mir war es auch so. Es ist hart aber es geht vorbei."

Regulus nickte. "Gewöhnt man sich daran?"

"Nein." Julius blickte in die Ferne.

Regulus sah ihn fragend an. Als Julius seinen Blick bemerkte sagte er: "Du wirst damit leben lernen."

Regulus schwieg. Plötzlich durchfuhr ihn ein Gedanke: "Was ist mit deinen Kindern?"

"Sie laufen bei ihrer Mutter, unter dem Schutz der Nachhut. Sonst säße ich hier nicht."

Da Begriff Regulus: "Bist du nur wegen mir gekommen?"

Julius nickte: Marcus hat mich gebeten, auf dem Zug nach dir zu sehen, falls etwas geschehen sollte."

Regulus hob die Augenbrauen und er spürte wie seine Augen feucht wurden. Marcus hatte ihn nicht vergessen. Er fuhr sich mit dem Arm über die Augen und in seinem Herzen breitete sich Wärme aus, die zu einem kleinen Teil auch auf Julius überging. So kam es, dass er zu Julius einen ersten Faden des Vertrauens spann und jeder Gedanke an ihn war fortan von einer Zuneigung unterlegt, wie sie ein Junge für seinen älteren Bruder hegt.

"Schon gut", sagte Julius und klopfte Regulus auf die Schulter. "Kommst du zurecht. Großer."

Regulus nickte, nicht ganz ohne Stolz.

Julius sprang wieder in den Sattel, grub dem Pferd die Fersen in die Flanken und jagte seinen syrischen Bogenschützen hinterher, dem fernen Signal entgegen, um den eben gemeldeten Angriff abzuwehren.

○

Rinda konnte nichts sehen. Wie immer, wenn sie aufgeregt war, versuchte sie, mit ihrer Zunge an die Nasenspitze zu kommen. Doch der Vorhang der Blätter blieb undurchdriglich. Sie hörte Schreie. Schreie von Frauen. Ihr Herz klopfte gegen die Brust. Da hielt Rinda es nicht mehr aus. Gebückt schlich sie den Hang hinab und huschte von Stamm zu Stamm. Immer wieder hielt sie an und spähte hinter den Stämmen hervor, doch sie konnte nicht sehen, was auf dem Weg geschah. Der Lärm der Schlacht wurde lauter. Ein Stück weiter vorne bemerkte Rinda eine Lücke im Waldrand, durch die sie auf den Weg schauen konnte. Davor stand ein letzter Stamm, hinter dem sie sich verbergen konnte. Sie überlegte nicht lange und sprang los.

Die Blätter stoben unter ihren Füßen auf. Mitten im Lauf ließ sie sich fallen und rutschte das letzte Stück bis zum Stamm. Sofort kauerte sie sich dahinter zusammen. Sie keuchte.

Als ihr Atem ruhiger wurde, schob sie den Kopf so weit über die Wurzel, dass sie gerade darüber hinweg sehen konnte. Sie blickte mitten ins Schlachtgetümmel.

Es dauerte eine Weile, bis Rinda das Geschehen erfasst hatte. Der Tross der Rotkittel stand still. Zwischen den Händlern und Handwerkern mit ihren Wagen und Familien, entdeckte sie den fetten Sklavenhändler mit seinen bewaffneten Männern, die mit Wugo und Jarls Kriegern kämpften.

Wieder ertönten die Hörner. Die Männer des Sklavenhändlers fassten neuen Mut, denn langsam drohten sie, der Übermacht der Cherusker zu erliegen.

Rindas Hände umkrampften die Wurzel. Lange würde es nicht mehr dauern, bis die Verstärkung eintreffen würde. Auch die Gefangenen schienen das zu spüren. Einige traten und schlugen nach ihren Peinigern. Andere zerrten, bissen und scheuerten an ihren Fesseln. Vergeblich.

Der Drang Rindas, ihre Mutter zu finden, wurde immer größer. Mehr als ein paar Augenblicke würde sie nicht mehr haben. Rindas Blicke bewegten sich so rasch, dass alles vor ihren Augen zu schwanken schien. Niedersausende Schwerter, Schilde, wirbelnde Kämpfer, zuckende Arme und Beine, dazwischen Gesichter; schließlich nur noch Blut. Ihr wurde übel. Verzweifelt schloss Rinda die Augen. Langsam beruhigte sie sich wieder. Wenn sie ihre Mutter nun verpasste? Doch in der Ruhe schaute Rinda plötzlich mit ihrem Herzen. Als sie den Drang verspürte öffnete sie ihre Augen. Vor sich im Tal sah sie ihre Mutter und Gunda. Sie erkannte beide sofort an ihren Haaren, die so sehr ihren eigenen Stoppeln glichen.

○

Regulus war aufgeregt und wie immer, wenn er das war, juckte ihm die Kopfhaut. Er kratzte sich. Wenn sie noch länger hier warten mussten, würde er sich noch wundkratzen.

Zum Glück formierte sich die Kolonne langsam wieder. Die Verwundeten und Toten waren auf die Wagen verteilt worden. Regulus hatte sich an das erinnert, was Marcus ihm für solche Fälle eingeschärft hatte, und reihte sich in der Mitte des Trosses ein. So war er möglichst weit von den Rändern der Kolonne entfernt. Außerdem stellte er sich zwischen seine Maultiere, sodass er die Gepäckbündel als Schutz verwenden konnte. Jetzt hieß es warten, bis die Signale zum Abmarsch kamen. Doch die Signale blieben aus.

Regulus trat von einem Bein auf das andere. Blicke richteten sich in den Wald. Nach und nach verstummten alle Gespräche und Geräusche. Regulus bemerkte die Stille und erstarrte.

Kein Wind wehte.

Kein Laub raschelte.

Kein Vogel zwitscherte. Er spähte hinter den Gepäckbündeln hervor und sah die ängstlichen Blicke und die angespannten Gesichter. Doch der Waldrand war eine dichte, dunkle Wirrnis aus Ranken, Dornen und Blättern und sträubte sich gegen die Blicke.

Plötzlich nahm Regulus aus dem Augenwinkel eine Regung wahr. Nicht mehr als ein Schatten, der von Stamm zu Stamm huschte. Hastig sah er zur Seite, als könnte ihn das Wegsehen vor der Gefahr schützen. Doch immer wieder kehrten seine Blicke zurück, bis er eine Lücke im Buschwerk fand. Etwas sprang über einen umgestürzten Baum. Moos flog auf. Ranken schwankten im Luftzug. Nichts.

Regulus blickte weiter den Hang hinauf. Da sah er sie. Hoch oben, fast auf den Kämmen der Berge zog eine nicht endende Linie von Kriegern.

Ein brechender Ast.

Regulus wirbelte herum. Auf der anderen Seite des Weges tauchten mit einem Mal aus den Tiefen des Waldes Germanen auf. Lautlos wanden sie sich in einer endlosen Schlange zwischen den Stämmen hindurch. Manchmal bäumte sich die Schlange jäh auf und starrte hinter den Blättern hervor. Manchmal zischte sie nur und glitt wieder zurück, allzeit bereit vorzustoßen, zu zubeißen und ihr lähmendes Gift in die Wunde der Kolonne zu spritzen.

Wer sollte sie auch daran hindern?, dachte Regulus. Die Legionsreiterei war noch immer am Ende des Zuges gebunden und so konnten Arminius' Männer sich nach Belieben an der Kolonne vor und zurückbewegen.

Plötzlich drang aus dem Wald ein Heulen. Es schwoll an, kam näher und näher. Gebrüllte Befehle. Kettenpanzer klirrten. Speerschäfte stießen an die Schilde. Die Legionäre formierten sich zu beiden Seiten des Zuges.

Unvermittelte Stille. Ängstliche Blicke.

Regulus' Herz klopfte. Seine Knie schlotterten und seine Haut war eine dünne Schicht Eis, unter der er glühte.

Noch immer nichts.

Gerade als er erleichtert ausatmete, krachten Äste. Keine Schreie. Noch konnte Regulus nichts sehen.

Pferdehufe, die auf Waldboden schlugen.

Hinter ihm Geräusche von Gras, das an Beinen entlang streift. Ein erschrockener Blick über die Schulter. Das Getrappel der Hufen wurde lauter. Dann riss der Wald seinen Schlund auf.

Aus einer Waldzunge schnellten sie hervor. Immer zu zweit auf einem Pferd, Männer des Arminius und Stammeskrieger. Sie peitschten durch das Gras auf die Schildfront der Legionäre zu. Die Stammeskrieger, sprangen im vollen Galopp von den Rücken der Pferde nur mit Dolchen bewaffnet über den Wall aus Schildern. Regulus duckte sich hinter die Gepäckbündel. Er hörte den Aufprall der Körper, die Schreie der Legionäre und er hörte wie sie zu Boden gingen. Holz knirschte auf Metall. Das Geräusch war so grässlich, dass er die Schmerzen der Legionäre in seinem Körper spürte. Von ihren Schilden zu Boden gepresst, unfähig zur Gegenwehr, lagen sie da. Regulus hörte die Dolche in die Schädel fahren. Gurgelnde Schreie.

Regulus spähte hinter den Gepäckbündeln hervor. Er sah wie die Legionäre zur Gegenwehr übergingen. Die Stammeskrieger wichen sofort zurück und machten dadurch den heran preschenden Reitern des Arminius Platz, die den Legionären in die Flanke fielen. Die Reiter, durch die Schule der Legion gegangen, führten präzise Schwerthiebe nach den Köpfen aus. Rechts und links und rechts und links.

Noch ehe sich der durch die Pferde aufgewirbelte Staub gelegt hatte, hatten die Reiter ihre Tiere gewendet, war das Fußvolk wieder aufgesprungen und alle waren verschwunden. Wieder geriet Regulus in Panik.

Eine Zenturie rückte eigenmächtig auf den Waldrand vor. Die Schilde unterhalb des Halses an die Brust gelehnt und mit dem Knie gegen gestützt, schoben sie sich im Karree dem Waldrand entgegen. Sie hielten und warfen in einer Salve ihre Speere. Doch die Germanen lagen längst im Speerschatten der Stämme, an denen die Pili abglitten oder verbogen stecken blieben. Regulus zitterte am ganzen Körper.

o

Rinda bebte und saß doch zugleich gelähmt hinter den Wurzeln der Buche und sah zu ihrer Mutter und zu Gunda. So nah und doch so fern. Sie sah, wie die beiden mit den Zähnen an den Stricken rissen und nagten, doch die Fesseln lösten sich nicht. Sie brauchten Hilfe.

Langsam richtete sich Rinda auf und trat hinter dem Stamm hervor. Noch immer tobten Knäule aus Kämpfern vorüber. Überall schlugen Schwerter auf Schilde und gellten die Schrei der Getroffenen. Rinda zögerte einen Augenblick und dieses Zögern rettete ihr das Leben, denn gerade als sie herab zu ihrer Mutter springen wollte, hörte sie das Donnern der Hufe.

Von der Spitze der Kolonne näherte sich die Reiterei der Rotkittel. Es waren Bogenschützen. In vollem Galopp legten sie ihre Pfeile ein, spannten die Bögen und ließen die Sehnen los.

Pfeile schwirrten heran. Krieger wurden getroffen. Die Reihen der Cherusker gerieten ins Wanken.

Die Sklaventreiber johlten und drangen hart auf die weichenden Cherusker ein. Es war Wugo, der als erstes begriff, dass der Angriff gescheitert war.

"Rückzug", brüllte er.

Auch die Gefangenen hörten ihn und gebärdeten sich wie rasend. Noch lag die Freiheit zum Greifen nahe, doch die Reiter der Rotkittel näherten sich unaufhaltsam. Gefesselte Hände reckten sich den Kriegern entgegen, die mit jedem Schritt zurück unerreichbarer wurden.

Jarl bäumte sich auf vor Wut. Doch auch er wurde abgedrängt. Wugo, der den Reitern im Schlachtgetümmel am nächsten stand, rannte ohne Rücksicht auf sein Leben los. Ein Bär auf zwei Beinen und er rannte so kraftvoll, wie er noch nie in seinem Leben gerannt war.

Rinda sah Wugo auf den ersten Reiter zu schnellen. Der sah ihn nicht kommen. Mit der Schulter voran rammte Wugo das Tier in die Flanke. Das Pferd taumelte und stellte sich quer. Die nachfolgenden Reiter konnten nicht mehr anhalten und krachten ineinander. Ein Knäuel aus Reitern und Pferden wälzte sich auf dem Weg und hielt den Angriff auf.

Wugo war durch die Wucht des Aufpralls von der Flanke des Pferdes abgeprallt und in den Staub gewirbelt worden.

Verzweifelt schrie Rinda auf und rannte den Hang hinab auf die Öffnung im Waldrand zu. Die peitschenden Zweige bemerkte sie nicht. Wugo rührte sich nicht mehr.

Rindas Mutter aber hatte den Schrei gehört und ließ von ihren Fesseln ab. Sie sah gerade in dem Augenblick auf, als Rinda aus dem Wald hervor stürmte und überwältigt von den Ereignissen und geblendet von der Sonne stehen blieb.

Als Rindas Augen sich an das Licht gewöhnt hatten, sah sie durch das Schlachtgetümmel geradewegs in die Augen ihrer Mutter. Cherusker stürzten vorbei und riefen ihr etwas zu. Aber sie verstand es nicht. Sie sah nur ihre Mutter und dann sah sie etwas anderes. Der Sklavenhändler fuchtelte mit seinem Schwert. Seine

Männer liefen zum Zug und noch bevor Rinda begriff, was da geschah, stürzten die ersten Gefangenen unter den zustoßenden Dolchen.

Rinda schrie ein zweites Mal und machte damit die Männer des Sklavenhändlers auf sich aufmerksam. Verzweifelt versuchte Rinda, zwischen den zurückweichenden Kriegern zu ihrer Mutter vorzudringen. Hände griffen nach ihrem Arm, doch sie riss sich los. Die Mutter schrie ihr etwas zu, doch Rinda verstand sie nicht. Plötzlich standen zwei Sklaventreiber grinsend vor ihr und holten mit ihren Schwertern aus. Mit einem Mal schwebte sie und verlor das Gleichgewicht.

Bei Rindas erstem Schrei war Wugo zu sich gekommen, bei ihrem zweitem Schrei hatte er sich aufgerappelt. Als sein Kopf wieder klar war, hatte er Rinda entdeckt und war los gerannt. Ein Treiber, der ihm im Weg stand, schmetterte er gegen die Planken eines Planwagens. Zwei andere, schlug er mit den Köpfen zusammen. Dann war er bei Rinda und warf sie sich über die Schulter. Bevor die beiden Grinser reagieren konnten, war Wugo mit Rinda auf dem Weg zum Waldrand.

Über der Schulter liegend sah Rinda was mit ihrer Mutter und den anderen Gefangenen geschah. Sie keuchte und strampelte, als sich die Dolche hoben.

Mit ihren Fäusten trommelte sie auf Wugos Rücken. Doch der hielt sie mit eisernem Griff.

Ihre Mutter stand nun ganz ruhig. Tränen glänzten auf ihrem Gesicht. Sie hob nicht einmal mehr die Arme vor dem Dolch. Ihr Lächeln aber war das letzte Aufblitzen der Sonne vor der Nacht.

Rinda sah, wie ihre Mutter getroffen wurde und sie schrie, wieder und wieder als die Mutter leblos in den Staub sackte, dann wurde ihr schwarz vor Augen.

○

Regulus hatte den Kopf in Lenitas Fell vergraben. Er wollte nichts sehen und hören, doch die Schwärze vor seinen Augen wurde immer wieder durch den Sturm der Bilder verwirbelt, der durch sein Inneres tobte und nur Windbruch hinterließ. Sein Herz raste. Er wollte nur noch weg von hier und sehnte sich nach dem Marschlager. Als nach einer Ewigkeit endlich das Signal zum Weitermarsch ertönte, blickte er auf. Die Kolonne formiert sich. Wenig später stampfte der Zug im rhythmischen Marschschritt an.

Trapp, trapp, trapp, trommelten die Füße auf die Erde. Das Gehen beruhigte Regulus und nach einer Weile schlug sein Herz wieder langsamer. Nur die Beine begannen, stärker und stärker zu schmerzen. Doch er achtete nicht darauf und zwang sich weiterzulaufen. Jeder Schritt brachte ihn dem Marschlager näher und das war im Augenblick alles was noch zählte.

Als wenig später von weiter vorne ein Angriff gemeldet wurde, reagierte Regulus gelassen. Sein ganzer Körper achtete bereits auf kleinste Anzeichen eines Angriffs, aber da sein Abschnitt nicht betroffen war, lief er ungerührt weiter, erstaunt, wie gleichgültig er schon geworden war. Doch sein Herz raste.

Die syrischen Bogenschützen preschten vom Ende der Kolonne zu ihrem neuen Einsatzort. Regulus sah Julius. Sein Gesicht war von den Kämpfen gezeichnet. Die Hufe der Pferde schlugen düstere Trommelwirbel auf der Erde. Die Tiere warfen bereits erschöpft die Köpfe, und ihr Fell glänzte vor Schweiß.

Da begriff Regulus mit einem Mal die Strategie der Germanen. Sie waren Stechfliegen, die kamen, Blut saugten und wenn die römischen Rindviecher mit dem Schwanz wedelten, stoben sie in einer Wolke davon, nur um wenig später wiederzukehren und bei jedem Angriff geriet die Kolonne ins Stocken, denn die Legionäre konnten nicht gleichzeitig kämpfen und marschieren.

Zwar war die Zahl der Germanen geringer als die der Legionen, aber dort, wo sie angriffen, waren sie stets in der Überzahl.

Regulus brach der kalte Angstschweiß aus. Trapp, trapp, trapp hallten die Schritte der Römer durch die Wälder, gespenstisch und geisterhaft. Regulus konnte sich kaum noch aufrecht halten. Sein Bein krampfte. Er stützte sich am Sattel ab und humpelte durch das Spalier der Schatten, dass die Baumstämme auf den Weg warfen.

Die Angriffe wurden zahlreicher und sie kamen näher. Es war, als nutzten die Germanen ihrerseits die Zeit, bis die Legionen in das sichere Lager einrückten und so dauerte es nicht mehr lange, bis auch ihr Teil der Kolonne wieder überfallen wurde. Irgendwann presste er sich nur noch die Hände auf die Ohren, um den Aufprall der Leiber, die Schreie der Verwundeten und die Geräusche der Waffen nicht mehr hören zu müssen.

Wie er die letzten Meilen zurückgelegt und den letzten Anstieg bis zum Lager bewältigt hatte, konnte er später nicht mehr sagen. Er kam erst wieder zu sich, als er sich hinter dem Lagerwall mit den aufgepflanzten Palisaden befand.

Dort ließ er sich einfach in das Gras fallen. Es war bereits feucht vom Tau, doch das spürte er nicht. Er lag da und sein Körper wurde von Krämpfen geschüttelt. Er weinte ohne Tränen.

Später hievte er sich hoch und verrichtete seine Arbeit. Jeder Handgriff saß. Über keine Bewegung musste er nachdenken. Und da erschloss sich ihm die Bedeutung von Drill.

Als das Zelt stand, das Feuer brannte und sein mildes Licht verströmte und die Wärme mit sanften Fingern über ihn strich, drehte Regulus die Mühle für den Abendbrei. Wenig später ließ Marcus ihn zu sich in das Praetorium rufen.

○

Als Rinda die Augen aufschlug, wusste sie für einen Lidschlag nicht, wo sie sich befand und was geschehen war. Wugo kniete an ihrer Seite. Er hielt ihre Hand und er flüsterte ihren Namen. Sie sah ihn mit runden Augen an und bemerkte die Tränen in seinen Augen. Da kehrte die Erinnerung zurück.

Rinda krümmte sich auf dem Boden. Ihr Körper wurde von Krämpfen geschüttelt. Wugo wich nicht von ihrer Seite und tröstete sie, so gut er es vermochte. Schließlich beruhigte sie sich und Wugo wiegte sie in seinen Armen.

Rinda bemerkte, dass sie unter einem Windschutz auf einem Lager aus frischem Farn lag, und dass Wugo sie zum Schutz vor der Kälte in ihre Decke gewickelt hatte. Es dämmerte bereits. Sie bemerkte den Rauch der Holzfeuer und den Geruch von Fleisch, das auf Steinen gebraten wurde. Doch sie verspürte keinen Hunger. Sie spürte überhaupt nichts und diese innere Taubheit verstörte sie.

"Hast Du Hunger?", fragte Wugo.

Rinda schüttelte den Kopf.

"Magst Du etwas Wasser?"

Rinda sah zu Wugo auf. Sie öffnete den Mund und wollte etwas sagen, aber sie brachte kein Wort heraus, stattdessen nickte sie mit dem Kopf. *Wie gleichgültig ihr alles geworden war.* Noch nicht einmal dieser Gedanke schreckte sie.

Wugo stand auf und kam mit einem prallen Schlauch aus Ziegenleder zurück. Er schnürte ihn auf und hielt ihn Rinda hin. Sie setzte sich und trank in tiefen Zügen, dann gab sie den Schlauch zurück, wickelte sich wieder in ihre Decke und legte sich zurück auf das weiche Polster. Sie kam sich so töricht vor mit der Hoffnung der letzten Tage. Nun war sie allein, mit Balder. *Wie sollte sie ihm das alles erklären? Sollte sie ihm, wo er sich so an Jörde hängte, überhaupt etwas erzählen?* Rinda brannten die Augen. Sie schloss die Lider. Über die Fragen würde sie später nachdenken.

Sie erwachte in der dunkelsten Stunde der Nacht, in der alles möglich war, weil der Abend vergangen und das Morgen noch nicht geworden war. Doch einen Lidschlag später wusste Rinda, was sie zu tun hatte. "Rache", flüsterte sie, "für den Vater und Fafner, für Mutter und Gunda und für Drapa." Der Hass in ihr war so stark geworden wie ein junger Baum. Da begannen die Amseln mit ihren Gesängen.

Wugo aber atmete schwer auf im Schlaf und drehte sich um. Rinda rückte näher an seinen schweren Körper heran. Und in der Wärme schlief sie rasch ein.

○

Als Regulus das Zelt betrat, hörte er ein Gewirr aus Stimmen. Die Zenturionen standen um einen rechteckigen Tisch und berieten über das weitere Vorgehen. Leise trat Regulus an Marcus' Seite und der drückte ihn kurz an sich. Regulus war glücklich. Er setzte sich still auf einen Schemel.

Marcus wandte sich wieder der Beratung zu und stützte die Arme auf den Tisch. Regulus bemerkte Varus, der auf seinem Stuhl mit den geschwungenen und über Kreuz geführten Beinen kauerte. Die Haare standen ihm wirr vom Kopf und die Stirn hatte er auf seine Hand gestützt. Während Regulus ihn noch anstarrte, blickte er auf. Die Augen lagen in dunklen Höhlen. Falten zeichneten sein Gesicht.

"Ich habe ihm vertraut", sprach er mit tonloser Stimme. "Ihm, dem Gast an meiner Tafel ..." Nach und nach verstummten die Gespräche und alle Augen richteten sich auf Varus. "Ihm, dem Freund, mit dem ich die Cline und meine Gedanken geteilt habe ..." Varus blickte starr auf die Tischplatte mit den Karten und den Holzklötzchen, die seine Legionen darstellten. "Doch da trug er bereits den Verrat im Herzen."

"Mit Verlaub, Statthalter", meldete sich Gaius Numonius Vala zu Wort, "diese Grübeleien werden uns nicht weiterhelfen. Ihr habt einem Hochverräter vertraut, darüber wird ein anderer richten müssen." Regulus hielt die Luft an.

Marcus blickte zu Lucius Eggius und Varus hob unvermittelt den Kopf und sah Gaius Vala in die Augen.

"Ich denke ..." Lucius Eggius räusperte sich und mit einem kurzen Seitenblick zu Gaius Vala fuhr er fort, "... mit gegenseitigen Schuldzuweisungen ist uns nicht gedient."

Marcus nickte beifällig dann sagte er: "Viel wichtiger ist die Frage wie es weiter geht!"

"Ziehen wir Bilanz", nahm Lucius Eggius den Faden auf.

"Unsere Verluste sind schmerzlich, aber nicht außergewöhnlich. Das Lager ist ordnungsgemäß errichtet. Die Scorpiones sind aufgebaut, die Wälle mit doppelten Wachen besetzt."

"Wir haben noch genug Vorräte für 10 Tage", warf Marcus ein. "Lasst uns das Lager befestigen. Dann fordern wir sie zum Kampf." Ein böses Summen erfüllte die Luft.

"Wir sollen uns verschanzen?" Gaius Numonius Vala blickte ungläubig in die Runde. "Vor einem Haufen Barbaren, der von einem Verräter geführt wird und nichts als den Tod verdient?" Viele Zenturionen nickten beifällig. "Was machen wir, wenn uns die Vorräte ausgehen?" Triumphierend blickte er Marcus an.

Noch bevor die Worte Valas ihre Wirkung entfalten konnten bemerkte Lucius Eggius: "Haben wir die Germanen erst in die Flucht geschlagen, kann uns aus Vetera eine Versorgungseinheit entgegenkommen und wir setzten sofort zum Vergeltungsschlag an. Was haltet ihr davon, Statthalter?"

Regulus bemerkte, wie geschickt Eggius versuchte, Varus wieder an die Spitze der Diskussion zu setzen.

"Zu viele Unwägbarkeiten mein lieber Eggius", antwortete Varus. "Täglich können neue Krieger eintreffen, und einer Übermacht haben wir nichts entgegenzusetzen."

"Sehr richtig", pflichtete Gaius Vala bei.

"Wir wissen nun, dass wir angegriffen werden", sprach Varus. "Die Überraschung ist vorbei. Wir verbrennen die Wagen und lassen alles zurück, was das Marschieren erschwert. Wir nehmen den Tross in die Mitte und rücken morgen zum Gefecht bereit aus. Der Weg ist breit und gut zu begehen und ... es ist die kürzeste Strecke nach Vetera."

"Schließlich sind wir Römer", pflichtete Numonius Vala bei, "wir verkriechen uns nicht vor einem Haufen zerlumpter Wilder, die dazu noch in der Unterzahl sind. Soll uns denn die ganze Welt verspotten?"

"Dennoch sollten wir den Gedanken, uns zu verschanzen, in Erwägung ziehen", sagte Marcus. "Das, was wir heute erlebt haben ist nur der Vorgeschmack dessen, was uns Morgen erwarten wird. Wir können nicht gleichzeitig kämpfen und marschieren." Marcus verstummte, denn Varus hatte sich erhoben und winkte mit der Hand ab: "Lass es gut sein, Marcus Caelius. Ich bin müde und ich habe heute viele Männer und einen Freund verloren." Varus seufzte. "Wir gehen wie gewöhnlich vor. Verbrennt alles, was den Marsch behindert und nicht in die Hände der Germanen fallen soll. In der Frühe rücken wir ab."

Varus wandte sich ab und verließ begleitet von seinen Prätorianern das Zelt. Kurz vor dem Ausgang drehte er sich unvermittelt noch einmal um und blickte Lucius Eggius und Marcus Caelius mit ernstem Blick an. "Kann ich mich auf Euch verlassen?"

Beide senkten die Köpfe und sagten dann wie aus einem Mund. "Für Rom und den Imperator". Varus schwieg, dann nickte er mit dem Kopf und schritt in die Dunkelheit.

"Wir müssen Stärke zeigen", polterte Numonius Vala kaum das die Zeltschössel hinter Varus zurückgeschwungen waren, "und wir müssen den Feind schlagen, wo er sich uns stellt."

Lucius Eggius verzog den Mund zu einem süffisanten Lächeln: "Eben das, mein lieber Numonius Vala, ist das Problem, wie mir scheint. Aber vielleicht erlebt man eine Schlacht vom Rücken des Pferdes herab anders als aus der Sicht eines Fußsoldaten."

Numonius Vala schnaubte, dann gab er seinen Getreuen ein Zeichen und die ganze Herde setzte sich in Bewegung.

Marcus sah ihnen hinterher, bis sie das Zelt verlassen hatten, dann blickte er Lucius Eggius an. "Ich spüre bei diesem Angriff der Germanen eine Disziplin, die ich nicht für möglich gehalten hätte."

"Aber früher oder später, daran gibt es keinen Zweifel, überwiegt die Gier. Die Aussicht auf Beute wird sie unvorsichtig werden lassen und sie zu einem offenen Angriff verleiten. Und dann ..." Lucius Eggius schlug mit der flachen Hand auf den Tisch und Regulus hatte das Gefühl, dass dieser äußerlich so ruhige und besonnene Mann, seine ganze Anspannung in diesen Schlag legte "... putzen wir die Platte." Er fegte mit dem Arm über den Tisch und brachte ihn zum Schwanken. Die Holzklötzchen auf der Karte wirbelten durcheinander.

"Und wenn nicht Lucius? Was dann?"

Lucius Eggius zögerte mit der Antwort: "Auch Drusus und Tiberius haben mit ihren Legionen trotz drei- oder vierfacher Übermacht des Feindes das Lager verlassen, ihn zur offenen Feldschlacht provoziert und besiegt."

Marcus sah zu Boden, dann sagte er: "Ich weiß genauso gut wie du, Lucius, dass wir keine andere Wahl als den Kampf haben, aber so unwohl wie vor dem morgigen Tag war mir noch nie."

Lucius legte den Arm um Marcus. Gemeinsam traten sie vor das Zelt. Marcus klopfte Lucius Eggius auf die Schulter, dann trennten sie sich und ein jeder ging mit den eigenen Gedanken im Herzen in die Finsternis.

Regulus schlang die Arme um seine Brust. Marcus sah ihn an und lächelte: "Auf, ich habe Hunger."

Sie aßen schweigend, dämpften das Feuer mit Asche und zogen sich in das Zelt zurück. Dort wickelten sie sich in ihre Decken und legten sich zur Ruhe. Nicht lange und Marcus war eingeschlafen. Regulus aber wälzte sich in der einsamen Stunde zwischen Wachen und Schlafen auf seinem Lager und die Nacht wurde zur Reibfläche seiner Gedanken, bis er endlich zu Tode erschöpft in einen tiefen Schlaf sank.

Draußen am Himmel aber trieben dunkle geflügelte Wolken vor den Sternen vorüber, die auf das Lager niederzustoßen schienen wie Raben auf Aas.

Zermürbung

GERMANIA MAGNA, Iden des September 9 n. Chr.:
und
STAMMESLAND DER CHERUSKER, Herbstmond,
Am Hellen Weg:

Die Flammen überragten die Wipfel der Bäume. Ihr Licht ließ die Nacht noch vor dem Morgen weichen und bizarre Schatten vom rechteckigen Lager der Römer flattern. Die Flammen schossen aus den Wagen, Truhen und Clinen, und aus allen Dingen, die für das römische Leben standen. Mit ihnen verglühten die Träume und Hoffnungen ihrer Besitzer und das Holz krachte Hohn und der Flammensturm toste mit wildem Gelächter, bis der ganze Plunder zu Rauch geworden war, denn das Einzige was noch zählte, war, die Kolonne schneller werden zu lassen. Viel mehr als das bloße Leben, die Luft zum Atmen und das Wasser zum Trinken war den Römern nicht mehr geblieben.

Auch Regulus war unter den Menschen, die stumm das Feuer umstanden. Er sah den Pfeiler aus Rauch in die Höhe wachsen. Fast rechteckig wie ein Turm erhob er sich über die Wipfel, als wären die Römer selbst in ihrem Niedergang noch prächtiger als die sie umgebenden Wälder.

Doch gegen die Kälteglocke, die über dem herbstlichen Land lag, kam selbst das entfesselte römische Feuer nicht an und der Pfeiler stürzte zu einer wirbelnden Scheibe zusammen. Graue Wolken aus Asche krochen über die Erde und erstickten alle Laute. Der brandige Qualm war überall.

Er breitete sich in die Wälder aus und scheuchte das Lager des Arminius und der versammelten Cherusker auf und er biss Rinda in die Nase. Als sie die Augen aufschlug, war es bereits hell, dennoch sah Rinda wie durch Nebel. Es dauerte eine Weile, bis sie bemerkte, dass es Rauch war. Sie stand auf und sah sich um.

Krieger hasteten an ihr vorbei. Rinda stolperte ihnen hinterher, bis zu einer Stelle, von der aus man das Lager der Rotkittel am Vorabend hatte einsehen können. Doch heute Morgen war außer dem Schein zuckender Flammen nichts zu erkennen. *Hatte der Angriff schon begonnen?*

Als sie begriff, dass die Rotkittel ihr Lager angezündet hatten, spürte sie eine tiefe Befriedigung. Wieder sah sie die sehr bleichen und sehr hellen Strohflammen jener Nacht, aber nun waren es die Rotkittel die brannten.

"Rrrah, Rrrah, Rrrah", riefen die Raben. Rinda blickte auf. Auf den Zweigen hockten sie, schauend, lauschend, wissend. Rinda grüßte sie stumm. Jetzt war es eine Rabenschlacht, in die sie zogen.

Plötzlich flogen die Raben auf. Klatschende Flügel. Pfeifende Federn. Am Himmel zogen sie ihre Bahnen, die die Form eigentümlicher Runen bildeten. Immer wieder drehten die Raben die Köpfe und blickten auf die Erde herab, als rege sich dort etwas.

Aus der Höhe hatten die Raben die Kolonne der Römer erspäht, die lautlos unter den Säumen des Rauchschirms hervorschlüpfte und versuchte, sich in die Dunkelheit zu verkriechen. Nun, als die Sonne aufgegangen war, bot sich den Raben ein sonderbarer Anblick. Aus der weißen Rauchwolke kroch wie aus einer Grotte im Berg der riesige römische Heerwurm. An seinem Kopf befand sich eine Linie aus Reitern, die aus der Höhe einem mächtigen Schild glich, von dem aus zwei dünne Linien rechts und links der Kolonne flatterten. Die Barten des Wurms, die empfindsam über die Wälder wachten. Immer wieder lösten sich Reiter von der Spitze der Kolonne. In der Sonne glänzten die Helme, Gesichtsmasken und Rüstungen im Licht, als lecke der Heerwurm mit feuriger Zunge über die Erde und als spucke er Flammenbälle in die Luft, wenn die kleineren Trupps die Umgebung absuchten. Sein schlanker gewundener Körper schien mit polierten eisernen Schuppen überzogen; dazu ein dünner Schwanz, der sich aus der weißen Wolke zog und nie zu enden schien. Der Heerwurm glänzte und blitzte im Licht der Morgensonne, wenn sich sein gepanzerter Leib über die Wellen im Boden schob. War der Wurm bisher nur durch ebenes und mäßig bewaldetes Gelände, durchsetzt von Feldern und Gehöften, gezogen, rückten nun sowohl zur linken als auch zur rechten Seite die Bäume näher an den Hellen Weg heran und nach Norden hin verdichteten sich die vielen Bauminseln zu einem schier endlosen Wald. Wie ein Fluss mit grasbewachsenen Ufern teilte er den Wald, der als hoch aufgetürmte Flut an seinen Rändern verharrte und darauf lauerte den Heerwurm zu ertränken.

Regulus schauderte, als er mit seinen Maultieren zwischen den aufragenden grünen Mauern entlang marschierte. Es war für ihn wie eine Befreiung, wenn die Pioniere der Legion, die hinter den Reitern, der Vorhut und dem Trupp für den Lagerbau liefen, Bäume, die im Weg standen fällten. Regulus sah, wie sie sich zur Seite neigten. Er sah sie fallen. Er hörte wie die Wurzeln mit peitschendem Knallen rissen und wie die Stämme krachten. Er sah das gesplitterte Holz und die Lücken, die die Bäume im Fallen gerissen hatten. Das gab ihm Luft zum Atmen und er war den Pionieren dankbar, selbst wenn er wusste, dass sie vor allem schufteten, um das Gelände für die Kolonne zu planieren, sodass sie ohne ins Stocken zu geraten marschieren konnte. Ein Land ohne Straßen. Regulus schüttelte den Kopf.

Die Legionen hatten am Morgen das Lager in Kampfformation verlassen. Der Tross aus Maultieren, Handwerkern, Händlern, Frauen, Kindern und den Verwundeten auf den Wagen marschierte und fuhr nun in der Mitte, geschützt durch die Legionäre und abgeschirmt durch die Kohorten der Nachhut.

Es hatte eine Weile gedauert, bis die Cherusker am Morgen auf den Abzug der Rotkittel aufmerksam geworden waren, aber dann waren die Kundschafter ausgeschwärmt. Sie hatten den Heerwurm bald ausfindig gemacht und die Jagd hatte begonnen.

Rinda sprang über Wurzeln und Steine, und es war ihr eine Freude, ihre Beine zu regen und die weiche Walderde zu spüren und zum Klang der Hörner mit den Kriegern ihres Stammes zu jagen. Zweige und Blätter wischten an ihr vorbei. Nicht lange und im Tal tauchte das Ende des Heerwurms auf. Sie rannten an seinen Flanken entlang und holten alsbald die Mitte seines gewaltigen Leibes ein. Als auch auf der anderen Seite des Tals die Krieger auftauchten, stießen alle ein Geheul wie von Wölfen aus, fassten ihre Speere fester und schüttelten sie drohend gegen die Rotkittel. Rinda schauderte, aber sie sollten wissen, dass sie von nun an gehetzt wurden. Und als Antwort darauf schien sich der Heerwurm im Tal zu ducken. Alle rückten zusammen und suchten in der Fremde und in der Gefahr, mit der immer drängender werdenden Ahnung, zu weit von den rettenden Ufern des Rhenus entfernt zu sein, aneinander Halt. Regulus umklammerte die Zügel von Fidelis und Lenitas. Warm und groß und beständig liefen sie an seiner Seite.

"Rrrah, Rrrah, Rrrah", riefen die Raben, die noch immer über alledem kreisten. Von hier oben aus der Höhe sahen die Vorgänge auf der Erde merkwürdig unaufgeregt aus. Am Morgen hatten die Raben die Boten auf ihren Pferden gesehen, die das Lager der Cherusker sternförmig verlassen hatten, bis sich ihre Spur in den Wäldern verlor. Sodann waren die Krieger aufgebrochen und hatten auf ihren Hörnern zur Jagd geblasen. Erst war die Meute hinter dem Wurm hergehetzt und die Raben hörten das raschelnde Laub und die knackenden Äste. Als die Cherusker den Heerwurm eingeholt hatten, wurde es ruhiger im Wald. Nur das Rumpeln der Karrenräder und die Schritte der genagelten Sandalen, drangen in die Höhe.

Ängstlich blickte Regulus in den unnatürlich stillen Wald. Der Himmel, der zwischen dem Blattwerk immer wieder zum Vorschein kam glich unzähligen Augen, die ihn anstarrten und ihn zu narren schienen.

Darunter waren auch Rindas Augen, die immer wieder zwischen den Ästen hindurch auf den Heerwurm blickte, als müsse sie sich vergewissern, dass sie nicht träumte. Selbst jetzt, wo die Rotkittel bereits angeschlagen waren, zweifelte sie noch daran, dass es ihnen wirklich glücken würde den Wurm zu töten. Diesen blutsaugenden Wurm, der sich mit seinen eisernen Haken festgebissen hatte und ihren Stamm um die Erträge des Waldes brachte, der einfach in ihre Wälder eingedrungen war und so tat, als gehörte alles Land ihm. Ein Fremder, der ihnen seine Gebräuche aufzwang, nur weil er es konnten. Rinda erschrak über ihre Gedanken, aber sie wünschte sich nichts so sehr wie diesen Wurm in den Staub zu trampeln.

So ließ der erste Angriff nicht lange auf sich warten. Rinda wurde unterdessen zu den Frauen geschickt. Sie musste sich nun um die Verwundeten kümmern.

So ernst die Lage am Boden war, so spielerisch stellte sie sich aus der Höhe dar, denn für die Raben sah es so aus, als forderten die Cherusker die Römer zum Tanz. Kleine Gruppen von Kriegern zu Fuß und zu Pferd griffen die Kolonne gleichzeitig an verschiedenen Stellen an. Wie Hornissen flogen sie aus dem Wald und stießen ihre Stachel in den Wurm. Der ringelte sich unter den

Treffern zusammen. Lachen rotgekleideter Legionäre strömten aus den Stichstellen. Doch noch bevor der Kopf herumfahren oder der Schwanz heranpeitschen konnte, schwirrten die Hornissen ab und waren im Wald verschwunden. Ein tödlicher Tanz, der den Heerwurm wieder und wieder ins Stocken brachte. Zwar war jeder Angriff für den Wurm nur ein Nadelstich, aber er schmerzte und die Vielzahl der Stiche zermürbte.

Bald schon begann die Kolonne zu zerfallen. Einzelne Zenturien scherten aus und formierten sich, Schild an Schild. Dort, wo sie den Cheruskern nachsetzten und sie stellten, erschlugen sie viele Feinde. Doch die Zenturien zahlten einen hohen Preis für ihren Sieg, denn sie gaben ihre Flankendeckung auf. Hatten sie sich weit genug von der eigenen Kampflinie entfernt, wurden sie sogleich durch die Reiter des Arminius attackiert.

Solange der Heerwurm stillstand, ließen sich die Cherusker nicht blicken. Setzte sich der Zug allerdings wieder in Marsch, dauerte es nicht lange, bis sie wieder angriffen.

Wie Marcus es vorhergesagt hatte, konnte nicht gleichzeitig gekämpft und marschiert werden. Die Verluste wurden höher und die Kampfmoral niedriger. Immer öfter scherten nun Zenturien gegen den Befehl aus dem Zug und stürzten sich auf die Feinde.

Doch die Cherusker stellten sich nicht zum Kampf und so blieben die Römer zwischen Skylla und Charybdis[29] gefangen. Es gab keinen Ausweg. Sie konnten nur darauf hoffen, dass die Cherusker einen Fehler machten.

Die Sonne stieg höher. Die Sonne begann zu sinken und nichts dergleichen geschah. Im Gegenteil, die Cherusker griffen den Heerwurm immer unermüdlicher an. Noch kroch er voran. Noch nahm er immer wieder seine Form an. Aber die Zahl der Toten und Verwundeten stieg und langsam ermüdeten die Legionäre. Bei jedem Angriff mussten die schweren Schilde abgeschnallt und wieder aufgenommen werden. Jedes Mal formierten sie sich und rückten vor. Jedes Mal wich der Feind vor ihnen zurück. Unablässig gellten die Signale durch die Luft.

Als die Sonne sank, faltete sich der Heerwurm mit letzter Kraft zusammen und grub sich zur Nacht sein rechteckiges Lager. Nur das Seufzen der Geplagten und die Schreie der Ver-

---

29 Die beiden Meerungeheuer aus der Sage des Odysseus.

wundeten drangen bis zu den Raben empor, die nicht nur die Pein des Heerwurms sahen, sondern noch etwas anderes. Von dort, wo sich in der Frühe die Spur der Kundschafter verloren hatte, näherte sich etwas aus der Tiefe der Wälder. Ein schattenhaftes Schwanken, ein banges Kräuseln der Baumkronen, wie die Regung von Hechten unter dem Spiegel des Weihers, die der Blutgeruch anlockt.

Nicht lange und die kleinen Gruppen von Kriegern, die von allen Gehöften und jeder Hofschaft aufgebrochen waren, wurden sichtbar. Im Mondlicht glitzerten die Spitzen ihrer Framen. Sie tröpfelten zunächst aus dem Wald hervor und sammelten sich zu Rinnsaalen, die bald zu Strömen wurden und sich schließlich im Becken hinter dem Wall zu einer großen Flut aufstauten.

Sie waren alle gekommen: Angrivarier, Marser, Brukterer und Chatten. Kein Stamm wollte abseits stehen, jetzt, wo der Heerwurm angeschlagen und die Aussicht auf gefahrlose Beute gewiss war. Und so ging Arminius' Rechnung auf.

Die Raben aus der Höhe sahen aber noch eine andere Spur, bevor sie sich zur Nacht in den Wipfeln niederließen: Matt und glänzend lag sie da und zeigte den Weg, den der römische Heerwurm des Tages gekrochen war, als verlöre er seine eisernen Schuppen und Ringe. Es war eine Spur aus Sandalennägeln, dünn, wo die Römer über Gras marschiert waren, dicker, wo sie über den steinigen Untergrund zogen, dicht und verstreut dort, wo die Angriffe stattgefunden hatten. Und als der Mond weiterzog verblasste die Spur bis ihr geisterhaftes Licht erlosch.

Begegnungen

GERMANIA MAGNA, Iden des September 9 n. Chr.:
und
STAMMESLAND DER CHERUSKER, Herbstmond,
Am Hellen Weg:

Ein fahlblauer Lichthauch drang durch die Zeltplane und ließ Regulus' Arme und Beine bleich erscheinen. Regulus schnürte die Bündel. Der kalte Schweiß stand ihm auf der Haut. Seine Finger waren fahrig und die Riemen entglitten ihm. Seine Hände zitterten. Sein Magen flatterte. Jedes Geräusch ließ ihn zusammenzucken. Ein kalter Luftzug an den Beinen. Doch bevor er handeln konnte, legte sich eine schwere Hand auf seine Schulter. Regulus schrie auf, fuhr herum und erstarrte vor Schreck. Hinter ihm stand Marcus mit dem Gesicht eines Toten.

Regulus zuckte zurück. Doch Marcus zog ihn unerbittlich näher. Seine Finger waren Krallen und seine Augen schienen im blauen Licht zu wetterleuchten.

"Lauf heute im Tross vor dem Befehlsstab. Ich will dich in meiner Nähe wissen." Marcus ließ ihn los.

Regulus rieb sich die schmerzende Schulter.

"Im Wald sind sie nicht zu fassen." Marcus ballte die Faust.

"Das ist Arminius' Werk." Eine Weile stand er stumm da, bevor er sich Regulus zuwandte und sein Gesicht wieder die gütigen Züge zeigte, die Regulus so liebte.

Im Zelt war es mittlerweile heller geworden und erleichtert ließ Regulus seine Blicke schweifen. Überdeutlich sah er jedes Detail, die abgeschabten Zeltstangen, die Feldflaschen daran und die über Nacht erloschene Öllampe.

Er strich über die Zeltplane, die bisher noch jede Witterung von ihm abgehalten hatte und dabei entdeckte er die Naht wieder, an der er Nacht für Nacht vor Heimweh die Fäden lose gezupft hatte. Regulus lächelte ungläubig. So viele Jahre war das nun schon her. Er blickte zu Marcus und da hatte er für einen Augenblick das überwältigende Gefühl von Zuhause.

Regulus seufzte. Bald würde dieser Albtraum zu Ende sein. Der Tross war verbrannt, nun konnten sie rascher marschieren und irgendwo mussten diese Wälder aufhören und damit die Angriffe aus dem Hinterhalt.

"Komm!", sagte Marcus, "lass uns frühstücken." Er fasste Regulus am Arm und zog ihn neben sich auf die Decke. Hatte Regulus gerade noch gespürt, wie er innerlich ruhiger wurde so alarmierte ihn Marcus Verhalten wieder. Das letzte gemeinsame Frühstück lag so lange zurück, das Regulus sich nicht mehr daran erinnern konnte.

Marcus drückte ihm einen warmen Becher mit Wasser und Wein in die Hand und neben dem täglichen Brot, reichte er ihm heute noch ein Stück Honigwabe in einem Tonschälchen. "Ist alles, was ich noch auftreiben konnte."

Regulus war unfähig zu sprechen.

Marcus setzte sich zu ihm und gemeinsam tranken und aßen sie schweigend. Schließlich ertrug Regulus das Schweigen nicht mehr länger und sah Marcus unverwandt an. Als Marcus bemerkte, dass er beobachtet wurde, hörte er auf zu kauen und erwiderte den Blick. Dieser Blick gab Regulus einen Stich ins Herzen, denn Marcus umarmte ihn damit auf eine Weise, die er im Leben niemals zustande gebracht hätte. "Regulus", begann Marcus.

Regulus wurde ganz aufmerksam. Doch als Marcus fortfahren wollte, trat ein Prätorianer aus der Garde des Varus ein und so verstrich der Augenblick.

"Zenturio Primus Pilus, der Statthalter Varus wünscht, mit euch zu sprechen."

Marcus sah fragend auf.

"Sofort", bekräftigte der Bote.

Marcus seufzte. Dann straffte er sich. Als er sich erhob, strich sein Blick noch einmal flüchtig über Regulus, der enttäuscht zurückblieb und sich auf den Abend vertröstete, dann würden sie in Ruhe reden können.

So stand Regulus auf und verrichtete auch an diesem Morgen sein Werk. Er schlug das Zelt ab, belud Fidelis und Lenitas und mogelte sich im Tross ganz nach vorne, dorthin, wo die Werkzeuge für den Lagerbau transportiert wurden. So war er in Marcus Nähe, da er unmittelbar vor dem Befehlsstab lief. Der ein oder andere Treiber blickte ihn zwar erstaunt an, da sein Geschick im Umgang mit Maultieren aber bekannt war, schickte ihn niemand zurück. So marschierte er dort und hing seinen Gedanken nach, aus denen er erst durch ein Blitzen gerissen wurde. Es war die Sonne, die auf den polierten Gesichtsmasken der Reiter blinkte.

o

Rinda hatte sich an diesem Morgen einer Gruppe von Kriegern angeschlossen. Es war ganz einfach gewesen, denn jede Gruppe wurde von Frauen begleitet, die sich um die Verwundeten kümmerten. Schließlich war jeder Krieger wertvoll. Rinda hatte mit den Frauen geschwatzt und schon war sie auf dem Weg in die Schlacht gewesen. Niemand hatte Fragen gestellt, zumal sie sogar Verbandszeug trug. Rinda fühlte sich blendend. Wugo allerdings war der Überzeugung Rinda befände sich weit abseits der Schlacht in den Bergen an einer der zahlreichen Quellen, wo die Verwundeten gesammelt und versorgt wurden.

So kam es, dass Rinda nur wenige Armlängen vom Hellen Weg entfernt zwischen den Birken und hinter den Weißdorn- und Haelsträuchern des Waldrandes lag. Sie wollte die Rotkittel fallen sehen und diesen Anblick stellte sie sich mit ihrem kindlichen Gemüt großartig vor. Das glaubte sie dem Vater, der Mutter, Fafner und Gunda schuldig zu sein. Sie fieberte in diesem Wahn und erst, als sich vor ihr etwas regte, wurde sie aus ihrem Rausch gerissen. Die Krieger hängten die Sehnen der Bögen ein, legten Pfeile bereit und holten Schleudern und **Schleuderbleie** hervor. Dann lagen sie wie versteinert. Der Wald verstummte.

Rinda lauschte und mit einem Mal konnte sie die Geräusche des Heerwurms hören. Sie wurden rascher lauter als ihr lieb war: Stampfen, Knirschen, Klirren. Die Erde bebte. Rinda spürte wie ihr der Schweiß ausbrach. Der Lärm wurde ohrenbetäubend. Ein Schauer aus Jagdlust lief über ihren Rücken.

Plötzlich ein Aufblitzen zwischen den Blättern. Rinda fühlte sich wie eine Kriegerin, doch statt wie diese regungslos zu verharren, zappelte sie im Angesicht des Feindes herum, um ihn besser sehen zu können.

Das Aufblitzen ging von den Reitern der Rotkittel aus, die als Vorhut im Schritt vor der Kolonne herzogen. Doch außer den Beinen eines Pferdes konnte sie nichts erkennen. Nun kamen die Sandalen der Reiter in ihr Gesichtsfeld. Sie ging in die Knie, bis sie am Kettenhemd entlang nach oben sehen konnte und das, was sie sah, ließ sie erbleichen. Wie gebannt starrte sie auf die eiserne Maske, die sich dort befand, wo das menschliche Antlitz des Reiters hätte sein sollen. Auf der glatten Fläche ohne jeder menschlichen Regung spiegelte sich der Betrachter und dort, wo die Augen hätten sein sollen, gähnten alles verschlingende Löcher. Rinda wurde übel. Rasch sah sie zur Seite, doch schon bald wagte sie einen weiteren Blick. Die Maske war unverändert. Rinda fröstelte und begriff mit einem Mal, dass die Maske die Absicht der Reiter verbarg.

Je länger sie hinsah, umso deutlicher spürte sie den Hohn, der aus ihnen sprach: Es waren die spöttisch geschürzten Lippen, die den Ausdruck kalter Überlegenheit auf das Eisen legten. Da geriet Rindas Zuversicht ins Wanken und das erste Mal an diesem Tag kamen ihr Zweifel.

Die Legionäre hatten ihre Arme angewinkelt und in ihrer Faust lauerten die Wurfspeere, jederzeit bereit, auf die geringste Regung im Unterholz herabzustoßen. Langsam drehten sich die gepanzerten Köpfe und Körper der Reiter zusammen mit den Lanzen von der rechten zu der linken Seite. Schon wiesen die tödlichen Spitzen auf die Krieger hinter den Büschen.

Rinda stockte der Atem. Doch die Krieger waren mit dem Buschwerk verschmolzen und selbst für sie fast unsichtbar. Die Spitzen der Speere glitten über die Reihe der Krieger hinweg. Sie schienen vor Kraft und Blutdurst zu vibrieren und als eine der Spitzen genau auf ihren Kopf zeigte, hielt Rinda den Atem an. Doch der tödliche Stachel glitt an ihr vorbei.

Rinda sank erschöpft zu Boden. Als sie sich wieder beruhigt hatte, waren die Reiter an ihr vorbeigezogen und der goldene Adler, der der Legion, vorangetragen wurde, hüpfte an seiner Stange schon in einiger Entfernung von ihr über die Büsche.

Während sie noch schaute, begann der Angriff. Pfeile sirrten davon, Bogensehnen schwirrten. Die Schleuderer wirbelten ihre Schlingen und verschossen ihre Schleuderbleie, wo immer sich ihnen ein Ziel bot.

Unter das Stampfen der Schritte mischte sich ein Klirren und Scheppern, wenn die Geschosse gegen die Helme und Panzer prallten. Die Schreie der Verwundeten ertönten. Befehle wurden geschrien, die Rinda nicht verstand.

Die Krieger wurden unruhig. Die Schleuderer wichen zurück. Die Bogenschützen folgten ihnen Schritt für Schritt und sandten dabei weiter Pfeile in Richtung der Rotkittel. Schließlich drehten sich alle herum und rannten auf die Bäume zu.

Rinda rannte mit in den Wald. Sie musste kichern. So war es gewesen, als sie noch klein war und mit den Kindern der anderen Höfe Cherusker und Sueben gespielt hatte. Niemand hatte vor den Sueben Angst und wenn sie kamen, dann liefen die Cherusker in den Wald und bewarfen sie mit Stöcken und Laub. Einer der Krieger fasste Rinda am Arm und zischte: "Das ist kein Spiel!" Noch bevor Rinda etwas entgegen konnte, hatten sie den Wald erreicht und gingen hinter breiten Stämmen in Stellung. Der Krieger zog Rinda mit sich und so kauerte sie am Fuß des Stammes. Über die Wurzel spähend sah sie, wie die ersten Rotkittel mit den Schilden voran durch das Buschwerk brachen. Doch noch ehe sie weiter vorrücken und ihre Speere schleudern konnten, surrten bereits die Pfeile der Cherusker heran.

○

Regulus sah die Pfeile anfliegen. Sie sirrten von rechts vorne über das Buschwerk heran und prasselten auf die vor ihm marschierenden Legionäre. Sofort ging Regulus zwischen seinen Maultieren in Deckung. Nicht zu Früh, denn die nächste Salve erreichte ihn bereits. Die Pfeile zischten um ihn herum in den Sand. Zenturionen brüllten Befehle, um die durch das Buschwerk brechenden Legionäre zurückzuhalten. Hornsignale gellten. Die Legionäre stellten Gefechtsbereitschaft her und schirmten die Kolonne ab.

Da kullerte Regulus etwas vor die Knie. Ein Schleuderblei. Neugierig hob er es auf und drehte es verständnislos zwischen den Fingern. *Das war doch ein römisches Schleuderblei? Aber Legionäre haben keine Schleudern?* Da dämmerte es ihm, dass das Schleuderblei von den Auxiliarverbänden des Arminius stammen und von dessen Männern auf die Legionäre geschleudert worden sein musste. Die Germanen schlugen sie also buchstäblich mit ihren eigenen Waffen. Regulus lachte bitter auf, vermutlich stammte das Blei aus dem sie hergestellt waren, sogar aus den germanischen Minen. Regulus ließ das Blei fallen. Es plumpste in den Sand und blieb liegen.

Erst jetzt bemerkte Regulus, dass es ganz still geworden war. Er stand auf und blickte sich um. Alle starrten zum Waldrand. Doch nichts regte sich dort.

Kein Germanengebrüll.

Kein aufgewühltes Buschwerk.

Keine brechenden Äste.

Es blieb still.

Einige Legionäre kniffen die Augen zusammen und fassten die Griffe ihrer Schilde und Speere fester. Der Schweiß trat den Männern auf die Stirn. Schließlich wurden Späher entsandt. Nach einer Weile kamen sie zurück. Von den Germanen war keine Spur mehr zu sehen.

Sie mussten hier raus. So schnell wie möglich aus diesen Wäldern raus. Offensichtlich dachte nicht nur Regulus so, denn die Zenturionen gaben Befehl, die Marschbereitschaft wieder herzustellen.

Hufgetrappel von vorne. Regulus fuhr zusammen. Doch die Geräusche stammten nur von einem Pferd. Ein Reiter preschte an ihm vorbei. Es war ein Späher. Regulus sah, wie der Mann sein Pferd zügelte, als er Varus und seinen Befehlsstab erreichte. Er erstattete Meldung und immer wieder wies er mit dem Arm an der Kolonne entlang nach vorne. Nur zu gerne hätte Regulus gehört, was der Späher zu sagen hatte. Nach einer Weile wendeten sich die Köpfe der Treiber, die vor dem Befehlsstab liefen, und damit Zeugen des Gesprächs wurden, den Kameraden zu, und so pflanzte sich die Neuigkeitswelle fort bis sie bei Regulus angelangt war.

"Die Wälder sollen bald hinter uns liegen, hat der Späher gesagt. Nur noch wenige Meilen und dann öffnet sich das Gelände", gab ein Treiber wieder, was er gehört hatte.

"Was heißt das genau?", fragte ein Anderer.

"Der Späher sagte, sie seien bis zum Rand einer Senke vorgestoßen. Im Süden lägen nach wie vor die Berge mit dem Wald, aber im Norden erstrecke sich eine große Grasfläche mit wenig Buschwerk und Waldinseln. Und vor uns im Westen sei der Helle

Weg frei."

Auf den Gesichtern zeigte sich ein Anflug von Hoffnung. Selbst die Luft erschien mit einem Mal frischer und klarer und die gewittrige Schwüle der vergangenen Tage war daraus gewichen. Auch die sich auftürmenden dunklen Wolken waren über Nacht verschwunden. Der Himmel war blau und nicht einmal die wenigen weißen Wölkchen konnten den Schein der Sonne trüben.

Neue Kraft durchströmte Regulus und die Kolonne dehnte und streckte sich, als die Marschbereitschaft wiederhergestellt wurde. Die Freude, endlich diesen Wäldern zu entkommen, war greifbar. Das Signal ertönte und alle setzten sich in Marsch. Nachdem die Kolonne ihr normales Tempo erreicht hatte, ließ der Befehlsstab zum Eilmarsch blasen.

Regulus jubilierte. Wehe ihnen, dachte Regulus, wenn sie im offenen Gelände einen Angriff auf die Legionen wagten. Dann sollten sie bekommen, was sie verdienten. Vor Wut knirschte er mit den Zähnen.

o

Nach dem Rückzug am Morgen war Rinda mit den Kriegern auf dem Weg zum Wall. Die Lederschuhe knarzten auf dem Sandboden. Hinter ihnen stieg die Staubwolke auf, die der Heerwurm der Rotkittel aufwirbelte.

Endlich erreichten sie den Wall. Oben angekommen blieb Rinda stehen und blickte zurück. Der Wall war auf der Wegseite, mit Birken, Erlen und Weiden getarnt worden. Unsichtbar für die Rotkittel. Auch die Schwarzen Sümpfe mit den hübschen weißen Wollgrastupfen darauf, waren vom Rand der Senke nicht zu erkennen. Sollten die Rotkittel allerdings den Engpass bemerken und einen anderen Weg wählen, wäre der Überfall gescheitert. Rinda wagte nicht daran zu denken.

Hinter dem Wall lagerten die Krieger der Cherusker und der benachbarten Stämme, eisengraue Gewitterwolken, aus der Höhe herab auf die Erde gestiegen und bis zum Bersten gefüllt. Soweit das Auge reichte, staute der Wall die Kriegerwolken, allzeit bereit, seine Flut über den Weg zu ergießen.

Plötzlich drehten sich die Köpfe. Aus dem Wald eilte einer

der Jäger heran, die für das Heer des Arminius die Augen und Ohren waren. Rasch sprach sich herum, was er zu berichten hatte. Noch immer strömten Bäche aus Kriegern über geheime Pfade im Wald zum Schlachtfeld. Auf Arminius' Geheiß stammelten sie sich im Westen und bildeten eine großen Kreis, der das Schlachtfeld umschloss.

Rinda wurde immer unruhiger. Plötzlich hob Arminius, der aus dem Schutz der Brustwehr heraus die Höhe gemustert hatte, die Hand. Das Gemurmel erstarb. In der Stille grummelte es von der Höhe wie der Donner eines fernen Gewitters. Selbst die Blätter an den Bäumen regten sich nicht mehr.

In diesem winzigen Augenblick hing das große Geschick der Welt in der Waage, unschlüssig darüber, welchen Weg es einschlagen sollte. Dann lief plötzlich, ganz unmerklich, ein Zittern durch die Luft. Rinda sah, wie sich ein Eichenblatt löste. Gleichzeitig grollte der Donner und erschütterte die Erde. Ganz langsam schwebte das Blatt zu Boden, federte noch einmal hoch, drehte sich in der Luft und blieb liegen.

Da bildeten sich mit einem Mal Wellen in der Menge der Krieger. Rinda merkte auf und zusammen mit allen Menschen, die zum Stamm der Cherusker gehörten, sahen sie, dass die ersten Rotkittel über den Rand der Senke zogen und sie fühlten, dass sich das Blatt unumkehrbar zu ihren Gunsten gewendet hatte.

Die Rotkittel folgten dem Hellen Weg und zogen der Falle entgegen. Selbst wenn sie es gewollt hätten, konnten sie nun nicht mehr umkehren. Die Cherusker brauchten nur noch zu warten, bis sie die Schlinge zuziehen konnten, um selbst wieder Luft zum Leben zu haben. Zu einem Leben, das das ihre war und in dem es niemanden gab, der ihnen Vorschriften machte, die sie nicht wollten.

Nicht lange und Rinda hörte die Rotkittel. Das Leder der Sandalen knautschte, die Sohlen knarzten bei jedem Schritt über den sandigen Boden und in der Luft dröhnte der rollende Donner der Räder und Maultierhufe.

Langsam erhob sich Arminius. Eine Welle der Anspannung lief durch die Krieger, doch noch bedeutete er seinen Männern, still zu halten. Und sie gehorchten ihm und blieben hinter dem Wall. Arminius setzte den Helm auf und umklammerte den Griff seines Schwertes. Die Krieger umklammerten die Schäfte ihre Framen, die zum Hauen, Stechen und Fechten taugten.

Dann stand Arminius auf. Er hob den Arm und auf sein Zeichen hin, brach das Unwetter los.

Auch Rinda erhob sich, um über den Wall zu spähen. Ein Hagel aus Schleuderbleien sirrte herab. Blitzende Pfeile zuckten aus dem Waldesdunkel und schlugen in die Reihen der Rotkittel. Ein Gewimmel roter Ameisen.

Rinda stand nicht lange dort. Doch sie sah die Rotkittel Reihe für Reihe im Pfeilhagel niedersinken und das erfüllte sie mit tiefer Genugtuung. Sie spürte, wie in ihr etwas erlosch, das dort die letzten Wochen gebrannt hatte.

Schon war der Boden mit den Leibern der Römer bedeckt und der Sand färbte sich brüllendrot. Dabei war noch kein Krieger der Cherusker vor dem Wall zu sehen. Rinda stand da und schaute, doch die Genugtuung, die sie anfangs empfand, war bald hinweggefegt von dem Sturm, der auf sie einpeitschenden Eindrücke und wich der Ernüchterung als ihr klar wurde, dass Wugo und die anderen Männer ihres Stammes da hinunter mussten, um zu Ende zu bringen, was sie begonnen hatten. Unfähig, sich zu rühren, und mit wuchernder Angst in ihrem Herzen sah sie herab auf den brodelnden Weg.

Mit einem Mal ertönte Arminius' Stimme, die den Rotkitteln den ganzen Hass entgegen schrie, den sie durch die Willkür ihrer Herrschaft hervorgerufen hatten. Der Pfeil und Bleihagel brach ab. Stattdessen gab es nun für alle Krieger kein Halten mehr. Ein tödlicher Schrei aus vielen tausend Kehlen erhob sich entlang des Walls, im Wald und in den Schwarzen Sümpfen und hallte schauerlich wieder, da die Krieger in ihre Schilde brüllten um die Wirkung zu steigern. Auch Rinda schrie. Sie schrie so laut, wie sie noch nie in ihrem Leben geschrien hatte, bis eine harte Hand sie zu Boden zog.

Willenlos ließ sie es geschehen. Sie spürte noch, wie sie hochgehoben und den Wall heruntergetragen wurde. Der Krieger stellte sie ab. "Dein Platz ist bei den Verwundeten", fuhr er sie an und schubste sie zum Wald, bevor er zu den Männern seiner Hofschaft zurückrannte.

Verwirrt von dem, was sie gesehen hatte, und voller Angst um Wugo und die Männer der Hofschaft stolperte sie los. Als sie den Wald erreicht hatte, drehte sie sich noch einmal herum und sah, wie die Krieger über die Wälle und durch die Tore schwärmten und über die ganze Breite des Walls herab auf den Feind stürzten.

Die Schritte der Cherusker prasselten über den Sand wie Regentropfen.

○

Starr vor Schrecken sah Regulus auf die heranrollende Woge. Er hörte, wie sie auf den Schildwall klatschte und er sah, wie sie die Reihen der Legionäre hinwegschwemmte. Dann wurde alles zu einer brüllenden, brodelnden und schäumenden Masse, denn die Germanen drangen von allen Seiten auf den Heerwurm ein. Selbst das Grasland schien lebendig zu werden.

Sand wirbelte. Blut spritzte. Menschen und Maultiere schrien in Todesangst. Schwerter kreischten. Funken sprühten. Speer- und Lanzenschäfte splitterten.

Gliedmaßen und noch mehr lagen abgehackt da. Knochen starrten aus Stümpfen hervor.

Maultiere und Gespanne gingen durch und keilten Schneisen durch die Reihen der Zenturien. Das schlimmste aber war das Blut. Es war überall, färbte den Sand rot, weichte ihn auf und ließ ihn schmierig werden. Selbst die Schwerter trieften.

Mit einem Mal wurden so viele Befehle gebrüllt und so viele Signale erschallten, dass niemand mehr in der Lage war, sie zu erkennen, geschweige denn zu befolgen. Der Heerwurm der Römer zerkrümelte unter den Händen der Germanen.

Die hinteren Kohorten wurden zur Unterstützung nach vorne beordert. Immer mehr Menschen drängten auf das Schlachtfeld. An einigen Stellen war es so eng, dass die Legionäre ihre Schwertarme nicht mehr freibekamen. Zugleich boten sie für die Schleuderer und die Bogenschützen auf den Wällen und in den Wäldern ein nicht zu verfehlendes Ziel. Bald lag auf dem Weg ein Teppich aus Verwundeten, Toten und Sterbenden.

Die erste Angriffswelle war über Regulus hinweggespült. Er kauerte am Boden zwischen regungslosen Körpern. Außer einigen Schrammen und Schürfwunden hatte er den Angriff unbeschadet überstanden. Fidelis und Lenitas waren verschwunden. In dem Zustand, in dem er sich befand, bemerkte er aber nicht, dass er nur noch die losen Enden der Zügel umklammert hielt und seiner Gewohnheit folgend redete er sogar mit den Tieren.

Mit vor Schreck geweiteten Augen blickte er auf das Geschehen. Er sah Legionäre, die von der Erde verschlungen wurden, weil sie mit ihren schweren Rüstungen in den Sumpf geraten waren. Er sah Frauen, Kinder und Legionäre auf der Flucht. Er sah umgekippte Wagen, hinter denen Frauen und Kinder kauerten. Er bemerkte die Frau mit den schwarzen Locken, die er vor einer Ewigkeit stillend des Abends im Lager getroffen hatte. Sie presste ihr Kind an sich und umfing das kleine Bündel mit ihren Armen. Merkwürdigerweise schrie das Kind nicht.

Er sah ein Maultier. Es hing noch im Geschirr. Die Ohren drehten sich eine Weile dem Kampflärm zu, dann senkte es den Kopf und begann in dem ganzen Tumult von den Kräutern am Wegrand zu knabbern. Da hatte Regulus die fixe Idee, Fidelis und Lenitas füttern zu müssen. Er drehte sich herum, blickte ins Leere und dann auf seine Hand mit den losen Zügeln. Er ließ sie fallen, als habe er sich daran verbrannt. Dann stand er auf und irrte umher, um seine Tiere zu suchen. Er schlug einen Weg ein, der ihm zumindest den Anblick der toten Tiere ersparte, denn Fidelis und Lenitas lagen tatsächlich nicht weit von ihm entfernt aber in der entgegengesetzten Richtung. Fidelis hatte noch im Sterben seinen Kopf auf Lenitas Hals gelegt. Es war ein Bild des Friedens und man hätte meinen können, beim geringsten Laut erhöben sich die beiden, wären da nicht die römischen Pili gewesen, die aus ihren Flanken ragten. Zu Beginn des Angriffs hatten sie sich losgerissen und waren in eine Salve der Legionäre geraten. Das alles wusste Regulus nicht und so lief er ziellos weiter und suchte und schließlich fand er jemanden: Caius.

Caius war sehr bleich, fast grün im Gesicht, aber er lebte noch und lächelte schwach, als er Regulus sah. Er hatte nur eine kleine Wunde am Rumpf und daraus strömte nicht einmal sehr viel Blut. Aber Regulus wusste mittlerweile, dass solche Wunden innerlich bluteten und dass sich das Blut nicht stoppen ließ. So sank er neben Caius nieder und sah, wie das Leben aus ihm rann wie Wein aus einem löchrigen Schlauch. Caius Hand glitt zum Gürtel. Er löste den Beutel mit seinen Würfeln und hielt ihn Regulus hin. Der nahm ihn schniefend und band den Beutel an seinen Gürtel. Caius nickte zufrieden. Regulus nahm Caius' Hand und streichelte sie stumm und unbeholfen. Tränen tropften ihm aus den Augen.

"Mir ist so kalt", sagte Caius, "und du fühlst dich so warm an." Er musste husten. "Dummer Junge fühlt sich so warm an." Und dabei grinste er ein letztes Mal, so wie er immer gegrinst hatte, dann sackte sein Kopf zur Seite und er starb.

Regulus taumelte auf die Beine. Er war blind vor Tränen. Schließlich fing er an zu rennen und er schrie wieder und wieder und hörte daher nicht, dass der Kampflärm lauter wurde, bis sein Lauf durch einen kräftigen Arm gestoppt wurde.

Es war Marcus, der seine Schreie gehört hatte und ihn auffing. Er umfasste ihn mit einem Arm, denn mit dem anderen führte er noch immer den Gladius und zog Regulus auf die Füße. Halb trug halb schleifte er ihn an den einzigen Ort, der noch einen Rest von Zuflucht bot, denn noch standen die Reihen von Marcus I. Kohorte; ein ebenmäßiges Rechteck um den aufgerichteten Adler in den Strömen der vor und zurückweichenden flüchtenden und schreienden Menschen.

Regulus schlang seine Arme um Marcus. Er wollte das Gesicht an seiner Brust vergraben, doch dort war nur der Panzer, voller Blut und Schmutz. Marcus strich ihm über die Haare und legte ihn dann innerhalb des Rechtecks ab. Er setzte sich an die Spitze seiner Männer und schrie Befehle. Die Kohorte setzte zum Angriff auf den Wall an. Irgendwie war es ihnen sogar gelungen einige Scorpiones auf den Ladeflächen zweier Trosswagen aufzubauen. Unermüdlich knallten die Geschütze. Bolzen peitschten über die Wälle und rissen alles auf, was sich ihnen in den Weg stellte. Die Germanen fielen so rasch wie sie auf dem Wall erschienen. Tschok, tschok machten die Bolzen, wenn sie in das Holz der Bäume schlugen. Die Stämme waren mit Eisen gespickt.

An den Flanken der Kohorte hatten sich Reiter formierten und preschten nun zum Sturm auf den Wall. Regulus sah ihre Masken. Das Knallen der Scorpiones endete. Die Legionäre marschierten im Schutz ihrer Schilde, Marcus vorneweg mit gezücktem Gladius.

Unter den trampelnden Hufen und der Last der Pferde stürzte ein Teil des Walls ein. Tiere wieherten. Einige schlitterten, andere stürzten. Strampelnd und Köpfe werfend blieben sie liegen. Reiter wurden eingeklemmt oder unter den Erdmassen begraben.

Marcus brüllte Befehle. Die Kohorte hielt an und schloss die Reihen. Aus der Bresche quollen Germanen hervor. Regulus sah ihre bunten Schilder. Dann setzte das Knallen der Scorpios wieder ein. Tschok, tschok, tschok. Dann war da nur noch eine gähnende Leere.

Wieder ertönten Marcus' Befehle. Die Reste des Angriffstrupps vereinigten sich mit der Kohorte und die Legionäre richteten den Schildwall auf. Plötzlich ein Aufheulen. Marcus sah auf, dann sank ihm der Arm mit dem Schwert zu Boden.

Nicht weit von ihnen zog die Prätorianergarde und sie erwiesen ihrem Herrn den letzten Dienst. Hinter einem Wall aus Schilden trugen sie auf ihren Schultern die Schildbahre mit Varus' leblosem Körper aus dem Kampfgetümmel. Die Arme hingen herunter und pendelten bei jedem Schritt hin und her.

Noch bevor Regulus begriff was er gesehen hatte, ertönte Hufgetrappel. Numonius Vala preschte mit der Reiterei heran. Er zügelte sein Pferd als er zu Marcus kam. "Varus hat sich in sein Schwert gestürzt", rief er. "Es ist aus. Wir sollten uns absetzten." Mit dem Kopf wies er auf die Reihe schwerbeladener Saumpferde und ohne eine Antwort abzuwarten, stieß er seinem Pferd die Fersen in die Flanken. Ein Hornsignal gellte. Die Reiter sammelten sich um ihr Feldzeichen und verließen mit Vala an der Spitze das Schlachtfeld. Marcus blickte ihnen fassungslos hinterher.

Regulus begann zu zittern, er hatte keine Kontrolle mehr über sich.

Die Germanen aber brachen in Jubel aus. Sofort setzte mit frischem Schwung der Hagel aus Schleuderbleien und Pfeilen ein. Wieder schwärmten die Krieger über den Wall und strömten auf die Legionäre zu.

Marcus hatte sich nach der ersten Verwirrung rasch gefasst. Er war mit einem Mal sehr ruhig. Er wusste genau, was er noch zu tun hatte und so zögerte er nicht länger.

"Regulus!"

Der reagierte nicht.

"Sieh mich an", schrie Marcus.

Regulus bebte am ganzen Körper.

Marcus fasste ihn an den Schultern und rüttelte ihn.

Regulus Blick war irre, dann stammelte er: "Haben sie denn kein Erbarmen mit uns?"

"Erbarmen!" Marcus lachte bitter, dann sah er Regulus an. "Sie werden uns wie Vieh abschlachten, so wie wir sie zuvor wie Vieh abgeschlachtet haben."

Regulus klammerte sich an Marcus.

"Ich will aber nicht sterben. Ich will nicht sterben."

Marcus hielt ihm den Mund zu. "Du wirst nicht sterben", redete er immer wieder beschwörend auf Regulus ein. "Und wenn es das letzte sein sollte, wofür ich sorge." Der Kampflärm näherte sich. Marcus blickte auf und bemerkte, dass ihm nur noch wenige Augenblicke blieben.

"Rasch", er packte Regulus am Kragen und zog ihn an der rückwärtigen Seite aus dem Rechteck der Kohorte zu einem Berg aus Leichen.

"Marcus..."

"Leg dich hin!"

"Aber..."

"Mach schon!", schrie Marcus und ohne weiter auf Regulus zu achten, drückte er ihn seitlich zu Boden und begann Leichen über ihm anzuhäufen. Regulus schrie auf.

Doch Marcus türmte Leiche auf Leiche über Regulus auf. Nicht so viele, dass er unter dem Gewicht der Toten erstickt wäre, aber genügend um ihn vor verirrten Pfeilen und den Blicken der Kämpfenden und Plündernden zu verbergen. Er achtete auch darauf, dass reichlich Blut über den Jungen strömte. "Es ist besser so, glaube mir", sagte er dann. Ein letztes Mal bückte er sich zu Regulus und versicherte sich, dass der Junge atmen konnte. Dann schob er ihm noch die Feldflasche zu. Als er sah, dass Regulus sie umklammerte, legte er seine Hand um Regulus Hände und sagte: "Warte bis die Nacht anbricht und dann fliehe nach Westen, bis du den Rhenus erreichst. Verbirg dich am Tag, marschiere in der Nacht. Das ist ein Befehl, mein Adler!"

Regulus nickte und Marcus begann aufzustehen.

"Warte", rief Regulus. "Was wird aus dir?"

Marcus hielt inne und blickte dorthin, wo er Regulus unter den Toten vermutete. "Berichte Claudia von dem, was du hier gesehen hast und sag' ihr sie soll mich in guter Erinnerung behalten." Damit stand Marcus auf, drehte sich herum und lief zurück zu seiner Kohorte.

Regulus konnte ihn zwischen den Armen und Beinen der Toten hindurch sehen und es war nicht nur der Geruch nach Leder, Eisen und Blut, der ihn würgen ließ.

Als Regulus sich wieder im Griff hatte und bemerkte, dass Germanen an ihm vorbei liefen, ohne ihn zu sehen, beruhigte er sich langsam. So kam es, dass er in einer dem Tod geweihten Welt verweilte und Dinge sah, die kein Mensch sehen sollte.

Die I. Kohorte kämpfte erbittert. Doch aus der Formation der

Legionäre war längst ein Schwarm geworden, der verzweifelt versuchte unter den ständigen Angriffen den Wall aus Schilden, um den Adler, geschlossen zu halten. Wieder und wieder rannten die Germanen brüllend gegen den Wall an, sprangen hoch, rissen die Legionäre zu Boden, zogen sie an den Füssen aus dem Schwarm und erdolchten sie.

Fürchterlich war das Krachen der Germanen gegen die Schilde, die Schreie der Legionäre und das Strampeln der Beine im Augenblick des Todes. Der Schwarm schrumpfte so rasch, dass man dabei zuschauen konnte, doch noch stand der Adler.

Regulus dachte an Marcus. Hatte er ihn anfangs noch sehen können, so hatte er ihn im Schlachtgetümmel längst verloren. Erst als sich nur noch eine Handvoll Legionäre um den Adler scharten, entdeckte er ihn plötzlich wieder. Mit einem Mal war da sogar Lucius Eggius.

Da fingen die Germanen zu singen an und ihre Kampfgesänge erfüllten entlang der Schlachtlinie die Luft.

Sowohl Marcus als auch Lucius Eggius bluteten aus zahlreichen Wunden. Doch sie hielten immer noch den Adler hoch. Zuletzt standen sie allein, Rücken an Rücken und wehrten die Germanen ab, anfangs mit Schwert und Schild in der Hand, zum Schluss nur noch mit dem Schwert, bis sie beide getroffen wurden und zu Boden sanken.

Der Adler stürzte.

Regulus wollte schreien, doch er durfte nicht, sonst wäre alles was Marcus für ihn getan hatte umsonst gewesen und so biss er sich auf die Lippe, bis sie blutete und erstickte fast an seinem Schmerz. Dann wurde ihm schwarz vor Augen.

o

Schreckliche Bilder quälten Rinda und sie wusste nicht mehr, ob sie wachte oder träumte. In jedem Verwundeten, der gebracht wurde, meinte sie Wugo oder einen anderen Mann ihrer Hofschaft zu erkennen. Sie dachte an Jörde, Idun und Nossa und wünschte sich so sehr, dass Wugo, Geron und auch Bonde mit ihrem Schild und nicht auf ihrem Schild aus der Schlacht zurückkehrten.

Bislang war niemand gebracht worden, den sie kannte. Doch das hatte nichts zu heißen. Es gab viele Stellen an denen die Verwundeten versorgt wurden und von den Toten wusste bis jetzt niemand. Ihr Herz raste vor Furcht. Sie war es, die die Rotkittel hatte fallen sehen wollen und nun starben Cherusker. Rinda presste es die Brust zusammen und sie rang nach Atem.

Da spürte sie eine Hand auf ihrer Schulter und blickte auf. Sie sah in das Gesicht von Unna, der alten Frau, mit der sie sich um die Verwundeten und Sterbenden kümmerte. Unna schüttelte den Kopf. Im ersten Augenblick wusste Rinda gar nicht was sie meinte, bis sie auf den Mann sah, der zu ihren Füßen lag. Sein Kopf war zur Seite gedreht. Die Augen standen offen und es war kein Atem mehr in ihm. Rinda nahm ihre Hände von der Wunde, aus der eben noch das Blut gesprudelt war.

Erst jetzt fühlte Rinda die Schmerzen in ihrem Arm. Sie wusste nicht mehr, wie oft sie heute schon so dagesessen hatte. Die Hände auf Wunden gepresst. Zumeist vergeblich. Sie starrte auf ihre Hände. Sie waren über und über mit Blut beschmiert und es tropfte von ihren Fingern. Sie brauchte ihre ganze Kraft um nicht ohnmächtig zu werden.

Seitdem der Kampf begonnen hatte, hatte sie gemeinsam mit den anderen Frauen Pfeile aus Körpern gezogen, Wunden gewaschen, gesalbt und verbunden und als ihnen das Leinen ausgegangen war hatte sie Streifen für Streifen von den Umhängen und Röcken gerissen. Ihre Kleider waren nun kurz, doch es reichte nicht.

Rinda schluchzte auf. Mit einem Mal konnte sie den Blutdunst und den Geruch nach Fleisch nicht mehr ertragen. Unna zog Rinda auf die Füße und ging mit ihr zur nahen Quelle.

Rinda tauchte ihre Hände in den Quellbach und wusch und rieb so lange, bis ihre Haut wieder rein war. Dann saß sie an Unna gelehnt und atmete die kühle Luft ein. Vom Schlachtfeld ertönte mit einem Mal der Gesang der Krieger. "Es ist vorbei", sagte Unna. Komm, Kind."

Überall krächzten nun die Raben und Rinda wusste, weshalb. Sie führten die Seelen der gefallenen Krieger heim zum Allvater. Sie erhob sich und sah Unna an und bemerkte, dass sie dieser Frau, die unzählige Winter alt sein musste, keine menschliche Regung zu erklären brauchte. Sie wirbelte herum und rannte.

Als sie auf dem Schlachtfeld ankam, dämmerte es bereits. Sie suchte es gemeinsam mit den anderen Frauen ab, drehte Tote im roten Schlamm um und hoffte immer wieder, dabei nicht in ein bekanntes Gesicht zu sehen. Die Verwundeten, die sie fanden bargen sie und taten für sie, was in ihrer Macht stand.

Die Krieger trugen ihre toten Waffenbrüder auf den Schilden vom Schlachtfeld und legten sie Hofschaft für Hofschaft für das Begräbnis nieder.

Andere plünderten bereits. Waffen, Rüstungen, Werkzeuge. Ganz in der Ferne meinte Rinda Bonde mit einem schweren Sack über der Schulter zu sehen. Sie hielt kurz inne, doch sie war sich nicht sicher und trug zunächst mit einigen Frauen, die sie um Hilfe gebeten hatten, einen Verwundeten vom Feld. Als sie zurückkam, konnte sie den Mann mit dem Sack nicht mehr sehen.

Immer wieder gellten Schreie über das Schlachtfeld, wenn die Krieger auf verwundete Rotkittel trafen und sie töteten, so wie es die Rotkittel getan hätten, wenn es gewesen wären, die diese Schlacht gewonnen hätten.

Mittlerweile war die Nacht angebrochen. Der Mond war aufgegangen und legte sein Silberlicht über das Land.

Rinda bemerkte die Stille. Sie blieb stehen, sah sich um. Von den anderen Frauen und den Kriegern war nichts mehr zu sehen. Sie stand allein mitten in der unheimlichen Stille der Toten und nichts erinnerte daran, das hier noch eben eine tosende und brausende Schlacht stattgefunden hatte.

Im kalten Licht des Mondes sahen die Körper der Toten seltsam verdreht aus. In ihrer Nähe lag ein Mann mit ausgebreiteten Armen. Rinda blieb stehen. Sie kannte diesen Mann. Sie hatte diesen Mann gekannt, als er noch nicht regungslos hier lag. Es war Worran. Sie erinnerte sich an seine geschmeidigen Bewegungen im Sattel als er davon geritten war, nachdem er ihnen den Angriffsbefehl von Arminius überbracht hatte.

Neben ihm lagen weitere Tote. Der eine hatte den Kopf auf dem Arm liegen als ob er schlafe, der andere lag mit dem Gesicht im Schlamm. Sie warfen stumme schwarze Schatten im Mondlicht.

Mit einem Mal erhoben sich aus den Toten Dünste in die kalte Luft, die sich drehten und hin und her schwebten. Plötzlich ertönte ein Seufzen. Rinda drehte sich herum und wich zurück. Da berührte etwas Eiskaltes ihr Bein. Sie schrie und wirbelte herum, verlor das Gleichgewicht und stürzte zwischen die Leichen.

Hastig rappelte sie sich auf und rannte kopflos davon.

○

Als Regulus die Augen öffnete war alles schwarz und es war ihm merkwürdig warm und kalt zugleich. *Ist das der Tod?* Da sah er ein Licht, ein silbernes Licht er beschloss, ihm zu folgen und merkte, dass er sich nicht rühren konnte. Aber nach einer Weile wurde das Licht heller und er schwebte darauf zu. Plötzlich tropfte etwas auf seine Lippe. Es fühlte sich warm an und schmeckte nach Eisen. Blut schoss es ihm in den Kopf. Und da begann er sich zu erinnern. Unaufhaltsam strömte die Erinnerung zurück - der Marsch, die Feldlager, die Angriffe – bis Regulus in Panik geriet. Als er erkannte wo er sich befand, drohte er zu ersticken. Er war lebendig begraben unter einem Leichenberg und der Tod roch nach Süßholz und Modererde. Er wollte hier weg, doch seine Arme versagten. Mit einem Mal empfand er die ganze Last, der toten Körper und erschlaffte. Da berührte seine Hand die Feldflasche. Marcus hatte sie ihm gegeben bevor er gegangen war, damit er nicht verdurstete.

Da bäumte er sich auf, wieder und wieder, bis die Last über ihm mit einem Mal leichter wurde. Seine Muskeln schmerzten. Lange konnte er nicht mehr durchhalten. Er ächzte und stöhnte aber er spürte wieder das Leben in sich und plötzlich gab der Tod über ihm nach und er zwängte sich durch einen Spalt.

Er stand im Mondlicht, über sich das Schädelgewölbe der Nacht und stieg blutverschmiert aus seiner Höhle. Er schauderte, als er in die Finsternis zurückblickte. Er musste sich an Toten abstützen, noch trugen ihn seine tauben Füße nicht. Er fröstelte. Doch mit jedem Schritt kehrte das Leben ein Stückchen weiter in ihn zurück. Plötzlich stolperte er und fiel wieder zwischen die Leichen. Seine Hände versanken in Bäuchen und rutschten von Gliedmaßen ab. Es waren die des Schubsers wie er bemerkte und daneben lag der Esel. Regulus schrie und rappelte sich so rasch es ging auf. Als er wieder auf den Füßen stand, blickte er genau in das Gesicht des Optios. Er trug noch den Helm mit den Federn, die noch vor nicht allzu langer Zeit lustig wie bei einem Wiedehopf gewippt hatten. Jetzt lag er regungslos da, verlassen von allem, was ihn zu diesem lustigen Optio gemacht hatte. Plötzlich rutschte der Kopf nach hinten und im Licht des Mondes und in der Regung der schwarzen Schatten sah es aus als grinse er plötzlich. Regulus schrie auf und stürzte davon. Immer wieder sah er zurück, denn in seinem Wahn bildete er sich ein, verfolgt zu werden.

Ein Rabe auf dem Wipfel eines Baumes öffnete ein Augenlid und sah auf die nächtliche Ruhestörung hinab und es bot sich ihm ein merkwürdiger Anblick. Zwischen den Toten rannten ein römischer Junge und ein cheruskisches Mädchen aufeinander zu.

Da beide immer wieder dahin zurückblickten, wo sie hergekommen waren, kam es wie es kommen musste und die beiden begegneten sich, indem sie zusammenstießen.

Im fernen Rom aber schlug am sechsten Oktober, dem Tag an dem ein Reiter des Botendienstes die Nachricht aus Mogontiacum überbrachte, ein ergrauter, greiser Augustus seinen Kopf gegen die Wand und rief, dass es durch die marmornen Paläste hallte: "Quinctili Vare, legiones redde![30]"

---

30 Varus gib mir meine Legionen wieder! Überliefert durch Sueton in "Kaiserbiographien – Augustus".

Nachwort

Ein gelungener historischer Roman ist eine Zeitreise. Er ermöglicht es uns für einen winzigen Augenblick Grenzen zu überschreiten und in die Haut von Menschen zu schlüpfen, die in vergangenen Epochen, lange vor unserer Zeit, geliebt und gehasst, gelacht und geweint haben. Kurz: Er lässt uns an ihrem Leben teilhaben und bietet uns zugleich die Chance einen anderen Blick auf unser eigenes Leben zu werfen. Im besten Fall setzten wir unsere Reise nach der Lektüre verwandelt, wenigstens aber um eine geistige Stufe gewachsen, fort.

Während der Planungsphase meiner Geschichte habe ich zu den Ereignissen der Varusschlacht umfassende Recherchen in der Primär- und Sekundärliteratur, vor Ort in Kalkriese sowie bei Reenactmentgruppen angestellt. Am Ende dieses Prozesses stand der Ablauf der Varusschlacht, so wie ich sie mir vorstelle.

Selbstverständlich handelt es sich dabei, um ein Modell, um eine Annäherung an einen realen historischen Ablauf. Das Grundgerüst dieses realen Ablaufs, zeigt sich vor allem in den gesicherten archäologischen und naturwissenschaftlichen Fakten. Der Prozess der Annäherung besteht letztlich in dem Aufstellen von Vermutungen wie zwischen diesen Fakten möglichst plausible Zusammenhänge hergestellt werden könnten. Das aber ist ein fortwährender Prozess, denn Vermutungen treffen mit einer bestimmten Wahrscheinlichkeit zu und alle Zusammenhänge können hinfällig werden, wenn neue gesicherte Fakten den Ablauf der Varusschlacht völlig verändert erscheinen lassen.

Ein historischer Roman ist aber bei aller Exaktheit der Rekonstruktion keine Dokumentation, die sich ausschließlich an gesicherte Fakten halten muss, sondern wie jeder Roman eine Fiktion, also ein Stück gestaltete Wirklichkeit, das sich aus dramaturgischen Gründen durch erfundene Vorgänge und Personen bereichern kann, ja sogar soll. Schließlich besteht die Kunst einer historischen Geschichte darin Fakten erlebbar werden zu lassen, um jenseits der Grenzen des tatsächlichen Geschehens, ein tieferes Wissen der Vorgänge, also ein Nachvollziehen zu ermöglichen.

Bei der Gestaltung meiner Charakteren bin ich von den Grundannahmen der Conditio humana ausgegangen, die zu allen Zeiten an allen Orten der Welt gleich gewesen ist, seitdem sich der Mensch in seiner heutigen Form in der Evolution herausgebildet hatte. Nun ist der Mensch aber nicht nur biologisch determiniert, sondern auch Kulturwesen. Hier taucht bei historischen Romanen die Frage nach dem Bewusstsein der handelnden Personen auf. Ich habe mich darum bemüht bei den Handlungen, aber auch bei der Wortwahl, die Bewusstseinslage eines Römers oder eines Germanen zu berücksichtigen, soweit sich diese überhaupt rekonstruieren lässt. Von den Römern sind uns immerhin schriftliche Zeugnisse überliefert, aus denen sie sich herausdestillieren lässt. Von den Germanen sind uns keine schriftlichen Zeugnisse bekannt. Wir kennen sie nur aus der Sichtweise ihrer Feinde, der Römer, die wie Tacitus oder Cassius Dio, ihren Zeitgenossen über sie berichtet haben.

Die Menschen vergangener Zeitalter sind uns daher auf eine irritierende Weise viel ähnlicher als wir denken und zugleich wesentlich fremder als wir es erwarten würden. Dabei dürfte das verbindenste Element zu uns Heutigen das Hineingeworfen werden in existentielle Schlüsselsituationen wie Verlust der Familie, Vertreibung, Krieg, Unterdrückung, Machtmissbrauch und Naturgewalten sein, wo im Handeln der historischen Menschen, die Frage nach ihrer bzw. unserer Bestimmung erahnbar wird. Denn nur so können wir erfahren woher wir stammen, weshalb wir so und nicht anders geworden sind und die Zukunft dennoch unvorhersehbar offen ist.

Zugleich wird uns aber auch deutlich wie stark die Regeln und Gesetzte eines Zeitalters Konventionen sind, die sich jede Zeit neu erfindet. Auch wir stellen hier keine Ausnahme dar.

Schon das Wort "Germane" entstammt der römischen Propaganda. Die Germanen hat es nicht gegeben. Vielmehr war das Land, um das es hier ging, von einer Vielzahl an Stämmen mit eigenen kulturellen Gebräuchen besiedelt. Teilweise haben sie sich gegenseitig in wechselnden Allianzen bekämpft. Hier zu einer Bewusstseinslage zu kommen ist schon schwieriger und es helfen allenfalls Analogien weiter.

Viele "germanische" Sitten und Gebräuche sind uns über die Wikinger übermittelt worden, die im Norden Europas die Nachfahren germanischer Stämme bildeten. Über die Indianer Nordamerikas ist uns ebenfalls viel über das Lebensgefühl in Stammesverbänden ohne nationale Einheit übermittelt worden. Und so wie sich die Indianer gegen die ihnen technisch haushoch überlegenen, europäischstämmigen Siedler zur Wehr gesetzt haben, um ihre individuelle Lebensart zu verteidigen und dabei letztlich gescheitert sind, so sahen sich die Germanen mit einer erdrückenden römischen Übermacht konfrontiert, der einige Stämme erfolgreich die Stirn boten. Von den Indianern gibt es Berichte, über das, was sie gefühlt haben, als ihnen ihr Land, ihre Lebensweise und ihre Würde genommen wurde. Vermutlich war es bei den Angehörigen der germanischen Stämme ähnlich.

Marcus Caelius war Zenturio Primus Pilus der XVIII. Legion. Sein Grabstein, gefunden in einer Mauer in Xanten, ist durch die darauf verzeichnete Inschrift, der einzige gesicherte archäologische Beleg für die Varusschlacht: "Dem Marcus Caelius, Sohn des Titus, von der tribus Lemonia, geboren in Bononia, Centurio ersten Grades in der 18. Legion. Im Alter von 53 ½ Jahren fiel er im Varuskrieg (...)" (zitiert nach Marcus Junkelmann). Einen Burschen wie Regulus hat er allerdings nicht gehabt. Auf dem Grabstein sind neben ihm seine beiden freigelassenen Sklaven abgebildet, über deren Schicksal allerdings wenig bekannt ist. Vermutlich sind sie mit ihm in der Varusschlacht getötet worden.

Arminius, sein cheruskischer Name ist nicht überliefert, war der Sohn des Segimer, eines Stammesfürsten der Cherusker. Er gelangte als Geisel nach Rom, erhielt dort aber eine blendende Ausbildung und startete eine Bilderbuchkarriere, die ihn bis in den Ritterstand und zum Präfekten beförderte. Er kämpfte mit seiner cheruskischen Auxilia auf allen großen Schlachtfeldern, die Rom einem Soldaten zur damaligen Zeit bieten konnte.

Was ihn, nach Germania Magna zurückgekehrt, zum Aufstand bewogen haben könnte, wird bis heute diskutiert.

Wugo, Jörde und Rinda haben als Person nicht gelebt, wohl aber sind in ihre Konzeption, als auch in die Entwürfe der Hofschaft, Fakten eingeflossen, die archäologische Forschungen über das Leben der Germanen ans Licht gebracht haben.

Die Varusschlacht im Jahre 9 n. Chr. wird die römische Gesellschaft und das römische Selbstverständnis in etwa so erschüttert haben wie in unserer Zeit die Selbstmordattentate des 11. September 2001 auf das World Trade Center.

Auch für die Römer war es vermutlich schlichtweg nicht vorstellbar, dass ihre Weise zu Leben nicht von allen Menschen geteilt, sondern die römische Herrschaft als Joch empfunden und regelrecht gehasst wurde.

In den Wäldern auf dem Stammesgebiet der Cherusker sind damals Schätzungsweise zwischen 15.000 und 30.000 Menschen auf römischer Seite gestorben; wohlgemerkt nicht in einem Krieg, sondern in einer einzigen Schlacht. Das stellt einen nicht zu unterschätzenden Verlust dar, geht man von einer angenommenen Einwohnerzahl des Römischen Reiches von ca. 50 Millionen Menschen und einem Militäranteil, einschließlich der Auxiliae, von 0,6 % der Bevölkerung, also ca. 300 000 Kombatanten aus. Verdeutlichen wir uns diesen Verlust anhand einer Übertragung auf heutige Verhältnisse. Die Vereinigten Staaten von Amerika haben mit 250 Millionen Einwohner und einer Stärke ihrer Armee von 1,6 Millionen Soldaten denselben Militäranteil in Bezug auf die Gesamtbevölkerung wie das römische Reich. Erlitten die USA eine Niederlage ähnlich wie die Römer in Germanien, käme das einem Kampftruppenverlust von 80 000 Soldaten gleich (zitiert nach Hans-Peter Märtin).

Durch die Übertragung auf heutige Verhältnisse erhalten diese abstrakten Zahlen ein spürbares Gewicht und gewinnen etwas von der Tragik zurück, die aus ihnen spricht. Denn diese Botschaft scheint über den all zu großen zeitlichen Abstand zur heutigen Lebenswelt nicht mehr vernommen zu werden. So möchte ich den Vergleich fortführen. Der Irakkrieg (Beginn 20. März 2003) hat bisher auf Seiten der USA zu Verlusten von 171 Soldaten bis zum Ende der größeren Kampfhandlungen am 01. Mai 2003 und bis heute zu 4596 getöteten Soldaten (Stand 27. April 2009) geführt. Im sowjetisch-afghanischen Krieg (26. Dezember 1979 - 15. Februar 1989) hatte die Sowjetarmee innerhalb von 10 Jahren ca. 15 000 getötete Soldaten zu beklagen. In Vietnam verloren die Amerikaner in 10 Jahren (08. März 1965 - 30. April 1975) 58 193 Soldaten (Quelle der Gefallenenzahlen: Wikipedia August 2010).

Nach drei Jahren asymmetrischer Kriegsführung der Römer in Germania Magna sind einer Berechnung des Historikers Wilm Brephol 100 000 Mann, ein Viertel der Gesamtstreitmacht, nicht mehr zurückgekehrt.

Was aber hat sich damals, im Jahre 9 n. Chr., in den germanischen Wäldern ereignet?

Nach dem heutigen archäologischen Kenntnisstand und dem was uns die Römer selbst überliefert haben, kann die folgende Rekonstruktion als plausibel gelten. Das Sommerlager des Varus - er befand sich auf Inspektionsreise - befand sich vermutlich in Barkhausen einem Stadtteil von Porta Westfalica. Von dort bis Kalkriese, dem Ort der eigentlichen Vernichtungsschlacht sind es etwa 60 km, eine Entfernung, die die römische Kolonne in etwa drei bis vier Tage zurückgelegt haben sollte.

Varus zog mit seinen Legionen zur Niederschlagung des ihm von Arminius gemeldeten Aufstands entlang des heutigen Hellwegs nach Westen durch das Gebiet der "befreundeten" Cherusker. Er rechnete mit der baldigen Ankunft des Arminus, da dieser die bereits ins Winterlager entlassene Auxilia remobilisieren musste.

Vermutlich am zweiten Marschtag (1. Tag der Schlacht) stieß Arminus zur Kolonne des Varus und attackierte sie ohne Vorwarnung mehrfach, ohne sich dabei zur offenen Feldschlacht zu stellen.

Die Römer trafen am Abend in ihrem Lager offensichtlich die Entscheidung wie üblich vorzugehen (Tross verkleinern, Marschordnung auf Kampf umstellen) und weiter zu ziehen. Sie wurden daraufhin am nächsten Tag in einen Zermürbungskampf verwickelt, denn sie konnten nicht gleichzeitig marschieren und kämpfen und erlitten daher hohe Verlust. Dennoch fanden sie wohl die Kraft noch ein Marschlager zu errichten.

Am dritten Tag der Schlacht erreichten sie das heutige Kalkriese und gingen Arminius in die wohlvorbereitete Falle. Eingekeilt zwischen dem Wiehengebirge im Süden und den Sümpfen im Norden liefen die Römer in einen Engpass und gerieten am Wall, den Arminius dort, vermutlich nach römischem Vorbild hat errichten lassen, in ein Defileegefecht. Die drei Legionen wurden aufgerieben, nur wenige Überlebende erreichten den Rhein und Rom gab im Verlauf der folgenden Jahre die Pläne für eine Eroberung Germaniens auf, ein Ereignis, das dem Strom der Geschichte einen anderen Lauf gegeben hat.

Danksagung

Ein altes afrikanisches Sprichwort sagt: Um ein Kind großzuziehen benötigt man ein ganzes Dorf. Ein Schriftsteller hat viele Kinder, so viele wie er Geschichten geschrieben hat und jede Geschichte hat ihr eigenes Dorf. Nur das dieses Dorf kein bestimmter Ort irgendwo auf einer Landkarte ist, sondern aus lieben Menschen besteht, die, ob sie sich nun persönlich kennen oder nicht, ob sie einander nah oder fern stehen, nur der eine Gedanke eint, der Geschichte auf die Welt zu helfen und sie wohlgeraten zu lassen.

Mein erster großer herzlicher Dank gilt meinen Eltern, die mir die Welt eröffnet haben und die in mir die Gabe der Fantasie entdeckt und mir geholfen haben diesen Schatz zu heben.

Mein nächster großer herzlicher Dank geht an meine Frau, die meiner Fantasie Flügel verlieht und mich, nicht nur während des Schreibens, am Leben hält sowie an meine beiden Kinder, die mich noch einmal Kind sein lassen und mir seit ihrer Geburt einen immer wieder jungen Blick auf die Welt bewahren geholfen haben.

Ein weiteres großes Dankeschön geht an Frank, der mich entdeckt und gefördert und diese Geschichte lektoriert hat, an Peter, ohne dessen kritische Anmerkungen vieles unverständlich geblieben wäre und an Bernt, der mir geholfen hat meinen Schreibstil zu entdecken.

Ein weiteres Dankeschön geht an das sehr sehenswerte Museum und den Park in Kalkriese, indem die Varusschlacht und ihre Hintergründe lebendig werden und das in jede Fall einen Besuch wert ist.

Ohne die fleißige Arbeit einiger Historiker und Forscher wäre diese Geschichte auch nicht möglich gewesen. Deshalb an dieser Stelle, wenn auch unbekannter Weise, ein Dankeschön an Dr. Marcus Junkelmann und Ralf-Peter Märtin für ihre hervorragenden Bücher zum römischen Militärwesen und zur Varusschlacht. Allen denjenigen, die sich mehr für die in dieser Geschichte ausgeführten Themen interessieren, seien die Bücher dieser beiden Autoren ans Herz gelegt. Kaufen, kaufen, kaufen. Es gibt meiner Meinung nach nichts besseres zu diesem Themenkomplex.

Mein letzter Dank geht an meinem Illustrator Björn Grunau, der mit seinem Titelbild Regulus und Rinda vor den Augen der Leser lebendig und greifbar werden lässt.

Euch allen ein großes herzliches Dankeschön. Auf das wir auch in Zukunft als Dorf bestehen und dem hoffentlich erfolgreichen größer werdens dieser Geschichte zusehen können.

Glossar

A.

Angrivarier: Germanischer Stamm. Die Angrivarier siedelten in einem Gebiet, das von der Weser, vom Zufluss der Aller bis zum Steinhuder Meer reichte. Im Süden grenzte ihr Stammesland an das der Cherusker. Dort befand sich auch vermutlich der sog. Angrivarier-Wall, der durch Tacitus Schriften überliefert worden ist. Ob es sich bei diesem Wall um eine befestigte Grenze zwischen den beiden germanischen Stämmen handelte oder um ein strategisches Bauwerk, das im Zuge der letzten Schlacht des Germanicus Feldzuges 16 n.Chr. errichtet worden ist, ist unklar. Archäologische Belege für ihn fehlen bis heute (nach 7).

Auxilia: Hilfstruppen. Sie bildeten die zweite Säule des römischen Heeres. Die Einheiten der Hilfstruppen bestanden i.d.R aus Einheimischen der eroberten Provinzen, waren aber, abgesehen von den Befehlshabern, keine römischen Bürger. Gelegentlich erhielten ihre Kämpfer bei großer Tapferkeit das römische Bürgerrecht (nach 5).

B.

Boier: Ein keltischer Stamm, der ursprünglich aus dem Rhein-Main-Donaugebiet stammte, später aber im Bereich der heutigen Staaten Tschechien, Slowakei, Ungarn, Österreich, im südlichen Deutschland und bis auf den Balkan sowie in Oberitalien siedelte. Die „italischen" Boier wurden nach 200 v. Chr. romanisiert und die „böhmischen" Boier zur Zeitenwende durch die Markomannen assimiliert. Ihr Stammesname leitet sich vom keltischen

Wort für „Schläger" oder „Krieger" ab, könnte aber auch als Rinderbesitzer gedeutet werden.

Brukterer: Germanischer Stamm. Die Brukterer siedelten im Bereich des Mittellaufs der Ems bis zur oberen Lippe und lebten vor allem als Bauern und Viehzüchter, ergänzten ihren Speisezettel aber auch durch die Jagd in den dichten Wäldern, die ihr Siedlungsgebiet damals bedeckten. Sie waren einer der Stämme, die sich mit Arminius gegen die Römer erhoben und wurden dafür mit dem erbeuteten Adler der XIX. Legion bedacht (nach 7).

Bucina: Die Bucina war ein zweifach gewundenes Instrument, ähnlich einer Posaune und wurde über die Schulter gelegt geblasen. Mit der Bucina wurden die Signale für die Wachablösungen und für die Stunden gegeben. Sie muss einen schmetternden hellen Ton gehabt haben (nach 5).

C.

Caldarium: Warmwasserbad in den Badehäusern, den Thermen. Sowohl der Fußboden als auch die Wände waren beheizt (nach 4).

Caliga: Sandalen. Das Schuhwerk der römischen Legionäre war speziell für den Einsatz der Fußtruppen entwickelt worden. Die etwa 8 mm dicke Sohle bestand aus drei übereinandergelegten Rindslederlagen. Zur Verstärkung war sie mit 80 bis 90 halbkugelförmigen Eisennoppen besetzt, die nach etwa 500 bis 1000 km abgelaufen waren und ersetzt werden mussten. Die obere Sohle lief direkt in das Oberleder über. Es war aus einem Stück geschnitten und wies einen komplizierten Schnitt aus Stegen und Laschen auf. Das Leder wurde an der Ferse vernäht und stabilisierte auch den Knöchel. Ein Paar hatte ein Gewicht von ca. 1,3 kg (nach 5).

Canabae: Zivilsiedlung im Umkreis der Militärlager. Hier lebten die Menschen, die eine Legion begleiteten. Die Trossknechte,

Handwerker, Sklaven, Familienangehörige der Soldaten, Gaststättengewerbe etc. (nach 3).

Castra: Eine der größten Stärken der römischen Armee war am Ende eines Marschtages ein befestigtes Lager zu errichten. Jede Legion, die in den Kampf zog, hatte somit die Gewissheit einer sicheren Rückzugsbasis. Viele Schlachten haben die Römer dadurch gewonnen, dass sie sich in der Sicherheit ihrer Lager sammeln und regenerieren konnten, um dann mit neuen Kräften über den Feind herzufallen.

Die Lager wurden stets nach dem gleichen Muster angelegt, egal ob es sich um ein Marschlager für eine Nacht oder ein befestigtes Lager für die Überwinterung oder ein Kastell für die dauerhafte Besetzung handelte. Das Marschlager einer Legion nahm, wenn das Gelände es zuließ, eine rechteckige Fläche von ca. 27 Hektar ein und hatte Kantenlängen von 450 x 600 Meter.

Die Anlage des Lagers begann mit dem Aufstellen der *Groma*, einem Messinstrument, mit dem Rechtwinkel auf das Gelände übertragen werden konnten. Dort kreuzten sich später die beiden Lagerhauptstraßen, die *Via praetoria* und die *Via principalis*. An den Stellen, an denen die Straßen auf den Außenwall trafen, wurden die vier Tore des Lagers angelegt: Das Haupttor (*Porta praetoria*), das Hintertor (*Porta decumana*) und die beiden Seitentore (*Porta principalis dextra* und *sinistra*). Die Tore der Marschlager waren etwa 5-15 Meter breit und wurden durch vorgelagerte Wälle und Gräben gedeckt. Zwischen dem Wall und den ersten Zelten befand sich das *Intervallum* ein etwa 30 Meter breiter freier Platz. An der Kreuzung der Hauptstraßen wurde das Forum des Lagers mit dem angrenzenden *Praetorium* und bei dauerhaften Lagern mit der *Principia* angelegt. Durch die beiden Hauptstraßen wurde das Lager in je zwei gleichgroße Viertel eingeteilt.

Die zehn Zelte einer *Centuria* standen in einer Reihe. Der Abstand zwischen ihnen betrug 60 cm und bot gerade genügend Raum für die Abspannleinen.

An den Flanken der Reihen befanden sich die Zelte der Centurionen. Vor den Zelten befanden sich die Kochstellen, zudem wurden hier Waffen und andere Gerätschaften abgestellt. Davor wiederum befanden sich die Weiden für die Trag- und Zugtiere.

Der Befestigungswall bestand aus einem v-förmigen Graben ca. 1 Meter tief und 1-1,5 Meter breit und einem Wall von etwa 60 cm

Höhe und 1,2 Meter Breite. Der Wall war oberseitig abgeflacht und wies eine Laufffläche von 60 cm Breite auf, die als Wach- und Wehrbereich fungiert. Dort, wo der Wehrbereich zum Graben hin abfiel, wurden die *Pila muralia* im Abstand von 12 cm (Mitte), ca. 70 cm tief in die Erde gerammt. Sie wurden in der Mitte über miteinander verflochtene Stricke verbunden.

Setzt man den Wallumfang ins Verhältnis zur Anzahl der Legionäre, so ergibt sich die Länge des Wallabschnitts, die ein Legionär auszuheben hatte. Diese Strecke betrug 0,4 Meter. Tatsächlich wird der Abschnitt etwas länger gewesen sein, da beim Aufschlagen des Lagers viele Tätigkeiten gleichzeitig zu verrichten waren und somit nicht alle Legionäre graben konnten (nach 3, 5).

Castra Vetera: Ein römisches zweilegionen Lager in der Provinz Germania inferior nahe dem heutigen Xanthen am Niederrhein gelegen. Dieses Kastell war in seiner Frühzeit – also zum Zeitpunkt dieser Geschichte - eine der bedeutendsten Garnisionen an der Nordflanke des römischen Imperiums und diente immer wieder als Aufmarschbasis für die rechtsrheinischen Expeditionen der Römer. Es war durch eine **Holz-Erde-Mauer** stark befestigt (nach 7).

Cena: Die Hauptmahlzeit der Römer. Sie wurde etwa zwischen der 10 und 11 Stunde eingenommen (nach 8).

Chatten: Germanischer Stamm. Ihre Siedlungsgebiete befanden sich im heutigen Hessen und sind vor allem durch das Land um die Flüsse Eder, Fulda und Lahn gekennzeichnet. Die Chatten wurden von den Römern gefürchtet, da sie wie Tacitus (in „Germania") feststellte, eine "ähnliche Kampfweise wie Römer hätten". Die Chatten schlossen sich Arminius an, nachdem sich die Niederlage des Varus herumgesprochen hatte und wurden von ihm daher nur mit Leibeigenen abgefunden (nach 7).

Cherusker: Germanischer Stamm. Die Cherusker siedelten in einem Gebiet um das heutige Ostwestfalen und in Niedersachsen im Land um die obere Weser. Über den Stamm der Cherusker ist nur das bekannt was Tacitus über ihn in der „Germania" berichtet hat. Arminius war Cherusker und brachte im Jahr 9 n. Chr. weite Teile des Stammes, vor allem die Krieger hinter sich, die in den römischen Hilfstruppeneinheiten dienten.

Der Name der Cherusker leitet sich wahrscheinlich vom germanischen „*herut*" ab, was Hirsch bedeutet. Vermutlich war der Hirsch das heilige Stammestier der Cherusker (nach 2, 7).

Cingulum militare: Der Gürtel diente zur Befestigung der beiden Seitenwaffen, die der Legionär mit sich führte. In der frühen Kaiserzeit bestand der Gürtel aus zwei sich kreuzenden metallbeschlagenen *Cingula*. Jede Waffe wurde dabei an ihrem eigenen Gürtel getragen, rechts das Schwert, links der Dolch.

Der Gürtel war das Symbol für den Soldatenstand und daher aufwendig individuell verziert. Üblicherweise bestand er aus einem 2-3 cm breiten Ledergürtel, auf den ca. 15 Täfelchen aus verzinnter Bronze (silberner Schimmer!) aufgenietet wurden. Der Gürtel verstärkte die Panzerung des Unterleibs, diente aber in erster Linie als Schmuck. Am Gürtel war auch ein Schurz aus 4-8 mit efeublattartigen Metallstücken besetzte Lederbändeln befestigt. Er stellte eine Art Lendenschurz dar, hatte wohl aber vor allem psychologische Bedeutung (nach 5).

Cline: Die Cline muss man sich als eine Art Bett vorstellen, das Ruhelager und Speiseliege zugleich war. Es bestand zumeist aus einem Holz-, in der wohlhabenden Ausführung, aber auch aus einem Metallrahmen (Bronze, selten Silber oder Gold), profilierten Pfostenbeinen und einem schrägen Kopfende. Gurte aus Leder oder Hanf bildeten die Unterlage für die Matratze. Die Bezüge bestanden aus Leinen und waren oft durch bunte Streifen verziert (nach 8).

Cohors: Nach der Heeresreform des Marius wurde die Kohorte zur taktischen Grundeinheit der Legion. Eine Legion bestand zur Zeit des Augustus aus 10 Kohorten, wobei die erste Kohorte mit 1000 - 1200 Mann doppelt so viele Legionäre umfasste wie die übrigen neun, die 500 - 600 Mann stark waren und damit sechs Centurien zu 80 Mann umfassten (nach 3, 5).

Contubernia: Zelt oder Stubengemeinschaft. Die Contubernia bildete die Grundeinheit des römischen Heeres. Sie bestand aus 8-10 Soldaten, die gemeinsam in ihren Zelten oder Stuben lebten, kochten, aßen und kämpften (nach 3, 5).

Crista: Helmbusch. Der römische Militärhelm hatte an seinem Scheitelpunkt eine Buchse, in die zu Paradezwecken ein Helmbusch aufgepflanzt werden konnte. Die Legionäre trugen den Helmbusch zu festlichen Anlässen in Längsrichtung. Die Zenturionen trugen ihre Helmbüschel dauerhaft und quergestellt (transversale) (nach 5).

D.

Denar: Eine römische Silbermünze, die zur Zeit des Augustus eine Masse von ca. 4g hatte (nach 6).

F.

Falerner: Ein besonders edler Wein aus Kampanien, einer Landschaft südlich von Rom (nach 9).

Focale: Halstuch. Ein Schal aus Wolle, der getragen wurde, um den Hals vor dem Scheuern der Kanten des Plattenpanzers oder der Ringe der Kettenhemden zu schützen (nach 5).

Frame: Wurf- und Stichlanze der Germanen, die zugleich auch für den Nahkampf verwendet werden konnte, z.B zum Fechten. Sie hatte i. d. R. eine scharfe Spitze aus Eisen, konnte aber auch nur aus dem Schaft und einer über dem Feuer gehärtete Holzspitze bestehen (nach 2).

G.

Gallia Narbonensis: Die römische Provinz Gallia Narbonensis ging aus einer ursprünglich griechischen Kolonie hervor, die um 600 v. Chr. von Siedlern aus der kleinasiatischen Stadt Phokäa, gegründet wurde. Die Neugründung erhielt den Namen Massalia und entspricht dem heutigen Marseille. Die Griechen brachten den Ölbaum und den Rebstock mit und lebten zunächst in friedlicher Koexistenz mit den Stämmen der keltoligurischen Urbevölkerung, vor allem mit den im Siedlungsgebiet ansässigen Saliern. Eine keltische Invasion im späten 2. Jh. v. Chr. beendete das weitgehend friedliche Zusammenleben der Völker. Massalia geriet zunehmend in Bedrängnis und wandte sich schließlich 181 v. Chr. an das verbündete Rom.

Rom hatte im Laufe des 3 Jh. v. Chr. seine Stellung in Italien als führende Kraft gefestigt und damit begonnen seine Grenzen über den italischen Raum hinaus zu erweitern. Dabei geriet Rom in Konflikt mit der damals größten Handelsmacht im Mittelmeerraum, Karthago. Im 1. Punischen Krieg (264-241 v. Chr.) kam es zur Eroberung und Einrichtung der ersten römischen Provinz in Sizilien. Karthago suchte sich daraufhin in Spanien Ersatz. Die Grenze zwischen den Machtblöcken bildete der Fluss Ebro. Als Rom ein Bündnis mit dem südlich des Ebro gelegenen Sagunt schloss, löste das den 2. Punischen Krieg (218-201 v. Chr.) aus, indem sich Massalia als treuer Bündnispartner der Römer bewährte. Durch den Sieg der Römer musste Karthago seine Ansprüche auf Spanien aufgeben und die Römer errichteten dort zwei neue Provinzen.

Als der Konsul Lucius Baebius mit seinen Legionen durch die heutige Provence nach Spanien zog geriet er selbst in den Konflikt mit den Keltoligurern, die seinen Heerzug angriffen und vollständig vernichteten. Dieses Ereignis und der Hilferuf der Stadt Massalia führte zum Feldzug Roms gegen die Inaugner, der zwar eine gewisse Ruhe herstellte, aber die Überfälle auf Händler und Reisende nicht abstellen konnte. So kam es 154 v. Chr. zu einem weiteren Feldzug der Römer unter Q. Opimius, diesmal gegen die Stämme der Oxybier und der Deceaten. Im Laufe der Kämpfe wurden viele Oppida zerstört. Die Saluvier jedoch setzten ihre Aggressionspolitik gegenüber Massalia fort, sodass es 124 v. Chr. zu einem weiteren Hilferuf der Stadt an die Römer kam.

Rom war inzwischen Weltmacht und verfolgte durch sein Eingreifen in der heutigen Provence vor allem zwei Ziele: Zum einen ging es um die Loyalität gegenüber den Bundesgenossen, zum anderen um die Sicherung des Landwegs in die beiden neuen spanischen Provinzen. Als sich Marcus Fulvius Flaccus an die Spitze der Legionen setzte, die gegen die Saluvier zu Felde ziehen sollten, trat als drittes Ziel die Aneignung neuer Ländereien. Der Hintergrund hierzu sei kurz skizziert, da wir hier an einem Scheideweg der römischen Geschichte stehen. Tiberius Gracchus hatte 10 Jahre zuvor einen Reformvorschlag ausgearbeitet, der die immensen sozialen Spannungen zwischen den Land- und mittellos gewordenen Bauern - deren Land von den Großgrundbesitzern vereinnahmt worden war - durch eine Umverteilung des Ackerlandes, zu entspannen versuchte. Zwar wurde Gracchus ermordet, doch sein Bruder verfolgte die Pläne weiter.

Flaccus war ein enger Vertrauter der beiden Gracchen. Daher liegt es nahe hinter seinem Feldzug die Absicht zu vermuten neues Land in unmittelbarer Nähe zu Italien zu erobern, denn dort gab es kein Land mehr, das verteilt werden konnte.

Der Vormarsch des Flaccus geriet ins Stocken und erst dem Konsul C. Sextius Calvinius gelang es das Oppidum Entremont (Aix-en-Provence), den Hauptort der Saluvier, zu erobern.

Als der keltisch-gallische Widerstand überwunden war, bauten die Römer die Via Domitia als Landverbindung zwischen Italien und Spanien aus. Zur Hauptstadt der neuen Provinz erkoren sie, als Gegengewicht zu Massalia, das 118 v. Chr. gegründete Narbo, das heutige Narbonne. Von hier aus verwaltete ein Prokonsul die Provinz Gallia Narbonensis, die sich von den piemontesichen Alpen bis zu den Pyrenäen erstreckte.

In dieser Provinz erlebten die Römer ihre erste Begegnung mit germanischen Stämmen. Die Kimbern und Teutonen hatten den Rhein überschritten und rückten das Tal der Rhône entlang nach Süden vor. Bei Arausio, dem heutigen Orange, kam es 105 v. Chr. zur ersten Schlacht zwischen den römischen Legionen und den Kimbern, die für die Römer in einer totalen Niederlage endete. Von diesen Ereignissen nährte sich die Furcht der Römer vor den Germanen. Nach vielen Irrzügen der germanischen Stämme kam es 102 v. Chr. zur Entscheidungsschlacht bei Aquae Sextiae (Aix-en-Provence), aus der Marius siegreich hervorging, fast 200 000 Teutonen wurden erschlagen.

Als Cäsar 58-51 v. Chr. seinen Gallien Feldzug begann war die Provinz befriedet und diente ihm als sichere Ausgangs- und Nachschubbasis. Er war es auch der im Bürgerkrieg 49 v. Chr. Massalia eroberte, in Massalia umbenannte und der römischen Oberhoheit unterstellte. Die Veteranen seiner VI. Legion siedelte er in der 46 v. Chr. eigens von ihm gegründeten Stadt Arelate (Arles) an. Einer seiner Offiziere Munatius Plancus gründete 43. v. Chr. Lugdunum, das heutige Lyon.

Unter Augustus wurden die Veteranen von Caesars II. Legion in Arausio (Orange) angesiedelt. Als 27 v. Chr. Augustus das Prinzipat errichtete, hatte seine Politik weitreichende Auswirkungen auf die Provinz Gallia Narbonensis. Zunächst wurde zahlreiche Bergstämme in der Haute-Provence befriedet. Darauf kam es zur massenhaften Ansiedlung von Veteranen der Bürgerkriegslegionen, verbunden mit einem massiven Ausbau des Straßennetzes. So wurde die Via Aurelia an die Via Domitia angeschlossen und die Via Agrippa nach Norden ausgebaut.

Marcus Vipsanius Agrippa wurde 19 v. Chr. Statthalter der Provinz. Er ließ u.a. den Pont du Gard anlegen, als Teil der Wasserleitung, die die Colonia Nemausus, das heutige Nîmes, versorgte. Augustus verlegte die Hauptstadt der Provinz nach Lugdunum. Unter seiner Herrschaft erfolgte die vollständige Romanisierung der heutigen Provence. Wichtigste Einnahmequelle war die Landwirtschaft, vor allem Getreide und Öl.

Mit dem Untergang des römischen Reichs 476 hörte die Provinz auf zu existieren (nach 1).

Gladius: Kurzschwert. Der Gladius war die Hauptwaffe des Legionärs. Zur Zeit dieser Geschichte war vor allem der Typ Mainz, ein stromlinienförmiges, halblanges und breitklingiges Schwert, im Einsatz.

Die Klinge wurde aus Messing gefertigt, hatte eine Länge von 50 - 56 cm und einen rhomboedrischen Querschnitt mit deutlich ausgeprägtem Mittelgrat.

Am Heft hatte sie eine Breite von 8 - 9 cm, verjüngte sich zuerst, verbreitete sich dann wieder, um im vorderen Drittel in einer lang ausgezogenen Spitze zu enden.

Der Handschutz war breit, flach und glockenförmig gearbeitet mit einem querellipsoiden Knauf. Handschutz und Knauf wurden aus Holz, der Griff aus Bein gefertigt. Er hatte vier Kehlungen für die Finger der Faust. Das Gewicht der Waffe lag - ohne Scheide - bei 1,2 - 1,6 kg, mit, bei ca. 2,2 kg.

Die Scheide bestand aus mit Leder überzogenen und an den Seiten mit Bronzeblech verstärkten Holzlatten. Über zwei Ringbänder mit insgesamt vier Tragringen wurde es am Gürtel getragen.

Die Römer verwendeten im Gefecht für gewöhnlich die Spitze des Schwertes, um damit auf Kopf, Gesicht und Hals des Gegners einzustechen. Zum Parieren wurde das Gladius seltener verwendet. Die Situation im Massenkampf der Formation wird sich so dargestellt haben, dass der Gegner – bei gleichzeitig optimalem Selbstschutz - mit dem schweren Schild in die Defensive gedrängt wurde. Dann wurde über den oberen Rand des Schildes auf alles gestochen, was der Gegner nicht zu schützen vermochte. Sobald genügend Raum war, ist das Schwert auch als Hiebwaffe verwendet worden.

Die von ihm verursachten Verletzungen waren grauenhaft. Mit einem einzigen Hieb konnten große Teile des Schädels abgetrennt werden, wie Knochenfunde von antiken Schlachtfelder belegen (nach 5).

H.

Helm: Der Helm war der wichtigste Teil der Rüstung, da er den einzigen Körperteil schützte, der nicht durch den Schild gedeckt wurde. Eine vollständige Panzerung des Kopfes wie sie aus Schutzgründen sinnvoll gewesen wäre kam aber nicht in Frage, da weder die Wahrnehmung, noch die Atmung des Soldaten beeinträchtigt werden sollte. Der römische Helm stellte also gewissermaßen ein Kompromiss zwischen diesen sich gegenseitig ausschließenden Bedürfnissen dar.

Für den Helm gibt es in den schriftlichen Quellen zwei Begriffe, die offensichtlich synonym verwendet wurden: *Cassis* und *Galea*. Während der Dauer des römischen Reichs unterlag der Helm ständigen Veränderungen, die sowohl durch eine verbesserte Schutzwirkung, als auch durch neue Produktionsmethoden bedingt wurden und daher nicht zwangsläufig Verbesserungen darstellen mussten. Die unterschiedlichen Helmtypen wurden teilweise nacheinander, aber auch nebeneinander verwendet. Es war gängige Praxis veraltete Helmmodelle noch von den Hilfstruppen auftragen zu lassen.

In der frühen Kaiserzeit (dem Zeitraum dieser Geschichte) wurde von den Legionären und den Auxiliareinheiten vor allem der

Helm Typ Hagenau (nach dem Fundort) bzw. Coolus (je nach Nomenklatur) getragen.

Der Coolus-Helm wurde aus 1,5 - 2 mm dickem Bronzeblech getrieben und wog ca. 2 kg. Er bestand aus einer halbkugelförmigen Kalotte mit angenietetem Knauf. Damit wurden direkte Treffer des Helms ausgeschlossen, da der Knauf das Schwert abgleiten ließ. Am hinteren Rand der Kalotte setzte ein recht großer und leicht abgesenkter Nackenschutz an. Über der Stirn war eine verstärkende Leiste angebracht. Zusammen mit den tief eingeschnittenen und im Mittelteil weit ins Gesicht vorragenden Wangenklappen (bis zum Kinn), bewirkten diese Details einen besseren Schutz vor Treffern im Gesichtsbereich. Auf der Innenseite der Kalotte befand sich zur Polsterung ein mit Rosshaar ausgestopftes Leinenkissen. Der Helm verfügte über eine Zweipunktaufhängung, die sichern Halt gewährleistete. Die Riemen wurden dabei über eine Öse am Nackenschutz geführt und unter dem Kinn verschnürt.

Vermutlich aber waren die drei germanischen Legionen als Elitelegionen, zumindest aber die Centurionen, schon mit dem neuen Helm vom Typ Weisenau (Kaiserlich-gallischer-Helm) ausgerüstet. Im Gegensatz zum Coolus-Helm wurde der Helm vom Typ Weisenau aus Eisen gefertigt und wog daher etwa 2,3 kg. Zudem wurde sein Nackenschild weiter abgesenkt, schräg nach unten weggeführt und quergeriffelt, um die Versteifung des Schildes zu erhöhen. Auf dem Stirnteil über dem Schutzbügel sind stilisierte Augenbrauen angebracht. Die Wangenklappen waren von der Form wie beim Coolus-Helm, aber eingeschnittener und breiter. Über den Öffnungen für die Ohren befand sich ein aufgenieteter Bügel, für den Schutz der Ohren, der wie ein auf den Kopf gestelltes J aussah. Am Scheitelpunkt der Kalotte, befanden sich zwei aufgenietete Tüllen, in denen bei Paraden der Helmbusch eingeschoben werden konnte. Zum Schutz vor dem Verrosten war der Helm verzinnt (silberne Farbe).

Während des Marsches wurden die Helme nicht aufgesetzt, da es unter ihnen aufgrund der Witterung und der Polsterung sehr warm wurden. Die Helme wurden entweder an der über die rechte Schulter laufende Schiene (im Fall des Lamellenpanzers) oder am Brusthaken (im Fall des Kettenpanzers) aufgehängt (nach 5).

Hiberna: Das Winterlager einer römischen Legion. Die Feldzüge beschränkten sich i.d.R. auf die Zeit zwischen Frühling und Spätherbst, da es außerordentlich schwierig war während der Wintermonate genug Nahrung für Mensch und Vieh zu bekommen. Das Winterlager war eine deutlich besser ausgebaute Version des Marschlagers. Die Wälle und Palisaden waren höher und zudem mit Türmen verstärkt, die Gräben tiefer und von Toranlagen durchbrochen. Anstelle der Zelte wurden feste, beheizbare Hütten errichtet (nach 3, 5).

Holz-Erde-Mauer: Eine Schutzwallkonstruktion bei der zwischen zwei Holzschalungen ein Kern aus Erde eingestampft wird. Die Römer verwendeten für viele dauerhafter angelegte Legionslager diese Bauweise. Dabei wurden in der Regel zwei Reihen von Eichenpfosten in die Erde getrieben. Der Abstand zwischen den Reihen betrug etwas mehr als 3 m. Der Abstand zwischen den Pfosten einer Reihe 0,9 bis 1 m. Die vordere Pfostenreihe überragte die hintere und diente als Brüstung mit Zinnen. Die sich gegenüberliegenden Pfosten waren miteinander verzapft. Zwischen den Pfosten einer Reihe wurden Bohlen angebracht und der Zwischenraum mit dem Erdaushub der Spitzgräben verfüllt, die als Anlaufhindernis den Wall oft in doppelter Ausführung umgaben. Auf der Mauerkrone wurde ein Wehrgang angelegt. Im Abstand von 25 - 30 Meter wurde die Mauer durch Türme mit Plattformen verstärkt. Die Türme sprangen aber nicht aus der Mauer hervor. Die Höhe der Mauer hat etwa 2 -3 m betragen, die der Brüstung vermutlich 1,5 - 1,8 m.
Um einen Eindruck von der Bauleistung der Legionäre und vom Materialbedarf zu bekommen sei die Holz-Erde-Mauer um das Legionslager Oberaden an der Lippe erwähnt. Sie war 2,7 km lang und allein für ihren Bau mussten etwa 25.000 Eichen gefällt werden. (nach 7)

I.

Iden: Die Mitte eines Monats. Die Iden bezeichneten im altrömischen Kalender den Eintritt des Vollmondes (nach 4).

Illyricum: Die Provinz Illyricum erstreckte sich zur Zeit ihrer größten Ausdehnung über den gesamten Nordwesten der Balkanhalbinsel von der Adriaküste bis zur Morava und von Epirus bis zur mittleren Donau. Die illyrischen Stämme des Küstenlandes gerieten bereits 228 v. Chr. unter römischen Einfluss. Seit 168 v. Chr. besteht die Provinz, obwohl Rom zunächst nur einen schmalen Streifen Land kontrollierte, der in etwa dem Küstenbereich des heutigen Kroatiens entsprach. Die Region hatte für die Römer große strategische Bedeutung, ermöglichte sie doch eine Verbindung zwischen den West- und Oströmischen Provinzen über den Landweg. Bisher mussten Menschen und Waren den Seeweg von Brundisium, dem heutigen Brindisi, nach Dyrrhachium (Durres) nehmen, eine nur in den Sommermonaten ohne nennenswerte Gefahren befahrbare Route.

Unter Augustus drangen die Römer 35-34 v. Chr. tief in das Binnenland vor. Marcus Agrippa wurde nun die Verwaltung und weitere Eroberung des Gebietes überlassen. Als der 12 v. Chr. überraschend starb übernahm Tiberius die Führung der Legionen und warf die illyrischen Stämme in einem äußerst blutigen Krieg 9 v. Chr. nieder. Überraschend kam es, nachdem die Provinz schon 15 Jahre unter römischer Herrschaft stand, als befriedet galt und der Grad der Romanisierung schon weit vorangeschritten war, in den Jahren 6-9 v. Chr. zu einem Aufstand, geführt von den beiden Batos; übrigens wie Arminius Kommandeure von Auxiliareinheiten. Während dieser Kämpfe machte Arminius seine militärischen Erfahrungen und seine Karriere, die ihn bis zum römischen Ritter und Präfekten brachte. Die Kämpfe waren auf beiden Seiten sehr verlustreich und brachten das römische Reich an den Rand des Ruins. Die Staatskassen waren leer und erstmals mussten auch von den Bürgern Roms Steuern erhoben werden. Da zur gleichen Zeit auch ein Berberaufstand, verbunden mit einer allgemein schlechten Ernte, die Kornkammern des Reiches nur unzureichend füllte, brach eine Hungersnot aus. Als nach vier Jahren der Aufstand unter Kontrolle gebracht war, erreichte Tiberius noch auf der Rückreise nach Rom die Nachricht von der Niederlage des Varus (nach 7).

Intervallum: Der zwischen dem Lagerwall und den ersten Zelten gelegene freier Platz im Marschlager. Er diente mehreren Zwecken: Zum einen war der Platz so bemessen, dass auf das Lager geschleuderte Speere die Zelte nicht erreichen konnten. Zum anderen diente er als Aufmarschplatz für die Truppen, sodass sie im Falle eines Angriffs das Lager bereits geordnet verlassen konnten. Darüber hinaus bot er genügend Raum für die Essenszubereitung (über Kochnischen eingelassen im Lagerwall) (nach 3, 5, 6).

K.

Kalenden: Der erste Tag eines Monats im altrömischen Mondkalender. An diesem Tag wurde durch den zuständigen Pontifex durch Ausrufen (lat. *calare*) der Eintritt des Neumondes bekanntgegeben und damit die Dauer des jeweiligen Monats, ob also fünf oder sieben Tage bis zum Beginn der Nonen zu zählen seien. Ursprünglich hatte der römische Monat vier feststehende Feiertage, die die vier Mondviertel bezeichneten: Kalenden - Neumond, Nonen - zunehmender Halbmond, Iden - Vollmond, Terminalen - abnehmender Halbmond. Von den Kalenden leitet sich das deutsche Wort Kalender ab (nach 4).

Konsul: Titel der beiden obersten Beamten der römischen Republik, die von der Volksversammlung auf ein Jahr gewählt wurden. Sie beriefen Senats- und Volksversammlungen ein, leiteten die Sitzungen und sorgten anschließend für die Umsetzung der gefassten Beschlüsse. Im Krieg führten sie die Heere. In der Kaiserzeit verlor das Amt an Bedeutung, blieb aber notwendige Voraussetzung für die Bekleidung wichtiger Posten in der Staatsverwaltung und der Heeresführung. Die Konsulen wurden vom Kaiser ernannt (nach 4).

L.

Laren: Waren die altrömischen Schutzgötter des Hauses und der Familie. Ihnen wurde am *Lararium*, dem Hausaltar geopfert. Darunter muss man sich eine kapellenartige Nische oder eine auf gemalte Fläche in oder auf der Wand zumeist von Atrium oder Küche vorstellen, die das eigentliche religiöse Zentrum des Hauses darstellte (nach 4).

Legat: Während der Kaiserzeit war der Legat ein vom Kaiser ernannter Befehlshaber einer Legion oder Statthalter einer kaiserlichen Provinz oder schlicht ein Sonderbeauftragter (nach 4).

Lorica hamata: Kettenpanzer. Ein aus bis zu 30.000 einzeln vernieteten Eisenringen zusammengesetztes Kettenhemd, bei dem jeder Ring mit vier anderen Ringen verbunden war. Sein Gewicht betrug ca. 8-9 kg.

Die Lorica hamata hatte einen zylindrischen Zuschnitt mit einem breiten Ausschnitt für den Kopf, endete zwei Handbreit über den Knien und war ärmellos. Aufgrund des breiten Zuschnitts, stand es aber an den Schultern etwas über. Rücken, Nacken und Schultern wurden durch ein u-förmiges, lederunterfüttertes Kettenstück bedeckt, dessen Krümmung dem Nacken auflag und dort befestigt wurde, während die geraden Enden über die Schulter auf die Brust geführt und dort vernietet waren. Zusätzlich wurden diese Stücke durch einen Haken zusammengehalten, der beweglich angenietet war.

Die doppelte Panzerung verdeckte den breiten Halsausschnitt und verstärkte die durch Hiebe besonders gefährdete obere Körperpartie. Das Kettenhemd wurde mit einem breiten Gürtel getragen, der ein Großteil des Gewichts von den Schultern auf die Hüfte verlagerte.

Ein Kettenpanzer verhält sich wie eine zweite Haut. Er ist fugenlos, setzt Bewegungen des Trägers keinen mechanischen Widerstand entgegen und ist Luft- und wasserdurchlässig.

Schwerthiebe vermag der Kettenpanzer mühelos abzufangen, bietet aber gegen die Wucht der Hiebe und Stöße nur wenig Schutz, bewahrt aber vor tödlichen Verwundungen. Lediglich vor einem Volltreffer durch einen Speerwurf schützt er nicht (nach 5).

Lorica segmentata: Schienenpanzer. Der Schienenpanzer wird gemeinsam mit dem Helm vom Typ Weisenau, am häufigsten mit den Römern in Verbindung gebracht. Er bestand aus Eisenplatten, die über ein Schienensystem beweglich ineinander geschoben werden konnten, und auf der Innenseite über eingezogene Riemen festgenietet (Bronze!) wurden. Die verwendeten Platten wurden dabei nicht durch Schmieden gehärtet, sodass das weiche Eisen die Wucht von Schlägen sehr gut abfangen konnten, zumal unter dem Panzer ein polsterndes Kleidungsstück getragen wurde.

Der Panzer bot, vor allem für die Schulterpartie, einen hervorragenden Schutz, da er Hieben und Stichen einen starren flächigen Widerstand entgegensetzte, also nicht nachgab. Er hatte aber auch einige Nachteile: Er war zwar leichter als das Kettenhemd, bot aber Unterleib und Oberschenkel keinerlei Schutz, behinderte die Atmung und wurde bei Sonnenbestrahlung sehr heiß. Zudem war seine Wartung durch den komplizierten Bau sehr aufwendig und die Kombination aus Eisen/Bronze führte zu Korrosionsreaktionen, wodurch die Beschläge frühzeitig zerbrachen.

Der Schienenpanzer wurde vermutlich schon in tiberischer Zeit getragen, konnte das Kettenhemd aber nie ganz aus den Legionen drängen. In Kalkriese, dem vermutlichen Ort der Varusschlacht, wurde ein solcher Panzer gefunden (nach 5).

Lyra: in ursprünglich aus Griechenland stammendes Saiteninstrument von leichtem Bau, dass zumeist von Kindern oder Jugendlichen gespielt wurde.

Alle Lyrae hatten einen Resonanzkörper, der z.B aus einem Schildkrötenpanzer bestehen konnte. Die Saiten waren an Armen aufgespannt, die entweder die Form von Ziegenhörnern hatten (*Chelys*) oder zunächst gerade verliefen und im oberen Teil gerundet aufeinander zuliefen (nach 4).

M.

Marbod: Marbod, geboren ca. 30 v. Chr., entstammte dem Adel der Markomannen, einem germanischen Stamm, der im heutigen Maingebiet siedelte. Er wird als kräftig und mutig beschrieben. Seine Kindheit hat er in Rom verbracht und soll dort so manche Wohltat empfangen haben. Die genauen Umstände seines Aufenthalts sind unbekannt. Vermutlich hat er aber in Rom eine militärische Ausbildung erfahren und das Bürgerrecht verliehen bekommen.

Im Jahre 10 v. Chr. waren die Markomannen durch die Legionen des Drusus vernichtend geschlagen und 8 v. Chr. vom späteren Kaiser Tiberius zur Kapitulation gezwungen worden. Auf Veranlassung der Römer, zumindest aber mit römischer Genehmigung, kehrte Marbod zu dieser Zeit in seine Heimat zurück. Vermutlich erhofften sich die Römer durch die Installierung eines Vasallen eine bessere Kontrolle der Markomannen.

Marbod ergriff diese für ihn günstige Gelegenheit und übernahm - wohl ohne römische Zustimmung - die Führung des Stammes, zog mit ihm nach Osten und besetzte das von den Boiern verlassene Böhmen und nördliche Mähren. Mit dieser Maßnahme bewahrte er den Markomannen ihre politische Eigenständigkeit und ihre Stammesidentiät – da Tiberius Zwangsumsiedlungen angeordnet hatte um den Widerstandswillen der Suebenstämme zu brechen. Dass er damit zugleich seinen aufrührerischen Stamm aus Germanien abgezogen hat, könnte zunächst durchaus im römischen Interesse gelegen haben.

Im dünn besiedelten Böhmen machte sich Marbod die dort lebenden Reste der Kelten und die schon früher eingewanderten Germanen friedlich zu Untertanen. Er nahm den Königstitel an und schuf einen von ihm beherrschten mächtigen Stammesbund. Sein Einflussbereich grenzte im Süden an die Donau, im Osten an die römische Provinz Pannonien und die Weichsel, im Norden an die Ostsee und im Westen an die Elbe.

Marbod, der erstmals in der germanischen Geschichte einen größeren, relativ zentral geführten Herrschaftskomplex errichtet hat, gebot über ein nach römischer Taktik und Disziplin geschultes Heer mit einem Maximalaufgebot von 70.000 Mann Fußtruppen und 4000 Mann Reitertruppen.

Nach römischem Vorbild ließ er sich auch einen befestigten Königssitz (Marobudum) errichten, der aber bis heute nicht lokalisiert werden konnte.

Die römische Propaganda stellte die Stärke und Diszipliniertheit von Marbods Truppen übertrieben dar und behauptete, dass von ihnen eine Invasionsgefahr drohe, womit der spätere Angriff des Augustus auf das Markomannenreich legitimiert wurde.

Im Jahre 5 n. Chr. erstreckte sich Marbods Reich bis an die mittlere Elbe und umfasste mit den Semnonen jenen Stamm, der sich Tiberius nicht unterwerfen wollte. Dieser Unruheherd wurde vor allem dadurch befeuert, dass die Elbgermanen im Markomannenkönig einen Rückhalt fanden und sich dort nach und nach von Marbod abhängige Kämpfer ansammelten. Daher ordnete Augustus die Unterwerfung dieses letzten großen in Germanien verbliebenen Machtblocks an.

Im Frühjahr 6 n. Chr. marschierte Tiberius mit sieben Legionen von Carnuntum an der Donau durch das Marchtal nach Böhmen. Vom Westen her kämpfte sich Gaius Sentius Saturninus mit drei Legionen entlang des Mains zu den Pässen des Böhmerwalds vor. Hinzu kamen germanische Auxiliareinheiten. An dieser Zangenbewegung waren somit insgesamt wohl um die 70.000 Mann, etwa zwei Fünftel der römischen Armee, beteiligt. Allerdings brach kurz vor Aufnahme der Kampfhandlungen der Pannonische Aufstand aus. Er griff auf ganz Illyrien über, gefährdete Makedonien und sogar Italien selbst. Die Legionen mussten in die Aufstandsgebiete verlegt werden.

Um ein Übergreifen des Aufstandes auf die germanischen Gebiete zu verhindern, handelte Tiberius mit Marbod einen Friedensvertrag aus, der weitreichende Zugeständnissen enthielt: Anerkennung des Status Quo und Anerkennung des königlichen Titels.

Nach der Niederschlagung des Aufstandes in Pannonien 8 n. Chr. hatte Tiberius einen großen Teil der Auxiliartruppen – darunter auch Arminius – in die Heimatstandorte zurückgeschickt, vermutlich um den Kampf gegen Marbod wiederaufzunehmen. Doch überraschender Weise war Publius Quinctilius Varus mit drei Legionen vom Niederrhein zu einem Marsch an die Weser aufgebrochen. Die Nachricht von der Vernichtung dieser drei Legionen erreichte Tiberius kurz vor der Überfahrt nach Italien.

Arminius bot Marbod nach der Varusschlacht 9 n. Chr. ein Bündnis gegen die Römer an und sandte ihm daher das Haupt des Varus, das der Markomannenherrscher jedoch Augustus ausliefern ließ und somit eine germanische Koalition ausschlug.

Trotzdem erkannte Rom Marbod nie als offiziell verbündeten Klientelherrscher an. Zur Rache für die desaströse Niederlage der Römer führten Tiberius und Germanicus in den nächsten Jahren in Germanien Krieg gegen die Koalition des Arminius, in dem sich Marbod neutral verhielt. Er starb 37 n. Chr. (nach 7).

Markomannen: Ein suebischer Volksstamm der Germanen. Ihr

Stammesnamen setzt sich aus „Mark", was Grenzland bedeutet, und dem altertümlichen Begriff „Mannen" zusammen, der heute mit Männern übertragen werden kann. Schriftlich ist der Name Markomannen erstmals im Zusammenhang mit der römischen Beschreibung der Kämpfer des Ariovist 58 v. Chr. belegt.

Nach antiken Quellen wurden um 9 v. Chr. eine als Markomannen bezeichnete Stammesgruppe von den Römern unter Drusus besiegt und wich deshalb ins heutige Böhmen aus.

Marser: Germanischer Stamm. Das Siedlungsgebiet der Marser bildete das Land um die heutigen Flüsse Rhein, Ruhr und Lippe.

Die Marser hatten eine wechselvolle Geschichte und sind schon in einer frühen Phase mit den römischen Eroberern in Kontakt gekommen. Sie schlossen sich im Jahre 9 n. Chr. Arminius und den Cheruskern an. Unter dem Rachefeldzug des Germanicus 14 n. Chr. wurde der Stamm fast ausgelöscht (nach 7).

Maultiere: Mulus (lat. = Mischung/Mischtier): Das Maultier ist eine Kreuzung aus einem Eselhengst und einer Pferdestute.

Erscheinungsbild: Das Maultier ähnelt stärker dem Pferd als dem Esel. An das Pferd erinnert vor allem das Fell (obwohl die Haut kräftiger und robuster als bei Pferden ist), der große gestreckte Kopf und der Schweif, im Gegensatz zum Schwanz mit Quaste beim Esel. Die schlanken Gliedmaßen, die langen Ohren und die relativ kleinen Nüstern stammen hingegen vom Esel. Die Körpergröße liegt zwischen der eines Esels und der eines Pferdes.

Eigenschaften: Maultiere stellen eine gelungene Synthese der besten Eigenschaften von Pferd und Esel dar. Sie haben einen gutmütigen Charakter, sind nicht scheu, trittsicher, sind sehr belastbar, erholen sich rasch nach großen Strapazen, sind unempfindlich gegen Temperaturschwankungen und Nässe, haben eine robuste Gesundheit und harte Zähne. Maultiere neigen allerdings zum Austreten, was sie mit allen vier Hufen können.

In der römischen Armee wurden Maultiere wegen ihrer Geländegängigkeit als Trag- und Zugtiere eingesetzt. Sie konnten der kämpfenden Truppe auch unter widrigsten Umständen in jeder Situation folgen und so die Versorgung der Legionäre sicherstellen. Maultiere können normalerweise zwischen 100 und 120 kg, maximal mit 150 kg, belastet werden bei einer täglichen Marschleistung von 30 – 40 km.

Pro Contubernium gab es vermutlich zwei Maultiere, da neben dem schweren Gepäck auch das Futter für die Tiere mitgeführt werden musste.

Das schwere Gepäck summierte sich auf 144,4 kg und bestand aus dem Zelt inklusive Stangen, Heringe und Abspannleinen (39,5 kg), der Mühle (27 kg), den 16 Schanzpfählen der Contubernie, den Werkzeugen und Körben (18,7 kg). Dazu kam noch das Gewicht des Packsattels.

Ein Maultier benötigte im Einsatz etwa 3 kg Gerste pro Tag. Wenn es sein Futter für 17 Tage (Expeditionsdauer) mittragen sollte, waren schon 40% seiner Tragekapazität vergeben. Die beiden Maultiere einer Contubernie wurden von einem Trossknecht versorgt und geführt.

Die Römer waren bestrebt die Anzahl der Maultiere pro Legion so gering wie möglich zu halten. Insgesamt kommt man, die Maultiere für die Offiziere und die Geschütze und sonstigen Dinge mit eingerechnet auf 1400 Maultiere pro Legion.

Der Lebensmittelbedarf einer Legion lag pro Tag, das Futter für die Tiere mit eingerechnet, bei 11 Tonnen Getreide (6 Tonnen Weizen, 5 Tonnen Gerste).

Davon wurden 90% durch die Maultiere transportiert und 10% durch die Legionäre (nach 5, 6).

Met: Honigwein. Ein alkoholisches Getränk aus Honig und Wasser. Seit ältester Zeit stellten die Menschen, die über ausreichend Honig verfügten, Met her.

Die spontane Verwandlung von Honigwasser in ein viel geschmackvolleres Getränk mit der berauschenden Wirkung des Alkohols machte den Met bei den Germanen zum Trank und Geschenk der Asen (Götter).

Der Honigwein wurde nicht nur auf Feiern in großen Mengen getrunken, sondern diente als Trank der Götter in kultischen Handlungen. Durch den kultischen Status war der ausschweifende Genuss von Met auch gleichzeitig Götteropfer (nach 2).

Mola: Eine Zelt- oder Stubengemeinschaft (Contubernium) besaß eine Handmühle (*Mola manuaria*), die zusammen mit dem Zelt aus Ziegenleder und dem Schanzzeug von einem Maultier getragen wurde.

Sie bestand aus einem Bodenstein mit kegelstumpfförmig aufgewölbter (konvexer) Oberseite und einem Oberstein, dem Läufer, der entsprechend eine kegelstumpfförmig eingewölbte (konkave) Unterseite aufwies. Der Oberstein hatte einen steinernen Randwulst. Körner konnten daher auf seiner gesamten Oberfläche aufgelegt und dann mit der Hand zur Einfüllöffnung, dem Auge, geschoben werden.

Das Mahlwerk der Mühle wurden durch die Berührungsfläche der beiden Steine gebildet. Durch die Schwerkraft wurde das Korn entlang der gebogenen Riffelung rechtsläufig in den Steinen geführt. Da die Mühle zumeist aus vulkanischem Gestein gefertigt war, schärfte sie sich beim Abrieb nach.

Angetrieben wurde der Läuferstein durch einen senkrecht angebrachten Holzgriff, der am Rande des Stein in einer Vertiefung steckte oder durch einen in den Stein eingelassenen Eisenring gehalten wurde.

Die Drehachse bestand aus einer Eisenstange, die in die untere Steinscheibe eingebleit wurde. Ihr Lager bildete ein Eisenrigel, der die kreisförmige Einfüllöffnung in der Mitte der oberen Steinscheibe querte, seitlich so eingebleit wurde, dass rechts und links Öffnungen zum Einfüllen der Körner verblieben.

Der Durchmesser der Steine betrug ca. 35 - 43 cm. Die Höhe der Mühle lag bei 9 - 15 cm. Ihre Stundenleistung lag bei 5 kg Getreide (nach 6).

Mogontiacum: Name der heutigen Stadt Mainz. Mogontiacum ging 12 v. Chr. durch das von Drusus auf einer Anhöhe über dem Rhein errichtete Legionslager hervor. Die Lage war strategisch günstig, da an dieser Stelle der Main in den Rhein mündete und die römische Rheintalstraße verlief (nach 4).

Moretum: Eine in der Reibschale zubereitete Mischung aus Käse, Öl, Essig und Kräutern (nach 6).

Mulsum: Ein Wein-Honig-Getränk mit einem Mischungsverhältnis von 1:4 bis 1:10. Nach dem Ansetzten ließ man das Gemisch einige Wochen in einem Tongefäß gären. Es war sehr beliebt und wurde als Aperitif zu den Vorspeisen gereicht (nach 6).

N.

Nonen: Der neunte Tag des Monats vor den Iden. Im altrömischen Kalender bezeichneten die Nonen das erste Mondviertel. Sie vielen auf den fünften bzw. siebten Tag des Monats (nach 4).

O.

Optio: Dienstgrad in der römischen Legion. Der Optio wurde vom Zenturio als Stellvertreter benannt und gehörte zu den niederen Offiziersrängen. Aufgrund seines Tätigkeitsfeldes ist er im Dienstgrad zwischen einem heutigen Feldwebel und einem Leutnant einzuordnen.
Wurde der Zenturio im Gefecht getötet, ging die Befehlsgewalt auf den Optio über. Im Kampf stand der Optio hinter der letzten Reihe. Seine vorrangige Aufgabe bestand darin, die Kampfformation aufrtecht zu erhalten. Er trug einen Stab mit Knauf, das sogenannte *Hastile*. Mit dieser Stange drängte er aus der Kampflinie zurückweichende Soldaten wieder vorwärts in die Reihe. Er erhielt den anderthalbfachen bis doppelten Sold eines einfachen Legionärs (nach 3).

P.

Papilio: Giebelzelt. Wörtlich übertragen bedeutet das Wort Schmetterling und war in der Soldatensprache die Bezeichnung für das Zelt einer Contubernia. Es bedeckte eine Fläche von 3 x 3 Metern und hatte niedrige Seitenwände. Gestützt wurde das Zelt durch eine 3 Meter lange Firststange und zwei 1,20 bzw. 1,90 Meter langen Stützstangen. Vermutlich konnte ein Legionäre im Firstbereich aufrecht stehen. Es wurde mit 16 Zugleinen und der entsprechenden Anzahl an eisernen Heringen am Boden festgepflockt.

Transportiert wurde es zusammengerollt in einem Leinensack, aus dem es Abend für Abend entfaltetet wurde (Namen!). Die Zeltplane bestand aus rechteckigen Kalbs- oder Ziegenlederstücken (Rückenteile!), die mit der Fleischseite nach innen, sich dachziegelartig überlappend, vernäht wurden, so dass kein Wasser eindringen konnte.

Darüber hinaus war das regelmäßige einfetten des Leders notwendig. Für die Produktion eines Zeltes benötigte man ca. 36 Kälber oder ca. 72 Ziegen.

Rekonstruktionen eines solchen Zelts hatten ein Gewicht von 28,5 kg. Mit Zubehör (Leinen, Heringe, Zeltstangen) steigt das Gesamtgewicht auf 39,5 kg.

Bei den Zelten der Offiziere, sowie den großen Zelten für die Verwaltung waren nur die flachen Giebeldächer aus Leder und die Seitenteile aus Leinen gefertigt. Diese großen Zelte wurden so leichter und lichtdurchlässig (nach 5).

Paenula: Soldatenmantel mit spitz zulaufender Kapuze aus einem gewalkten, lodenähnlichen Wollstoff. Die Paenula ist ähnlich geschnitten wie ein Poncho, halbkreisförmig, und wird vorne vom Hals bis etwa auf Brustbeinhöhe zugenäht oder mit Riemen verschnürt. Gewöhnlich wurde die Paenula mit einem Halstuch aus Wolle, der *Focale*, getragen.

Die Paenula wärmt ohne das es dabei zur Bildung von Stauwärme kommt und verhindert auch bei Wolkenbrüchen das Durchnässen ihres Trägers. In der Nacht wird die Paenula als Decke verwendet (nach 5).

Paludamentum: Der purpurne Umhang der höheren Offiziere und der Feldherren. Es wurde mit einem Bausch über die linke Schulter gelegt und über den linken Unterarm geschlagen (nach 5).

Parther: Die Parther waren ein Volk, das ab dem 3. Jahrhundert v. Chr. auf dem Gebiet des heutigen Irans gelebt haben und dort ein großes Reich errichtet hatten. Zum Zeitpunkt seiner größten Ausdehnung umfasste es große Teile Mesopotamiens und das südwestliche Mittelasien sowie einiger weiterer Randgebiete. Die Parther waren wohl ursprünglich ein Teilstamm der Skythen, die sich selbst Parner nannten und an der Südostecke des Kaspischen

Meeres beheimatet waren.

Bald nach dem ersten Zusammentreffen mit den Römern zu Beginn des 1. Jahrhunderts v. Chr. unter Sulla, wurde das Partherreich zum Rivalen Roms um die Macht im Osten, wobei es unter anderem um Handelsinteressen ging.

Zahlreiche militärische Auseinandersetzungen waren die Folge, wobei die Parther zumeist die Angegriffenen waren.

Am bekanntesten ist die römische Niederlage in der Schlacht bei Carrhae 53 v. Chr., in der etwa 25.000 römische Soldaten ihr Leben verloren und 10.000 in parthische Gefangenschaft gerieten und weitere ca. 10.000 Mann nur mit Mühe Syrien erreichten. Anlass dieser Schlacht war der Bruch der 69 v. Chr mit dem römischen Statthalter von Syrien – Crassus - geschlossenen Verträge, die den Euphrat als Grenze festlegten.

Crassus selbst kam bei diesem Feldzug ums Leben, außerdem verlor seine Armee ihre Legionsadler, was für das aufstrebende Rom eine Demütigung darstellte.

Erst 20 v. Chr. während der Herrschaft des Augustus erkannten beide Reiche den Euphrat als Grenzfluss an und die Parther gaben den Römern die erbeuteten Feldzeichen zurück, was die augusteische Propaganda ausgiebig feierte (nach 7).

Pila muralia: Vorgefertigte Schanzposten, von denen jeder Legionär zwei besaß, die als widerverwendbare Palisade das Marschlager als Annäherungshindernis umgaben. Getragen wurden sie von den Maultieren einer Contubernia (pro Tier 16!).

Ein Pilum murale ist ein an beiden Enden (von einer Vertiefung in der Mitte beginnend) pyramidenförmig angespitzter Pfosten aus Eichenholz, mit einer Länge von 1,50 - 1,90 m und einem Durchmesser von ca. 8 - 9 cm. Er wog um die 2,5 kg.

Die Pila muralia wurden auf der Krone des aus gestampfter Erde aufgeschütteten Walls, direkt an der Kante zum Graben, aufgestellt. Dazu umfasste der Legionär den Pfosten mit beiden Händen und stieß ihn senkrecht in den Boden. Dann setzte man den Fuß in die Kerbe und drückte mit dem ganzen Körpergewicht nach, bis der Pfosten nur noch 110 -120 cm aus der Erde ragte. An der Einkerbung wurden die einzelnen Pfosten in zwei Seile eingeflochten und damit zugfest untereinander verbunden.

Diese Befestigung zu überwinden ist schwieriger als es auf den ersten Blick erscheint.

Wall und Graben haben eine Breite von über zwei Metern, zudem verhindert der Graben einen Massenschub des herannahenden Feindes.

Wall und Palisade sind mit fast zwei Meter so hoch, dass weder ein Infanterist noch ein Reiter dieses Hindernis zu überspringen vermag.

Auch das herausziehen der Pfosten ist problematisch. Zum einen steht der Angreifer direkt auf der Wallkante zum Graben, muss also zusehen das er nicht abgleitet, zum anderen setzt er sich dem Geschosshagel und den Schwertattacken der Verteidiger aus.

Durch die Stricke lassen sich zudem keine Einzelpfosten lösen. Es müssen mit entsprechend höherem Kraftaufwand stets mehrere Pfosten herausgezogen werden, die dann immer noch federnd in den Stricken hängen. Um die Pfosten vom Grund des Grabens herauszuziehen muss man mit den Armen über Kopf arbeiten, was nur eine eingeschränkte Kraftentfaltung erlaubt.

Ließ das Gelände den Bau eines Walls nicht zu, konnte man drei Pila muralia - jeweils schräg gegeneinander geneigt - in den Boden rammen und an den Kerben zu einer Art spanischen Reiter zusammenbinden (nach 5).

Pilum: Wurfspeer. Ursprünglich bezeichnete dieser Begriff den Stößel eines Getreidemörsers.

Das Pilum der frühen Kaiserzeit hatte eine Gesamtlänge von 213 cm und wog ca. 2 kg. Der Schaft bestand aus Eschenholz und im oberen Drittel (55 bis 95 cm lang) aus Weicheisen, das in einer mit Widerhaken versehenen, pyramidenartigen und gehärteten Spitze endete.

An der Kontaktstelle war das Holz pyramidenstumpfförmig verbreitert, wobei die Verjüngung zum Eisen erfolgte. Entweder wurde das Eisen zu einer Zunge ausgehämmert und als Angel in den Schaft gesteckt (schweres Pilum) oder das Eisen endete in einer Tülle, die über das Holz geschoben wurde (leichtes Pilum). Die Verbindung erfolgte in beiden Fällen über Vernieten.

Das andere Ende des Holzschaftes steckte in einem konisch zulaufenden Schuh aus Eisen, damit das Pilum, wenn es nicht benötigt wird, in den Boden gesteckt werden konnte.

Die Hauptwirkung des Pilums bestand darin, den Schild des Gegners unbrauchbar zu machen. Beim Aufprall auf einen Schild, wurde der Weicheisenschaft durch die Wucht verbogen. Die harte Spitze durchdrang i.d.R. den Schild und ließ sich aber durch die Widerhaken nicht mehr herausziehen.

Ein weiterer Vorteil war: Das verbogene Pilum konnte nicht mehr zurückgeworfen werden. Die Pilen wurden nach dem Gefecht üblicherweise wieder eingesammelt und ihre Spitzen gerade gehämmert.

Die Höchstreichweite des Pilums lag vermutlich bei 22 m. Auf 5 m Entfernung durchschlug der Speer 2 cm dickes Sperrholz oder 3 cm dickes Fichtenholz. In späteren Zeiten wurde das Pilum durch kugelförmige Bleigewichten beschwert, um seine Durchschlagskraft zu erhöhen.

Ein Kettenpanzer bot bei einem Volltreffer keinen Schutz, da die schlanke Spitze die Ringe aufhebelte. Durch die Wucht des Aufprall wurde der getroffene buchstäblich von den Beinen gerissen (nach 5).

Praetorium: Das Zelt des Feldherrn und seiner Leibgarde im Feldlager (nach 3).

Prahme: Rechteckiges flaches Wasserfahrzeug. Ursprünglich entstand die Prahme wohl durch Aufspalten von Einbäumen und Einsetzen breiter Böden. Die Römer setzten solche prahmähnlichen Schiffe mit trapezförmigem Vorder- und Achterschiff als Lastkähne für den Transport von Truppen, Tross und Versorgungsgütern entlang der schiffbaren Flüsse in Germanien ein. Prahmen zeichneten sich durch ihren geringen Tiefgang bei gleichzeitig hoher Zulandung aus. Es gab Modelle von 30 m Länge, 3-4 m Breite und einer Bordwandhöhe von ca. 0,9 m, die eine Ladung von 53 t aufnehmen konnten und dabei einen Tiefgang von nur 40 cm hatten. Angetrieben wurden sie durch ein Segel im vorderen Teil des Schiffs oder durch Staken, gesteuert über ein Ruder am Heck. Ein Teil eines solchen Lastkahns ist im Römermuseum im Archäologischen Park in Xanthen zu besichtigen (nach 7).

Präfekt: Ein Titel für hohe ritterliche oder senatorische Offiziere und Verwaltungsbeamte in der Kaiserzeit. Präfekten kommandierten militärischen Einheiten (*Ala, Kohorten*) oder Flotten, waren Lagerkommandanten oder Statthalter ganzer Provinzen. Präfekten in Rom befahlen über die Prätorianer oder eine der Feuerwehrkohorten (nach 4).

Prandium: Das Frühstück. Es wurde bei den Römern i.d.R. klein gehalten und bestand zumeist aus den Resten vom Vorabend oder moretum oder einem Kanten Brot mit Wein oder Wasser (nach 6, 8, 9).

Prätor: Während der römischen Republik unterstand jedem Konsul ein Prätor, dessen Hauptfunktion die Gerichtsbarkeit war. In der Kaiserzeit war diese Amt wichtige Durchgangsstation für eine senatorische Karriere (nach 4).

Prätorianer: Die am Ende des 2 Jh. n.Chr. in Rom stationierte Legion, die vor allem dem Schutz des Kaisers und seiner Familie dienen sollte. Ihr Name leitet sich vom Praetorium, dem Hauptquartier eines Militärlagers ab. Viele Feldherren hielten sich ihre eigene *Cohors praetoria* (nach 3, 4, 7).

Principia: Das Hauptquartier eines Feldlagers oder befestigten Lagers, gewissermaßen das Verwaltungszentrum und der Raum für den Befehlsstab (nach 3, 5).

Pugio: Dolch. Er wurde vermutlich zusammen mit dem Schwert von den Keltiberern im späten 3 Jh. v. Chr. übernommen und hatte große Ähnlichkeit mit dem Schwert.
Die zweischneidige Klinge war breit und gedrungen, etwa 20-25 cm lang und an der breitesten Stelle 5-6 cm breit. Zu beiden Seiten des schwach ausgeprägten Mittelgrads verliefen Kehlunge, die Blutrinnen. Der kompliziert geformte Griff mit schmaler Parierstange hatte eine Länge von etwa 12 cm. Damit war der Dolch mit Griff ca. 39 cm lang. Er wog mit Scheide ca. 1100 g, ohne ca. 660 g.
Der Dolch war wohl nie mehr als eine Reservewaffe, da er an keiner Stelle taktisch Erwähnung findet. Für den einzelnen jedoch ist die Bedeutung nicht hoch genug einzuschätzen, da er wohl im Kampfgetümmel nicht selten den Unterschied zwischen Leben und Tod bedeutetet. So sind wohl auch die aufwendigen Verzierungen zu deuten mit denen Dolch und Scheiden versehen wurden (nach 5).

Q.

Quästor: Ein Beamter, der die Finanzverwaltung einer Provinz leitete. Die Quästoren bildeten die unteren Ränge der Beamtenhierarchie (nach 4).

R.

Raetien: Provinz des römischen Reichs. Ursprünglich das Stammesgebiet der Raeter und Vindeliker. Zum Zeitpunkt seiner größten Ausdehnung umfasste die Provinz das nördliche Alpenvorland zwischen Donau und Inn und reichte im Süden von den Tessiner Alpen über Graubünden und einem Teil Nordtirols, bis zum oberen Ende des Eisacktals. Zeitweise erstreckte sich die Provinz auch bis zum heutigen Schwäbisch Gmünd, zum rätischen Limes und sogar nordwestlich über die Donau hinaus. Ausgelöst durch wiederholte Übergriffe der dort lebenden Stämme auf römisches Gebiet, zogen die Stiefsöhne des Augustus Tiberius und Drusus 15-13 v. Chr. auf den Alpenfeldzug. Sie drangen vermutlich über sämtliche begehbare Wege zugleich in das Alpenland vor und unterwarfen die Stämme so gründlich, dass sie sich nie wieder erhoben. Dementsprechend rasch schritt die Befriedung voran. Varus hat an diesem Feldzug teilgenommen und wurde vermutlich zum ersten Statthalter der Provinz ernannt, leitete und plante also die Romanisierung des Landstrichs (nach 4, 7).

Rhenus: Römischer Name für den Fluss Rhein (nach 4).

Ritter: Die Ritter oder *Equites* bildeten nach den Senatoren den zweiten Rang in der römischen Gesellschaft. Die Ernennung in den Ritterstand, die nur vom Kaiser vorgenommen werden konnte, war an ein Vermögen von mindestens 400 000 Sesterzen (eine Münze aus ca. 27 Gramm Messingbronze) geknüpft. Für einen Nichtrömer stellte die Ernennung in den Ritterstand eine außergewöhnliche Auszeichnung dar. 100 Sesterzen entsprachen einem Aureus (Münze aus 8 g Gold), 400 000 Sesterzen ergaben dann einen Gegenwert von etwa 32 kg Gold (nach 4, 6).

S.

Schleuderbleie: *Glandes.* Dattelkerngroße und in eben dieser Form gegossene Geschosse aus Blei, mit einer Masse von 20 – 50 g. Sie dienten den Schlaufenschleuderern – den *Funditores* – als Munition.

Eine Schlaufenschleuder – *Funda* - bestand aus einem Stück Leder, als Aufnahme für das Geschoss, und daran rechts und links befestigten Schnüren aus gedrehten Sehnen oder Darm, die der Schleuderer in die Hand nahm. Daran wurde das Gerät in rasche Rotation versetzt. Die Kunst bestand darin eine der Schnüre im richtigen Augenblick loszulassen, sodass das Blei mit hoher Geschwindigkeit davon schnellte.

Die Treffgenauigkeit lag selbst bei einem geübten Schützen unter der eines Bogens, dafür war die Reichweite mit 300 Metern deutlich höher als bei einem Bogen römischer Bauart.

Die Hauptwirkung des Schleudergeschosses liegt aber in seiner ungeheuren Aufprallwucht. Selbst ein Treffer auf den Helm kann zu Gehirnerschütterungen und Erblindung führen. Das fliegende Geschoss ist zudem sehr schwer sichtbar, weshalb man ihm kaum auszuweichen vermochte.

Germanien war reich an Blei. Barren mit dem Prägestempel „Plumbum Germanicum" sind an vielen Stellen auf dem ehemaligen Gebiet des römischen Reiches gefunden worden. Vor der Mündung der Rhône wurden im Wrack eines römischen Handelsschiffes 66 Bleibarren geborgen, deren Herkunftsort mit Hilfe der Isotopenanalyse einem Bergwerk im Sauerland zugeordnet werden konnten. Das die römischen Hilfstruppen also Schleudermunition aus Germanien mit sich führten ist sehr wahrscheinlich (nach 5, 7).

Scorpio: Bolzenschleuder. Der Skorpion war ein zerlegbares und auf einem Maultier zu transportierendes Geschütz, das jede Zenturie seit der Heeresreform des Augustus mit sich führte.

Beim Skorpion handelte es sich um ein Torsionsgeschütz. Die beiden Schwungarme, die aus dem Kasten seitlich herausragten, steckten mit ihrem inneren Ende in verdrehten (Name!) Bündeln aus Sehnen oder Haarstricken. Ihre äußeren Enden waren durch eine Sehne verbunden, die beim Vorschnellen den Bolzen entlang der Führungsschiene beschleunigten. Die Sehne wurde durch eine Haspel gespannt und mit Hilfe eines Hebels freigegeben.

Das Geschütz war auf ein Dreibeinstativ montiert und um x- und y-Achse frei drehbar. Ein anvisierter Punkt konnte dauerhaft, präzise und mit hoher Schussfrequenz bestrichen werden. Die Bolzen hatten eine Vierkantspitze aus Eisen und waren im Flachfeuer bis etwa 400 m voll effektiv. Weder Panzer noch Schilde halfen gegen ihre Treffer. Der Bolzen war im Flug, anders als ein Pfeil, nicht zu sehen und erst kurz vor dem Einschlag, wenn es zu spät war, zu hören.

Bei der Verteidigung von Lagerwällen zeigte diese Waffe ihre verheerende Wirkung. Ebenfalls konnte aus guter Deckung heraus bei Flussüberquerungen eine Art "Sperrfeuer" errichtete werden. Neben der Geschosswirkung, war die demoralisierende Wirkung auf den Angreifer nicht hoch genug einzuschätzen, da diese Waffe beim Auslösen, ein durch den starken Rückschlag hervorgerufenes scharf knallendes Geräusch erzeugte, das eine erhebliche nervliche Belastung darstellte (nach 5).

Scutum: Wurde der große gewölbte, annähernd halbzylindrische Schild des Legionärs aus Sperrholz genannt. Er bestand aus drei Schichten Furnierholz, wobei die erste und die dritte Schicht quer zum stehenden Schild verlief. Die Rückseite wurde durch aufgeleimtes oder genageltes Furnierholz verstärkt.

Insgesamt hatte der Schild eine dicke von ca. 5 cm. Dort befand sich auch ein quergestellter Holzgriff. Die Ränder des Schildes waren vermutlich zur Verstärkung mit Metall (Messing) eingefasst. Auf der Vorderseite gab es wahrscheinlich in der Mitte einen Schildbuckel aus Eisen. Der Schild wog zwischen 5 und 10 kg, hatten eine Höhe von 128 cm, eine Breite von 64 cm (entlang der Wölbung gemessen von 81 cm) und eine Tiefe der Wölbung von 19,5 cm. Der Schild reichte dem Legionär damit etwa vom Kinn bis zu den Knöcheln. Kniete der Mann hinter dem Schild ab, war er sogar völlig gegen Beschuss gedeckt.

Im freischwingenden Einzelkampf ist der Schild aufgrund seines hohen Gewichts sehr kräfteraubend. Getragen wurde er vermutlich sehr hoch auf dem Rücken - damit er nicht in den Kniekehlen scheuert - gehalten durch ein spezielles Halfter aus zwei mit Schnallen versehenen Riemen. Der eine verlief senkrecht über die linke Schulter und kreuzte sich im rechten Winkel mit einem zweiten Riemen, der um die Brust und den rechten Oberarm geführt wurde und mit dem ersten Riemen vernäht war. An diesem zweiten Riemen hing der Schild mit seinem Griff. Abgesetzt werden konnte der Schild durch das Öffnen der Brustschnalle. Auf dem Marsch und bei schlechtem Wetter wurde der Schild durch eine gut eingefettete Hülle aus Ziegenleder, dem *Tegimentum*, vor den Witterungseinflüssen geschützt. Vermutlich haben die Legionäre auf dem Marsch sogar in den Schilden geschlafen (nach 5).

Situla: Gehörte zum Kochgeschirr des Legionärs und war ein zylindrisch geformter Eimer aus Bronze mit einem Durchmesser von ca. 15,5 cm und einer Höhe von ca. 13 cm. Er hatte ein Gewicht von ca. 850 g und diente neben dem Wasserholen vor allem auch als Kochkessel (nach 5,6).

Stramentum: Der Tragsattel an dem das schwere Gepäck einer Contubernia befestigt war. Das Gesamtgewicht des schweren Gepäcks belief sich auf 144.4 kg und lag damit nahe der Obergrenze dessen, was ein gesundes Maultier überhaupt zu tragen vermochte. Das Zelt mit Zubehör wog knapp 40 kg, die Mühle mit Bottich 27 kg, die 16 *Pila muralia* gut 39 kg, Werkzeuge und Körbe fast 19 kg. Vermutlich gab es pro Contubernium daher zwei Tiere, da auf längeren Märschen ja auch das Futter für die Maultiere mit transportiert werden musste (nach 5).

Stunden: Horae. Der römische Tag begann mit Sonnenaufgang und endete bei Sonnenuntergang und umfasste stets zwölf Stunden. Diese zwölf Stunden waren daher – abhängig von der Jahreszeit - unterschiedlich lang. Ihre Dauer schwankte zwischen 44 min (Sommersonnenwende) und 75 min (Wintersonnenwende). An den beiden Tag-und-Nacht-Gleichen betrug die Dauer der Stunden genau 60 Minuten.
Ähnlich wie die Nacht, war auch der Tag in vier Einheiten zu je drei Stunden unterteilt: *mane* – Morgen; *ante meridiem* – Vormit-

tag; *post meridiem* – Nachmittag; *vesper* – Abend.
Die Stunden wurden einzeln gezählt und mit eins bis zwölf numeriert. Beispiel: Die *Hora septima*, die siebte Stunde, bildete die Grenze zwischen a.m. und p.m. Die *Hora sexta* war die Zeit der Mittagspause. Die Stunden wurden in den Städten ausgerufen und in den Militärlagern über Bucinasignale mitgeteilt (nach 4).

Sueben: Germanischer Stamm. Die Sueben siedelten im heutigen Nordosten Deutschlands, in den Gebieten zwischen der Ostsee und den Mittelgebirgen. Zur Zeit der Römer wurde die Ostsee daher sogar *Mare suebicum* genannt. Zugleich war Suebos der Name der heutigen Oder.
Zu den Sueben gehörten zahlreiche Stämme unter anderem die Semnonen, Markomannen, Hermunduren, Quaden, Langobarden, Vanniaden, Alamannen und Warnen. Vermutlich zählten auch die Angeln dazu.
Die Sueben hatten keine festen Wohnsitze und lebten vermutlich als Nomanden, die mit ihren Tierherden auf der Suche nach Nahrung durch die Wälder streiften. In der antiken Literatur galten sie als die tapfersten Germanen. Nach ihnen wurde der Suebenknoten benannt, eine germanische Haartracht für Männer.
Um den Knoten zu Flechten, wurde das Haupthaar sorgfältig in der Mitte gescheitelt und zu jeweils einer langen Strähne seitlich zusammengefasst. Die linke Strähne wurde nun über den Kopf zur rechten Seite geführt und dort mit der zweiten Strähne zu einem Zopf verflochten. Dieser Zopf wird durch einen speziellen Knoten an der rechten Kopfhälfte festgebunden (nach 2, 7).

Sugambrer: Ein westgermanischer Stamm, der ursprünglich vom Niederrhein oder dem Gebiet zwischen Rhein und Lippe stammte und der, vollständig oder nur zum Teil, unter Tiberius im Jahre 7 v. Chr. in linksrheinische Gebiete an die Maas in das Gebiet der Sunuker umgesiedelt wurde.
Die Entstehung des Stammes ist nicht endgültig geklärt. Fest steht nur, dass sie als erster germanischer Stamm Könige gehabt haben. Im Jahre 16 v. Chr. töteten Sugambrer, Usipeter und Tenkterer Römer im rechtsrheinischen Germanien, führten anschließend einen Plünderungszug nach Gallien durch und besiegten die sie verfolgenden römischen Truppen des Statthalters Marcus Lollius, darunter die V. Legion (*Clades Lolliana*). Diese Niederlage war

unzweifelhaft ein schwerer Schlag für das imperiale Prestige des Augustus. Die Germanen entzogen sich der Auseinandersetzung und gingen einen (Schein-)Frieden ein.

Das Legionslager Vetera kontrollierte gegenüber der Lippemündung die Siedlungsgebiete der rechtsrheinischen Stämme der Sugambrer, Brukterer, Tenkterer und Usipeter. Es waren genau diese Völkerschaften, auf deren Konto die Einfälle in Gallien gingen. Durch das Lippetal war eine Verbindung Veteras mit der Westfälischen Bucht gegeben (nach 7).

Syrien: Die Provinz Syrien bildete das Rückgrat der römischen Herrschaft im Orient. Sie reichte von den Tauruspässen bis Palästina, vom Euphrat bis zum Mittelmeer. Die Hauptstadt der Provinz war Antiochia. Zum Schutz gegen das benachbarte Großreich der Parther waren hier drei Legionen stationiert. Über Syrien wurde der Fernhandel vor allem für Seide und Weihrauch abgewickelt und war deshalb für den römischen Lebensstil unabdingbar. Varus war ab 6 v. Chr. Statthalter dieser Provinz bis zu seiner Berufung auf den Posten des Statthalter der Provinz Germania Magna (nach 4).

T.

Tenkterer: Ein germanischer Stamm, der ursprünglich am Niederrhein, nördlich von den Usipetern, siedelte. Tacitus erwähnt die Tenkterer in seiner „Germania" im Zusammenhang mit ihren Reitkünsten. So sollen die Reiter der Tenkterer den gleichen Ruhm genossen haben wie das Fußvolk der Chatten. Pferde nahmen einen bedeutenden Platz im Leben aller Tenkterer ein und wurden durch Erbrecht geregelt an den Sohn weitergegeben, der sich im Krieg als besonders Tapfer gezeigt hatte.

Von den Sueben verdrängt, überschritten die Tenkterer zusammen mit den Usipetern im Winter 56/55 v. Chr. den Rhein, wurden aber von Gaius Iulius Caesar zurückgeschlagen. In einem Bündnis mit den germanischen Stämmen der Usipeter und der Sugambrer überquerten sie etwa 17 v. Chr. erneut den Rhein und besiegten den römischen Statthalter Marcus Lollius (*Clades Lollia-*

na). Später wurden sie in einer Gegenoffensive durch Drusus besiegt (nach 7).

Thraker: Die Thraker waren eine Gruppe indogermanischer Stämme, deren Siedlungsgebiete in Thrakien lagen.

Das antike Thrakien entspricht in etwa dem heutigen Balkan zwischen den nördlichen Karpaten und dem ägäischen Meer sowie Teilen Kleinasiens.

Die Provinz Thrakien stellte im Römischen Reich die Grenze zwischen der westlichen und östlichen Hälfte des Imperiums dar und war als die am weitesten östlich gelegene Provinz auf europäischem Gebiet der Vorposten gegenüber dem Osten. Daher diente sie nicht nur als Aufmarschgebiet für die militärischen Aktionen Roms, sondern auch als wichtiges Rekrutierungsgebiet für die römischen Legionen. Die ortsansässige Bevölkerung galt als mutig und zäh; so stammte beispielsweise auch Spartacus aus Thrakien.

An der Nordgrenze der ehemaligen thrakischen Gebiete – am sogenannten Donaulimes - wurden viele römische Legionen sowie einige Hilfstruppen stationiert. In der ganzen Römerzeit war die Provinz Thrakien jedoch keine Grenzprovinz und blieb von feindlichen Einfällen verschont.

Marcus Lollius kämpfte dort, vermutlich als Statthalter von Makedonien, gegen das thrakische Volk der Besser, das lange Zeit seine Unabhängigkeit bewahren und erst in einer langen Reihe an Feldzügen unterworfen werden konnte (nach 7).

Toga: Ein mantelähnliches Obergewand aus weißer Wolle, das vornehmlich von Männer getragen wurde. Die Toga war ein etwa fünf Meter langes und über zwei Meter breites ovales Tuch, mit einer geraden und einer runden Seitenkante. Beim Anlegen wurde der obere Rand über den Rücken gezogen, der eine Zipfel über die linke Schulter nach vorn geworfen, der anderen Zipfel unter dem rechten Arm durchgezogen und dann lose über die linke Schulter gelegt. Zwischen rechtem Arm und linker Schulter bildete sich ein Bausch, der als Tasche verwendet wurde.

Die Toga gab es in einer schweren Wollausführung für den Winter und in einer leichten Variante aus geschorenem Wollstoff für den Sommer. Auch wurden ja nach Anlass verschiedene Farben verwendet. Eine bei Trauer getragenen Toga war dunkel. Die

Toga höhere Magistrate und Priester war mit einem 75 mm breiten Purpurstreifen eingefasst. Auch die Jungen trugen eine solche Toga bis zum Erreichen der Volljährigkeit, die sie dann in einer besonderen Zeremonie ablegten um fortan nur noch die unverbrämte Toga der erwachsenen Bürger zu tragen. Nur römischen Bürgern war das Tragen der Toga gestattet.

Durch die Jahre entwickelten sich verschiedenen Moden die Toga zu Tragen und zu Drapieren, wobei es auf jeden Faltenwurf ankam (nach 8).

Triclinium: Das römische Speisezimmer. Es hat seinen Namen von der charakteristischen Anordnung der drei Clinen (Tricline) um ein rechteckiges Tischchen bekommen. Jede Cline wurde mit einer ihrer Längsseiten an eine Kante des Tisches gestellt, sodass sich von oben betrachtet die Form eines L ergab. Die vierte Seite blieb als Zugang für die Sklaven zum Auftragen der Spießen frei. Auf einer Cline fanden maximal drei Personen Platz. Allgemein schuf die Tricliniumanordnung eine sehr kommunikative Situation mit zahlreichen Blickkontakten. Als Faustregel galt, dass die Anzahl der Gäste bei der Zahl der Grazien begann und mit der Zahl der Musen endetet.

Die Familienmitglieder benutzten i.d.R. die linke Cline, die Gäste die beiden anderen. Frauen und Kinder saßen, wenn sie überhaupt am Mahl teilnahmen, auf hinzu gestellten Stühlen.

Für größere Festlichkeiten wurde diese Anordnung entsprechend vervielfältigt, wobei viele Triclinen in Form eines Hufeisens im Raum aufgestellt wurden (nach 4, 8, 9).

U.

Usipeter: Ein germanischer Stamm, der das erste Mal durch Gaius Iulius Caesars in „De Bello Gallico" erwähnt wird. Ihre Siedlungsgebiete lagen am rechten Rhein dem Niederrhein gegenüber. Um das Jahr 55 v. Chr. verließen die Usipeter ihr angestammtes Siedlungsgebiet, da sie von ihren östlichen Nachbarn, den Sueben, bedrängt wurden. Sie wanderten zunächst zur Rheinmündung, ein Teil bog nach Westen ab und zog die Maas hinauf. Caesar besiegte die Usipeter in zwei Schlachten und zwang sie, in ihr altes Siedlungsgebiet jenseits des Rheins zurückzukehren. Dort konnten sie ihre alten Siedlungsgebiete nicht nur behaupten, sondern noch beträchtlich erweitern (nach 7).

V.

Vigilia: Im römischen Heer wurde die Nacht von 6 Uhr abends bis 6 Uhr morgens in vier Wachen oder Vigiliae, von 3 Stunden Dauer eingeteilt. Die Vigilien hatten aber im Gegensatz zu den Tagesstunden fixe Punkte. So war nach der zweiten Vigilie stets Mitternacht.
Die Posten erhielten genaue Anweisungen und Parolen auf einem Täfelchen ausgehändigt. Die Wachablösungen wurden durch geblasene Signale angekündigt (nach 4).

Villa rustica: Die Villa rustica war die bedeutendste Form des ländlichen Gutshofs. Sie bestand aus einem repräsentativen Hauptgebäude und abhängig von den angebauten Feldfrüchten, aus einer bestimmten Anzahl an Nebengebäuden. Das Anwesen war i. d. R. von einer Mauer umgeben. Neben feuchten Wiesen, die vor allem als Viehweiden dienten, gab es auch trockenere für den Ackerbau geeignete Flächen. Wichtig war eine gute Anbindung an die Verkehrswege, da die Villa rustica auf Überschussproduktion angelegt war.
Mit modernster Technik wurde eine Fläche von durchschnittlich 400 iugera (100 ha bzw. 1 km2) - was einer kreisförmigen Fläche von ca. 550 m um den Gutshof entspricht, bewirtschaftet. Rechnet man von dieser Fläche Brachen, Gebäude und Weiden ab, kommt man auf 50 ha tatsächlich bebautes Land. Darauf werden i.d.R. zwischen 35 000 bis 43 750 l Weizen erzeugt worden sein. Davon müssen 10% Steuer, 20% für die Aussaat im nächsten Jahr, Lagerungsverluste und Viehfutter sowie der Eigenbedarf des ca. 50 Personen umfassenden Personals abgezogen werden. Demnach konnten pro Villa zwischen 4500 und 10 657 l Weizen als Überschuss erwirtschaftet werden, was eine Mitversorgung von 10 bis 25 erwachsenen Personen ermöglichte. Diese Zahlen

geben in etwas das Verhältnis von in der Agrarproduktion beschäftigten Personen zur restlichen Bevölkerung an (nach 6).

Visurgis: Römischer Name für den Fluss Weser (nach 4).

Vitis: Ein in seiner natürlichen Knorrigkeit belassener Stock aus Rebholz, der nur an der Oberfläche geglättet wurde. Er hatte in etwa die Länge eines Spazierstocks und die Dicke eines Besenstiels. Die Vitis wurde von den Zenturionen auch als Züchtigungsinstrument verwendet (nach 5).

W.

Wodan: Der Hauptgott in der nordischen Mythologie. Er ist der Göttervater, Kriegs- und Totengott, aber auch der Gott der Dichtung, der Runen und der Magie.

Z.

Zenturio: Kommandeur einer Zenturie. Entspricht in einer heutigen Armee in etwas dem Dienstgrad eines Hauptmanns (nach 5).

Literaturverzeichnis

(1)   Droste, Thorsten: "Die Provence - ein Begeleiter zu den Kunstschätzen und Naturschönheiten im Sonnenland Frankreichs", DuMont Buchverlag, Köln 1990, 5. Auflage.

(2)   Elsner, Hildegard: "Die Germanen", Tessloff Verlag, Nürnberg, 2004.

(3)   Goldsworthy, Adrian: "Die Legionen Roms", Verlag Zweitausendeins, Frankfurt 2004, 1. Auflage.

(4)   Hrsg: Irmscher, Johannes; Johns, Renate: "Lexikon der Antike", Weltbild Verlag GmbH, Augsburg 1990.

(5)   Junkelmann, Marcus: "Die Legionen des Augustus", Verlag-Zabern 2003; 9. Auflage erw. Ausgabe 2003.

(6)   Junkelmann, Marcus: "Panis Militaris", Verlag-Zabern 2006, 3. Auflage.

(7)   Märtin, Ralf-Peter: "Die Varusschlacht - Rom und die Germanen", S. Fischer Verlag GmbH, Frankfurt am Main, 2008.

(8)   Weeber, Karl-Wilhelm: "Alltag im Alten Rom: Das Leben in der Stadt", Artemis & Winkler Verlag, Düsseldorf/Zürich, 5. Auflage 2000.

(9)   Weeber, Karl-Wilhelm: "Alltag im alten Rom: Landleben", Artemis & Winkler Verlag, Düsseldorf/Zürich, 2000.

Wie geht es weiter?

Regulus und Rinda -

Teil 2: Erkundungen,

indem Regulus und Julius zu Wugos Sklaven werden, verschleppt in das kleine germanische Dorf, das nun, nach dem Tod ihrer Eltern, auch Rindas neues Zuhause ist.

Rinda drangsaliert Regulus, wo sie nur kann um sich an ihm für all die Gräueltaten der Römer zu rächen. Balder hingegen fasst zaghaft – und sehr zum Ärger seiner Schwester – vertrauen zu Regulus und sieht in ihm mehr und mehr so etwas wie einen älteren Bruder.

Unmerklich vermittelt er dabei zwischen Rinda und Regulus und die beiden knüpfen zögerlich erste Bande zueinander.

Als 10 n. Chr das Heer des Tiberius eintrifft eskalieren die Ereignisse.

Leseprobe

Opfergaben und Beutestücke

Der Mond schob sich hinter einer Wolkenbank hervor und sein geisterhaftes Licht verjagte die Schatten, bevor es über den Erdwall mit dem angrenzenden Hellen Weg glitt und die bleichen Toten fand, die die Erde bedeckten wie Herbstlaub. Still und starr lagen sie, bis plötzlich ein fahler Schemen aus dem Leichenfeld emporwuchs.

Es war Rinda, die sich aufrichtete, umsah und wieder zurück in den Schatten sank. Ihre Augen glänzten im Mondlicht. Ihre Blicke irrlichterten über den Himmel, an dem die Nachtwolken wirre Gestalten in einem Schattenspiel waren.

Rabenschwingen.

Framenspitzen.

Gesichter.

Noch einmal versuchte sie sich aufzurichten und diesmal gelang es ihr. Sie starrte über das Schlachtfeld. In der Nacht waren alle Toten bleich. Mit verrenkten Leibern lagen sie zwischen den Trümmern. Sofort musste sich Rinda übergeben, wieder und wieder, dazwischen rang sie nach Luft, bis sich der Krampf in ihrem Bauch löste. Erschöpft sank sie vornüber und schloss die Augen.

Als sie sie wieder öffnete fiel ihr Blick auf eine Tunika. *Ein Rotkittel*, durchfuhr es Rinda. Sie starrte ihn an und er lag reglos unter ihrem Blick. Da rückte sie näher und ganz langsam hob sie ihren Arm und streckte die Hand aus. Beinahe hatte sie den toten Körper erreicht. Nur noch ein winziger Spalt trennte ihren Finger von der Schulter des Rotkittels als Rinda zögerte und ihre Hand zurück in den Schoß sank. Und dann tat sie es plötzlich doch und tippte den Rotkittel an.

Rinda schrie auf. Der Körper vor ihr war noch warm. Doch das schreckte sie nicht. Sie wusste, dass es dauerte bis die Toten erkalteten. Was sie schreckte war, dass sich der feindliche Körper unter ihrem Finger zu regen begann. Von ihrer Hand breiteten sich Hitzewellen aus, die den erstarrten Fluss ihrer Gedanken schmelzen ließ: Sie war weggerannt vor den Toten und all dem Grauen und war mit dem da zusammengestoßen. Während sie den Rotkittel noch anstarrte, kehrte das Pochen in die Beule an ihrer Schläfe zurück. Sie tastete danach. Sofort durchzuckte sie der Schmerz und da waren sie wieder, der Vater, die Mutter und der Bruder, alle, die sie geliebt und die ihr die Rotkittel genommen hatten. Ein harter Zug legte sich um ihren Mund und dann trat sie mit aller Kraft zu.

o

Regulus schoss in die Höhe. Sein Schädel dröhnte und pochte. Noch bevor er verstand was ihm geschah, prasselten Schläge auf ihn ein. Unter jedem Schlag flammte der Schmerz auf, bis sein ganzer Körper nur noch aus einem einzigen schwärenden Brennen bestand. Wohin seine Arme und Hände auch schützend ruderten, die peitschenden Schläge waren ihm immer voraus. Ertrug er anfangs, immer noch blind, die wütenden Schmerzen, so dämmerte mit jedem scharfen Streich eine Ahnung von dem in ihm auf, was er in den letzten Stunden und Tagen erlitten hatte und schließlich stieß er in seiner Not und Pein einen lauten Schrei aus, der so sperrig war wie die germanischen Wälder, in dem die Höhen des Gebirgszuges und die Abgründe der Sümpfe, Arminius Verrat, Blut und Verderben, und der Tod von Marcus lagen.

Da verstummte er, legte seine Arme um den Kopf und sank vornüber auf den Boden. Er spürte die Schläge nicht mehr, die auf seinen Rücken trommelten und er hörte das wütende Keuchen nicht, dass Rinda jedes mal hervorstieß, wenn sie zuschlug. Doch sein Schrei blieb nicht ungehört.

o

Wugo hatte bis zuletzt gegen die Rotkittel gekämpft, bis sich niemand mehr regte und bis es still geworden war, unerträglich still.

Er hatte gesehen wie sich die Rotkittel auf der Anhöhe um ihren Adler scharten. Er hatte die Krieger herbei geschrien und war losgestürmt. Brokk und Geron an seinen Fersen. Er hörte ihr Keuchen und er wusste, dass ihr letztes Gefecht gekommen war.

In der Unordnung der herbei rennenden Haufen entdeckte er Bragi, der ohne nach rechts und nach links zu sehen blind und brüllend vorwärtsstürmte.

Wugo schnappte nach ihm und fischte Bragi aus dem Strom der Krieger. Bragi wurde herumgeschleudert und zappelte. Dann stand er mit einem Mal stumm da. Wugo erschrak, als er seine Augen sah. Blank und lidlos lagen sie in ihren Höhlen und so bewahrte ihn nichts vor dem Grauen. Angst, Furcht und Schrecken lagen in diesen Augen und Wugo sah den Dreck und den Durst und das Blut und die Verstümmelungen darin. Er hätte ihn gerne einfach gehalten, das Gesicht an der Brust geborgen so wie früher, wenn er Nachts nicht schlafen konnte und er ihn in seinen Armen gewiegt hatte. Doch Bragi bemerkte nicht mal wen er vor sich hatte. Mit leerem Blick sah er auf eine Welt, die ihm fremd geworden und in der er so hilflos war wie ein Kind, das sich verlaufen hatte.

Das Schwert in seiner Hand zitterte. Wugo hätte ihm gerne gesagt wie leid ihm alles tat. Doch er konnte es nicht und das steigerte nur noch seine Wut auf sich selbst und auf die Rotkittel, die ihnen das alles antaten.

Doch Wugo war noch klar genug im Kopf um zu bemerken, dass Bragi schon tot war, wenn er nicht gleich wieder zu sich kam. Er schüttelte ihn. Endlich keuchte Bragi auf, und da berührten sich die Blicke von Vater und Sohn. Bragi weilte wieder unter den Lebenden. Sie legten ihre Stirnen aneinander und hielten sich eine Weile, still atmend, umgeben von den wogenden Köpfen der vorbeiströmenden Krieger.

Mit einem Mal stand Worran an ihrer Seite. Wortlos verstand er. Er umfasste Bragis Handgelenk und zog ihn mit. Wugo gab ihn frei. Schon im Gehen drehte sich Worran noch einmal um und da wusste Wugo, dass er an Bragis Seite bleiben würde, was immer auch geschehen sollte. Eine seltsame Leere breitete sich in ihm aus und ließ ihn frösteln, während ihm das Herz in seinem Inneren brannte. Es gab soviel, was er Bragi noch sagen wollte. Doch ihm fehlten die Worte und nun war dieser kostbare Augenblick verstrichen, indem sie sich so nahe gekommen waren, und niemand konnte ihm sagen ob er jemals wiederkehren würde.

Wugo wusste, dass auf der Anhöhe der Tod auf ihn wartete. Vielleicht lag es daran, dass er diesen Augenblick überhaupt als so kostbar empfunden hatte.

Mit einem Mal hörte das Treiben um ihn herum auf. Die Krieger hatten mittlerweile die Anhöhe umzingelt. Die Rotkittel waren eingekesselt. Da drängte sich Wugo durch die wartenden Krieger in die erste Reihe. Er war der Anführer seiner Hofschaft. Er hatte dort zu stehen, außerdem wollte es der Grimm in ihm.

Wugo bahnte sich einen Weg, bis er seine Männer gefunden hatte und stellte sich in ihre Mitte. Er blickte nach rechts. Dort stand Geron mit Brokk und auf seiner linken stand Bonde. Auf seinen Blick hin rückten sie zu ihm auf, bis sie Schulter an Schulter standen. Obwohl Wugo Bonde nicht sonderlich mochte, war er ihm dankbar für diese Geste. Seite an Seite standen sie und hielten die Reihen geschlossen. So hatte es zu sein. Kein Wort war notwendig. Jede Lücke, die dem Feind ein Einbrechen in die Reihen ermöglichte, bedeutete für alle den Tod und jeder wusste das.

Wugo blickte hügelaufwärts zu der Steilwand aus Schilden, die dort inzwischen aufgerichtet worden war und da überfiel ihn die Angst. Seine Hände zitterten und seine Kiefer malmten vor Anstrengung, dieses sich in ihm aufbäumende Tier zu bändigen und vor den Männern zu verbergen. Das Schwert in seiner Hand hing nach unten und steckte mit der Spitze in der Erde.

Wugo spürte die Blicke der Männer. Er konnte ihnen nicht in die Augen sehen, weil er selbst keine Antworten auf die vielen unausgesprochene Fragen hatte. Er gestattete es sich aber auch nicht aufzugeben.

Als er es nicht mehr aushalten konnte fingen seine Lippen an sich zu bewegen, so wie sie es immer taten wenn er mit dem Ard pflügte oder am Amboss stand und die Kraft seines Willens zu erlahmen drohte. "Ankommen, durchhalten, weitergehen." Wieder und wieder murmelte er die Worte vor sich hin, bis er begriff was er zu tun hatte.

Die Männer blickten ihn an, weil sie unter der Angst ebenso litten wie er selbst, weil sie Vertrauen zu ihm hatten und weil er ihnen in der Auswegslosigkeit wenigstens für einen Augenblick das Gefühl geben sollte, das alles gut werden würde.

Nichts war gut und jeder wusste, dass nichts gut war und so

war dieses Gefühl alles, was er seinen Männer geben und was für sie den Unterschied zwischen Leben und Tod bedeuten konnte. Denn sie standen füreinander ein, ein jeder an seinem Platz.

Mit einem Mal wurde da die Angst in Wugo von einer solchen Zuneigung verdrängt, die er nur noch als Liebe bezeichnen konnte. Liebe zu Jörde, zu seinen Söhnen, zu Geron, sogar zu Bonde und zu allen Männern um ihn herum, die er nicht kannte, die aber alle gekommen waren und nur von dem einen Gedanken geleitet wurden, die, die ihnen am nächsten standen zu schützen und die Rotkittel zu vertreiben. Es war ein unsichtbares Band, das sie alle einte und Wugo spürte die Verbindung zu all den Männern so deutlich als wäre dieses Band lebendig. Es war berauschender als fünf Humpen Met.

Wugo straffte sich und atmete tief ein. Jeder, der ihn nun anblickte sah einen Bären, aufgerichtet auf den Hinterpfoten, die Vorderpranken gegen den Feind erhoben. Wugo suchte die Blicke seiner Männer und er sah, dass sie in seinem Gesicht fanden, was sie gesucht hatten. Wugos Schwertklinge löste sich aus der Erde. Noch fühlte sie sich etwas unentschlossen in seiner ermatteten Hand an und der Schmerz durchzuckte seinen tauben Arm.

Wugo biss die Zähne zusammen. Seine Kaumuskeln traten hervor. Er fasste die Schildwand der Rotkittel fest in den Blick. Was hatten sie hier nur zu suchen? Weshalb gingen sie nicht einfach? Wugo knirschte mit den Zähnen. Es war ihr Land. Das Land der Stämme. Seit Urzeiten war es so. Hier lebten sie so, wie sie es wollten und kein Rotkittel der Welt sollte daran jemals etwas ändern können. Seine Söhne sollten hier nach ihm noch als freie Männer ihr Land bestellen.

Wugo drehte sich um und suchte nach Bragi. Er fand ihn, in der letzten Reihe stehend, hinter seinem Schild, mit Worran an der Seite. Ein guter Platz war das, dachte Wugo und drehte sich rasch um bevor Bragi seinen sorgenvollen Blick bemerken konnte.

Nun konnte kommen, was da kommen musste. Er, Wugo, stand an seinem Platz. Geron stieß ihn an und zeigte auf Arminius, der vor die Reihe der Krieger getreten war. Arminius hob den Arm und deutete mit dem Schwung einer weitausholenden Bewegung hügelaufwärts. Es war das Zeichen zum Angriff. Wugo nahm es auf und gab es an die Anführer der anderen Hofschaften weiter, die Arminius nicht sehen konnten. Langsam setzten sich die Krieger in Marsch ...

Das Abenteuer geht weiter!

Bald!

Im zweiten Band!